Das hungrige Meer

Zum Buch

Linda Greenlaw ist weltweit die erste und einzige Kapitänin eines Schwertfischfängers. Aber für sie selbst hat das keine Bedeutung: »Ich fische, um meinen Lebensunterhalt zu verdienen, und zufälligerweise bin ich eine Frau. Ich will damit keine Politik machen.«

In diesem Buch schildert sie die mitreißende Geschichte eines dreißigtägigen Fischzuges auf der Jagd nach gigantischen Schwertfischen. Unterwegs machen ihr nicht nur schlechtes Wetter, technische Fehler, Probleme mit der Besatzung, Schlafentzug und schwerste Knochenarbeit zu schaffen, sondern auch die Konkurrenz der restlichen Hochseeflotte. Denn der Kampf um die besten Fischgründe ist hart.

Dieser persönliche Erfahrungsbericht ist voller Spannung und Abenteuer. Linda Greenlaw versteht und liebt das Meer – und schafft es deshalb, humorvoll und leidenschaftlich darüber zu schreiben.

Zur Autorin

Seit siebzehn Jahren arbeitet Linda Greenlaw bereits als Hochseefischerin in den Grand Banks Neufundlands. Sie lebt in Isle au Haut im Bundesstaat Maine.

LINDA GREENLAW

Das hungrige Meer

Meine Abenteuer als Kapitänin
eines Schwertfischfängers

Aus dem Amerikanischen
von Jutta Koch

Econ & List Taschenbuch Verlag

GRANDE

Econ & List Taschenbuch Verlag 1999
Der Econ & List Taschenbuch Verlag ist ein Unternehmen der
Verlagshaus Goethestraße GmbH & Co. KG, München
Deutsche Erstausgabe

Titel der amerikanischen Originalausgabe: The Hungry Ocean (Hyperion, New York)
Aus dem Amerikanischen übersetzt von Jutta Koch
Umschlagkonzept und -gestaltung: HildenDesign, München – Stefan Hilden
Titelabbildung: Fred Hazelhoff
Lektorat: Michael Lenzen
Gesetzt aus der Bembo
Satz: Dörlemann Satz, Lemförde
Druck und Bindearbeiten: Ebner Ulm
Printed in Germany
ISBN: 3-612-26660-8

Dieses Buch widme ich den drei Männern,
die ein sinkendes Schiff
bis zuletzt nicht verlassen würden:

Robert H. Brown
W. Alden Leeman
James S. Greenlaw

When I have seen the hungry ocean gain
Advantage on the kingdom of the shore.
And the firm soil of the watery main,
Increasing store with loss, and loss with store.

Shakespeare, Sonnett 64

Inhalt

Mit dem folgenden Brief empfahl Sebastian Junger, Autor des Bestsellers *Der Sturm*, Linda Greenlaws Werk allen Buchhändlerinnen und Buchhändlern:

»Als ich für mein Buch *Der Sturm* recherchierte, hörte ich immer wieder von einer Frau namens Linda Greenlaw. Sie war die einzige Frau in der Hochseeflotte der Schwertfischfänger, und sie stand in dem Ruf, einer der besten Kapitäne zu sein. Trotz ihrer Jugend verdiente sie mehr Geld als die erfahrensten Kapitäne. Anscheinend wollte jeder für sie arbeiten.

Sie schien mir eine geeignete Person für ein Gespräch, aber ich traf sie nie an, da sie ständig auf hoher See war. Und eines Morgens im Frühling des Jahres 1993 sah ich in einer Werft in Fairhaven, Massachusetts, eine Frau in Stiefeln und Arbeitskleidung am Wasser entlanglaufen. Sie strahlte über das ganze Gesicht. ›Das muß Linda sein‹, dachte ich und ging auf sie zu, um mich vorzustellen. Sie sprach geradeheraus, war bescheiden und schien ihre Arbeit wirklich zu lieben. Sie erzählte mir, daß die *Hannah Boden* für Reparaturen im Dock sei und daß sie nach deren Fertigstellung sofort auf ihre erste Fahrt in diesem Jahr gehen würde. ›Ich kann es kaum erwarten hinauszufahren‹, sagte sie. ›Ich habe den ganzen Winter über nicht gefischt, und ich vermisse es.‹

In diesem Geschäft, das viele Menschen abstumpft und verbittert, ist Linda eine wundervolle Ausnahme. Und nun, da ich ihr Buch gelesen habe, kann ich bestätigen, daß sie ihr unglaubliches Talent und ihren Enthusiasmus auch in ihr neues Projekt eingebracht hat: das Schreiben. Sie war mir wirklich eine unschätzbare Informationsquelle im Bereich des Schwertfischfangs, und jetzt hat sie ihre Geschichte in ihren eigenen Worten niedergeschrieben. Dieses Buch bietet die faszinierende und vollkommen aufrichtige Erzählung über ihr Leben am Steuer eines Schwertfischfängers. Ich bin mir sicher, daß Ihre Kunden davon so begeistert sein werden wie ich. Bitte schenken Sie Lindas Buch die vollste Aufmerksamkeit: Es ist ein ganz außerordentliches Werk.«

Vorwort

Ich betreibe bereits seit siebzehn Jahren kommerziellen Fischfang, aber bis zum Sommer des Jahres 1997 nahm niemand davon Kenntnis. Das änderte sich mit der Veröffentlichung von Sebastian Jungers *Der Sturm*. Im allgemeinen interessieren sich die Leute für mein Leben als Kapitän der *Hannah Boden*, dem Schwesterschiff der *Andrea Gail*, das in Jungers Buch beschrieben wird. Oft gipfelt dieses Interesse in Fragen über den Tagesablauf einer typischen vierwöchigen Fahrt zu den Schwertfischgründen bei den Grand Banks von Neufundland. Obwohl der Reiz des Fischens im Fangen der Fische liegt, bestehen die größten Herausforderungen eines jeden Kapitäns oft darin, die Besatzung bei der Stange und das Schiff am Laufen zu halten und beide sicher in den Hafen zurückzubringen. Um als erfolgreicher Fischer der Grand Banks zu gelten, muß ein Kapitän Herr über drei Dinge sein: das Schiff, die Besatzung und den Fisch. Jungers Beschreibung meiner Person als einzige Hochseekapitänin eines Schwertfischfängers und als einen der besten Kapitäne der ganzen Ostküste überhaupt gab mir die Gelegenheit, auf häufig gestellte Fragen zu antworten und meine eigene Geschichte zu erzählen.

Ich will die Erinnerung an die sechs Männer, die mit der *Andrea Gail* auf See blieben, und an die vielen Fischer, die in Stürmen umkamen, nicht schmälern, aber der Fischfang ist eine gefährliche Arbeit, und die Tragödien auf See haben oft nichts mit dem Wetter zu tun. Meine eigene Geschichte ist nicht tragisch. In *Das hungrige Meer* erzähle ich die Geschichte einer authentischen, typischen Fahrt zu den Schwertfischgründen von dem Augenblick an, wo wir vom Kai ablegen. Die Handlung der Fahrt und die Geschichten über andere Fahrten werden für notwendige technische Details und Beschreibungen unterbrochen, gelegentlich auch für unnötige persönliche Beschreibungen und Gedankengänge der Autorin, die vielleicht nicht alle Leser interessieren, die ich aber dennoch eingefügt habe, weil dies mein Buch ist. Einige Unterbrechungen sind als kurze Kapitel zwischen die größeren eingefügt. Ich nenne diese Nebenhandlungen *Aufwärmpause* – wie jene Pausen, die wir Fischer uns gelegentlich gönnen, um einen Kaffee zu trinken oder eine Zigarette zu rauchen.

Für meine Erzählung habe ich diese besondere Fahrt aus Hunderten anderer Fahrten vor allem wegen der Besatzung ausgewählt. Diese fünf Männer, hart arbeitende, interessante Individuen, repräsentieren die typische Hochseebesatzung, und jeder dieser Charaktere ist ein eigenes Buch wert. Meistens habe ich die tatsächlichen Namen der Menschen und Schiffe verwendet, aber einige Namensänderungen waren für den Schutz der Privatsphäre notwendig. Alle Daten, Positionen, Wetterbedingungen und Fischfangzahlen stammen aus echten Logbüchern. Unter Verwendung meiner persönlichen Journale und des *Logbuchs der pelagischen Langleinenfischerei* der *Hannah Boden*, welches das Nordamerikanische Handelsministerium herausgibt, konnte ich die technischen Daten der Fahrt genauestens zusammenstellen.

Bevor ich mit diesem Buch begann, erschien mir der Gedanke eines Urlaubs vom Fischfang und einer möglichen neuen Karriere als Autorin seltsam anziehend. Mein aufregendes und gefährliches Leben würde eine gewisse Normalität, vielleicht sogar eine gewisse Banalität erhalten. Die oft gehörten Klagen von Angestellten mit geregelter Arbeitszeit über das tägliche Einerlei und die Langeweile schienen mir verlockend, als ich zum ersten Mal daran dachte, ein Buch zu schreiben. Ein Jahr später, nachdem meine Arbeit an *Das hungrige Meer* fast beendet war, fragte ich mich jeden Tag, ob die Gelegenheit, dieses Buch zu schreiben, ein Segen oder ein Fluch war. Das Schreiben hat sich als harte, oft schmerzvolle Arbeit herausgestellt. Ich gebe ehrlich zu, daß ich lieber auf Fischfang gehe.

1

Das Schiff startklar machen

Es war Ende August und noch sehr früh am Morgen. Die *Hannah Boden* scheuerte gegen die Pfähle am Gloucesterer Seehafen, ihrem Liegeplatz zwischen den Fahrten. Ich genoß den tiefen und erholsamen Schlaf in meiner Koje an Bord, den alle Nichtfischer fast jede Nacht genießen, Fischer aber nur dann, wenn alle Leinen fest vertäut sind. Ich schlief, und es schien mir, als schliefe ganz Gloucester, zumindest ganz Gloucester außer Bob Brown. Die Stille des Hafens wurde vom Läuten meines mobilen Telefons unterbrochen. Ich konnte das schrille Klingeln in meinen Traum einbinden, bis es 15- bis 20mal geläutet hatte. Aber ich kannte Bobs Beharrlichkeit und wußte, daß er nicht einhängen würde. Ich mußte aufstehen und das Telefon abnehmen. Ich zog mir eine Trainingshose über mein Nachthemd und öffnete die Tür zwischen meiner Kajüte und dem Ruderhaus. Während das Telefon läutete, blinzelte ich auf die Uhr: »Mein Gott, Bob, halb fünf ...« Ich schnappte mir den Hörer und sagte so freundlich wie möglich: »Hallo, Bob.«

»Guten Morgen, Linda. Woher wußtest du, daß ich es bin?« Die Stimme am anderen Ende war klar und deutlich und hellwach.

»Weibliche Intuition.«

»Hoffentlich habe ich dich nicht aufgeweckt«, log er.

»Ach nein, ich bin schon seit Stunden auf«, sagte ich und versuchte, meinen Ärger mit Sarkasmus zu überspielen.

»Nun«, fuhr er fort, »heute fahren wir, und ich dachte, du möchtest frühstücken, bevor die Jungs auftauchen. Ich hol' dich in dreißig Minuten ab.«

Ich legte den Hörer auf und beendete das Gespräch für mich selbst: »Du hast Glück, Bob Brown, daß Frühstücken das einzige ist, wofür ich meinen Schlaf opfere.«

Unter der Dusche schlief ich fast wieder ein. Während das heiße Wasser auf meinen Nacken trommelte, dachte ich über meinen Chef nach. Obwohl sich Bob Brown als schwieriger Mann erwiesen hatte, mochte ich ihn von Anfang an, und meine Gefühle hatten sich im Lauf der Jahre nicht geändert. Ich verteidigte ihn oft gegenüber den fünf Männern, die meine Besatzung bildeten und deren Verhalten Bob gegenüber gleichermaßen aus Respekt und Abneigung bestand. Als mir jemand anfangs erzählte, daß ich für den meistgehaßten Mann zwischen Puerto Rico und Neufundland arbeitete, lachte ich. Aber mit der Zeit hatte sich das bewahrheitet. Wo immer ich war, irgend jemand kannte Bob oder hatte von ihm gehört und fragte mich unausweichlich: »Wie können Sie für dieses Arschloch arbeiten?«

Meine Antwort war fast immer gleich: »Er ist nicht so schlecht. Er hat das schönste Schiff der Flotte, die beste Ausrüstung, die man kaufen kann, und er behandelt mich gut.«

Bob war ein kluger Mann, und es konnte unmöglich sein, daß er die allgemeine Abneigung der Fischer überhaupt nicht wahrnahm; dennoch schien es so. Er brachte es fertig, alles mit Siebenmeilenstiefeln zu erledigen, als könne man so eine Abneigung wie ein Gebiet hinter sich lassen. Er war viel zu beschäftigt, um Zeit auf die Wahrnehmung von Kritik zu verschwenden. Es gibt immer Leute, die große Erfolge in Frage stellen, und da alles, was Bob anfaßte, sich in Gold verwandelte, gab es viel Gerede. Manche Kritik war berechtigt, andere wurde nur aus billiger Eifersucht geboren. Bob war auf seinem Weg nach oben offensichtlich einigen Leuten auf die Füße getreten, und obwohl manch einer sagte, bei ihm gehe nicht alles ganz legal zu, bemerkte ich während meiner Zusammenarbeit mit ihm keinerlei Unehrlichkeit. Er war unglaublich klug und kannte sich in vielen Bereichen aus. Bob flog zum Beispiel sein eigenes

Flugzeug und löste jedes mechanische und elektrische Problem. Und was seine Entschlossenheit betraf, würde er mit dem Schiff zum Mars fahren, wenn er glaubte, dort Fische fangen zu können. Heute ist Millionen Lesern des Buchs *Der Sturm* der Name Bob Brown als Eigentümer der *Andrea Gail* bekannt.

Während ich mir die Haare abtrocknete, dachte ich, daß mein einziges wirkliches Problem mit Bob war, daß er von den Leuten so viel verlangte. Er war so naiv zu erwarten, daß jeder, mit dem er in Kontakt kam, so wie er dachte und handelte. Ich arbeitete hart, um Bobs Erwartungen zu erfüllen, und meistens schaffte ich es nicht. Ich kämpfte um Bobs Anerkennung, die ich nur selten errang, die aber während der fünf Jahre, die ich für ihn arbeitete, eine meiner Antriebsfedern war. Als ich meine Schuhe zuband, schloß ich meine Überlegungen in bezug auf Bob Brown ab – unsere Beziehung funktionierte.

Die Flut war schon zur Hälfte hereingekommen, so daß ich mit einem Schritt von der Reling des Schiffes auf den Kai gelangte, wo Bobs Lastwagen gerade anhielt. Der Mann hinter dem Steuer war imposant. Bob war wirklich nicht groß, aber das, was ihm an Länge fehlte, wurde durch die Breite seiner Schultern und den Brustumfang mehr als wettgemacht. Sein Körper war für physische Arbeit gemacht, stämmig und unverwüstlich. Als ich in den Lastwagen kletterte, machte ich ein paar schlaue Bemerkungen über das Risiko, mit Bob Brown durch die Straßen von Gloucester zu fahren. »Und wenn mich eine Kugel trifft, die für dich bestimmt war?«

Bob lachte und schüttelte seine kurzen, sauber gekämmten, graumelierten schwarzen Haare. Er strich sich mit einer Hand, die an eine Bärentatze erinnerte, über das glattrasierte Kinn und bot mir rücksichtsvoll an: »Vielleicht möchtest du lieber zu Fuß gehen?«

»Nein. Ich glaube, ich habe heute morgen Glück. Du gehst doch einkaufen, oder?« Ich warf die Tür zu, und wir plauderten auf dem Weg zum Restaurant.

Während ich Bob gegenübersaß, fing ich an, nervös zu werden. Es passierte mir bei jeder Fahrt an dem Tag, an dem wir ausliefen. Ich fragte mich, welche Arbeit ich vielleicht vergessen hatte, welcher Artikel nicht auf meiner Liste war und wie schwierig es sein würde, gerade ohne diesen Artikel während der dreißig Tage auf See auszukommen. Ich zog die Liste aus meiner Gesäßtasche und überprüfte sie zum vielleicht hundertsten Mal, seit ich die *Hannah Boden* vor zwei Tagen nach Gloucester zurückgebracht hatte. Die Vorbereitung eines Schiffes für einen vierwöchigen Fischfang bedeutet so viel Arbeit und Organisation, daß ich schon oft einen Seufzer der Erleichterung ausgestoßen habe, wenn der Zeitpunkt zum Losmachen der Leinen gekommen war. Dann wußte ich, daß der unangenehmste Teil der Fahrt vorbei war und der beste vor uns lag, nämlich der des tatsächlichen Fischfangs, weswegen die meisten von uns in diesem Geschäft sind. Zwischen diesem Seufzer der Erleichterung und mir stand an diesem Morgen eine große Anspannung. Nach dem Frühstück waren noch verschiedene Dinge zu erledigen, bevor die Leinen für den offiziellen Start der Septemberfahrt losgemacht werden konnten.

Eine Bedienung nahm unsere Bestellung auf und schenkte uns Kaffee ein. Während wir auf das Frühstück warteten, war ich ganz zappelig. Ich trommelte mit den Fingern meiner linken Hand auf den Tisch und war unfähig, meine Beine stillzuhalten, während ich auf das abgegriffene Blatt Papier vor mir starrte. Meine Gedanken überschlugen sich, als ich im Geiste die vergangenen 48 Stunden durchging und die Frage im Raum stand: Was habe ich vergessen?

Am 26. August waren meine Besatzung und ich mit dem größten Schwertfischfang meiner Karriere in Gloucester angekommen: Wir luden mehr als 25 000 Kilogramm aus. Der Stolz und die Aufregung über den vorangegangenen Fang konnten die Anspannung vor dem jetzigen nicht mindern. Heute spürte ich sogar einen größeren Druck als sonst. Sicher erwartete man von uns, im September das zu wiederholen, was wir im August vollbracht hatten, und heute wurden die ersten entscheidenden Schritte in diese Richtung unternommen. Ich hatte diese Fahrten in der Vergangenheit so häufig vorbereitet, daß alles routinemäßiger und nicht so hektisch ablaufen sollte. Aber vom Erfolg jeder Fahrt während der kurzen Saison in den Grand Banks hing so viel ab, daß an Entspannung nicht zu denken war. Ich hatte von vielen Schwierigkeiten gehört und auch viele durchlebt, die dadurch verursacht worden waren, daß man sich nicht vollständig für einen Monat auf See vorbereitet hatte. Der Eigner, der Kapitän und die Besatzung müssen peinlich genau auf jede Kleinigkeit achten, die Einfluß auf das Ergebnis einer Fahrt nehmen könnte. Auf See müssen sie dort, wo es möglich ist, größtmögliche Kontrolle üben, um dort, wo es nicht möglich ist, zum Beispiel bei Mutter Natur, die bei allen Fischern als sehr temperamentvoll bekannt und oft eine Plage ist, die Auswirkungen zu minimieren.

Bob Brown war der Inbegriff der Organisation und ein Meister darin, das Schiff startklar zu machen, was sowohl die Reparatur- und Wartungsarbeiten an einem Schiff als auch seine Neuausrüstung zwischen den Fahrten umfaßte. Brown war dafür bekannt, in zwei Tagen für Fahrten zu den Grand Banks startklar zu sein, was sehr ungewöhnlich ist, und man bewunderte ihn dafür. Mein Kopf brummte von den vielen Aufgaben, die in den letzten 48 Stunden ausgeführt worden waren. Bob Brown war unter den Schiffseignern, für die ich gearbeitet habe, der einzige, der mir nach dreißig Tagen auf See schon vom Kai aus zurief: »Wann lauft ihr wieder aus?«

Vor zwei Tagen, als der letzte von 527 Schwertfischen, 118 Großaugenthun und 7 Makrelenhaien aus den Salzwassereisbehältern im Fischladeraum der *Hannah Boden* gehievt und auf Lastwagen verladen worden war, um in Boston und New Bedford verkauft zu werden, fingen wir an, den Fischladeraum zu schrubben und zu desinfizieren. Während der Reinigungsarbeiten fuhr Tom Ring, mein Erster Offizier, ins Lebensmittelgeschäft, um »Essen zu fassen« beziehungsweise die Lebensmittel für uns sechs für die nächsten dreißig Tage auf See einzukaufen. »Ringo« war schon seit knapp zwanzig Jahren in diesem Geschäft und zählte zu den besten Besatzungsmitgliedern, mit denen ich das Vergnügen gehabt habe zu arbeiten. Ringo ist nicht nur eine erstklassige Hilfe an Deck und ein gutmütiger Schiffsmaat, er ist auch ein hervorragender Koch, ein Schlüsselelement jeder erfolgreichen und glücklichen Fischfangaktion.

Ringo besaß die erstaunliche Fähigkeit »aufzudrehen«, eine

Fähigkeit, die mittelmäßigen Besatzungsmitgliedern fehlt. Ringos Stärke und Ausdauer gingen weit über das hinaus, was man von seiner Größe und Statur, die nur mittelmäßig war, erwarten konnte. Ringos Muskeln waren am Oberkörper nicht besonders voluminös, aber durch die jahrelange körperliche Tätigkeit, die er liebte, gut ausgebildet. An irgendeinem Punkt der Fahrt erreicht jeder ein Stadium der Erschöpfung, die sich niemand vorstellen kann, der sie nicht selbst erlebt hat. Es ist ein Zustand weit jenseits dem, todmüde zu sein, eine Müdigkeit, die bis in die letzte Haarspitze geht. Immer wenn ich denke, daß die Jungs an Deck jeden Moment umfallen, greift Ringo auf irgendwelche ungenutzten Reserven zurück und schaltet in den Turbogang. Bevor ich Ringo einstellte, war ich der Schrittmacher, der Antreiber. [Kein selbstbewußter Fischer läßt es zu, daß eine Frau ihn in der Arbeit übertrifft. Diese Tatsache spornte meine Besatzung jahrelang zu Höchstleistungen an.] Nun waren wir alle stolz darauf, es mit Ringo aufzunehmen.

Kenny und Carl, mit 22 und 19 Jahren die beiden jüngsten Mitglieder meiner Besatzung, waren gerade mit ihren Schrubbern aus dem Fischladeraum geklettert, als ein Lastwagen mit Anhänger im Rückwärtsgang den Kai entlangfuhr. »Wir sind fertig. Dort unten kann man vom Boden essen«, sagte Kenny, setzte sich steuerbord auf die Reling und zündete sich eine Zigarette an. Als Kenny seine Boston-Red-Sox-Kappe abnahm, kam sein leuchtendrotes Haar darunter hervor, das seinem natürlichen stolzen Temperament entsprach. Die drei anderen Männer stiegen aus ihrem Ölzeug [Schlechtwetterkleidung oder Kleidung an Deck, die aus gummierten Latzoveralls, Mützenjacken und kniehohen Gummistiefeln besteht], als das Quietschen von Bremsen ihre Aufmerksamkeit auf die Ladeklappe des Lastwagens lenkte, der unmittelbar am Rande des Kais zum Halten kam. Die Männer sahen zuerst einander, dann den Lastwagen und dann mich an.

Charlie, dessen Überziehhose gerade auf den Boden gefallen war, stieß einen langen angewiderten Seufzer aus: »Sag bloß nicht, daß dieser Lastwagen voll Köder ist.« Die Erschöpfung hatte seine strahlendblauen Augen getrübt, und die Stoppeln auf seinen Wangen verdeckten tiefe Falten. Selbst in Charlies Haltung lag die Bitte um eine Pause. »Wir nehmen die Köder nicht heute nacht auf, oder?«

Bevor ich antworten konnte, riß der Fahrer die Hecktür auf, und wir starrten auf den Berg von Kartons, die bis zur Decke und so weit wir hineinsehen konnten, aufgetürmt waren. »Scheiße!« schrie Kenny, und sein rotes Haar stand auf. Er warf seine Zigarette ins Wasser und ging wütend auf Deck hin und her, während er eine seiner typischen Kenny-Tiraden losließ. Er bellte jede Silbe mit seinem neufundländischen Dialekt einzeln heraus. »Verdammte Scheiße. Es ist verdammt spät, sechs Uhr. 26 Tage auf See, reißt dir den Arsch auf, kommst mit einem Riesenfang zurück, reißt dir den Arsch auf, um den Fisch abzuladen, schrubbst den beschissenen Laderaum. Ich will jetzt nur diese schmierigen Scheißklamotten ausziehen, unter die Dusche springen und die Straße hinuntergehen. Ist das zuviel verlangt? Schätze ja, verdammt noch mal. Wir haben vor zwölf Stunden an diesem Scheißkai festgemacht, und ich habe noch nicht einen Fuß an Land gesetzt. Ich will nur von diesem Scheißschiff herunter –«

»Nun, jetzt hast du Gelegenheit dazu«, fiel ich ein. »Spring auf diesen Lastwagen auf, und fang an, uns den Köder herunterzureichen.« Carl sprang auf den Kai, um seinen Platz als zweites Glied der Kette einzunehmen, während Peter, der Größte der Besatzung, als drittes Glied auf die Reling stieg. Wenn ein Passant einen Blick auf ihre langen Gesichter geworfen hätte, hätte er sicher gedacht, daß sie gerade zu einer lebenslänglichen Freiheitsstrafe verurteilt worden waren. Obwohl es unfair schien, hatte Bob Brown am eigenen Leib erfahren, daß er von der Besatzung verlangen mußte, alles Menschenmögliche zu tun, bevor er sie auszahlte und sie in den dunklen örtlichen Bars verschwanden. Kenny hatte sich von seinem Wutanfall erholt und im Lastwagen Stellung bezogen. Die anderen zogen wieder ihr Ölzeug an. »Laßt uns einen Blick auf die Sachen werfen, bevor wir sie an Bord nehmen«, sagte ich und dachte an die Vorbereitungen für eine kürzliche Fahrt, bei der wir 5500 Kilogramm Tintenfisch zurückgewiesen und wegen der schlechten Qualität an das Kühllager zurückgesandt hatten.

Kenny sprang mit einem 20-Kilo-Karton gefrorener Köder aus dem Lastwagen, legte ihn auf die Schiffsreling und öffnete ihn, damit ich den Inhalt inspizieren konnte. Der Köder war so herrlich, wie Tintenfisch nur sein konnte. Er war in Größe, Farbe und Zustand perfekt, und jeder Tintenfisch war so in den Karton gelegt worden, wie man Sardinen in eine Dose schichtet. Die oberste Schicht Tintenfische hatte ihre runde Form behalten und war nicht plattgedrückt, wie ich sie in der Vergangenheit dummerweise schon angenommen hatte. Jeder Tintenfisch, etwa 25 Zentimeter lang, hatte die Farbe reifer Auberginen. Dieser Köder hier sah weder verwaschen noch nach einem Gefrierbrand aus und löste eine Vorfreude darauf aus, was dieser Tintenfisch wohl anlocken würde. Im Laufe der Jahre hatte ich gelernt, was offensichtlich schien: Je besser der Köder, desto besser der Fang. Kleine Schwertfische und Haie sind nicht halb so wählerisch, was das Futter angeht, wie die großen Fische. *Marker*, Schwertfische, die ausgenommen (Körper ohne Kopf, Flossen und Eingeweide) mehr als 50 Kilogramm wiegen, erzielen einen höheren Preis als *Pups* [49–25 kg], *Puppies* [24–12 kg] oder *Rats* [unter 12 kg]. Besserer Köder, besserer Fisch, besserer Preis, bessere Entlohnung. Die Knete fängt hier an. Eine 20-Kilo-Kiste nach der anderen gelangte über schmerzende Rücken und Muskeln in das Gefrierlager für Köder der *Hannah Boden*, bis sechs Tonnen gefrorene Tintenfische dort waren.

Die Bewegungen von Carl und Peter, die hintereinander in der Reihe dem jeweils nächsten die Kisten weiterreichten, waren wie zwei ineinandergreifende Zahnräder unterschiedlicher Größe in einer Maschine. Jeder brachte die gleiche Leistung hervor, aber der Aufwand schien ganz unterschiedlich. Carls Bewegungen waren schnell und eckig, während Peter mit anmutiger Kraft und Stärke in langen, weichen Bewegungen arbeitete. Peter war geschmeidig und Carl kraftvoll. Ihre Augen und ihr Kinn zeigten ihr unterschiedliches Befinden. Peter schien zufrieden und so entspannt, als könne er sich zu einem Nickerchen hinlegen, während Carl ungeduldig und irritiert war: Er wollte die Arbeit schnell hinter sich bringen.

Gerade als die letzte Kiste aus dem Lastwagen gehoben wurde, kam ein zweiter den Kai herunter. Bob und Ringo waren im Führerhaus des zweiten Lastwagens zu sehen. Die Lebensmittel waren da: fast 50 Kartons. Als alle Lebensmittel an Bord waren, arbeiteten die Männer zusammen, um das »Futter« im Kühlschrank, der Gefriertruhe, den Schränken und unter den Sitzbänken um den Kombüsentisch zu verstauen. Als die Lebensmittel im Wert von 3500 Dollar zur Zufriedenheit des Kochs verstaut waren, erhielten die Männer von Bob ihren Scheck und verschwanden. Sie würden erst heute morgen um acht wiederkommen, also erst ein paar Stunden nach meinem Frühstück mit Bob.

Ich tunkte den letzten Bissen Fischkuchen in das Ei, stopfte es mir in den Mund und hoffte, daß die 6000 Kilogramm Köder für diese Fahrt reichten und die Lebensmittel im Wert von 3500 Dollar mehr als ausreichten, um uns bis zur Rückkehr in den Hafen zu ernähren. Meine Manie bezüglich der Lebensmittel wurde von einem jungen Mann unterbrochen, der nach Fisch roch und an meinem Tisch auftauchte. »Sie sind Linda, nicht wahr?« fragte er.

»Ja.«

»Ich arbeite für Peck auf der *Hellenic Spirit*. Ich gratuliere Ihnen zu Ihrem Fang, ich hörte, es war ein Knüller.«

»Ach«, fiel Bob ein, »es wäre ein richtiger Knüller geworden, wenn sie noch ein paar Nächte gefischt hätte.«

Ich lächelte und versuchte, Bobs Kommentar zu ignorieren. »Sie haben meinen Chef noch nicht kennengelernt, den äußerst penetranten und nie zufriedenen Bob Brown.«

Die zwei Männer begrüßten sich, und als sich der Mann mit dem Fischgeruch vom Tisch zurückzog, fügte er hinzu: »Ich wollte nur *Hallo* sagen. Ich habe noch nie eine Fischerin getroffen. Viel Glück.«

»Danke. Ihnen auch«, sagte ich und schüttelte den Kopf über die Verwendung des Wortes *Fischerin*. Ich hasse diesen Ausdruck und kann einfach nicht verstehen, warum die Leute glauben, daß es mich verletzen würde, *Fischer* genannt zu werden. Mich haben Ausdrücke wie *männliche Krankenschwester* oft aus dem Konzept gebracht, und ich habe mich gefragt, ob das jemand ist, der nur männliche Patienten versorgt. *Fischerin* ist nicht einmal ein Wort. Es steht nicht im Wörterbuch. Ein Fischer wird definiert als »jemand, dessen Beschäftigung es ist, Fische zu fangen«. Das beschreibt mich aufs I-Tüpfelchen. Wenn ein Gespräch an einem Punkt ankommt, an dem die Person, mit der ich spreche, fragt, womit ich meinen Lebensunterhalt verdiene, nehme ich im allgemeinen an, daß man schon festgestellt hat, daß ich weiblich bin, so daß Fischer die richtige Beschreibung meiner Beschäftigung ist. Fischerin wäre bestenfalls überflüssig.

Die Bedienung kam, befreite uns von den Tellern und schenkte nochmals Kaffee nach. Bob schaute mich mit seinen stechenden schwarzen Augen böse an und fragte: »Denkst du wirklich, daß ich penetrant bin?«

»Ja. Glaubst du wirklich, ich hätte auf der letzten Fahrt länger draußen bleiben sollen?«

»Ja. Du hattest am letzten Tag fast 3000 Kilo Fisch, und du fuhrst zurück ins Nest. Die *Hannah Boden* schafft 30000 Kilo Fisch. Du hättest bleiben sollen.«

Ich schluckte. Mein Gott, wann hat schon einmal jemand 30000 Kilogramm gelandet? »Ja, ich hätte bleiben können, sollen, wollen. Aber ich bin nicht geblieben. Der Mond nahm ab, und ich wollte diesen Fang nicht dadurch vermasseln, daß ich etwas vom Septembermond verpasse.«

»Und wenn das Wetter schlecht wird oder das Wasser dieses Jahr frühzeitig abkühlt? Du weißt nicht, ob die Fische auf dieser Fahrt noch da sein werden«, argumentierte Bob.

»Sie werden da sein. Wenn wir heute abfahren, werden wir am Tag vor dem ersten Viertel bei den Fischgründen sein. Wir werden einen weiteren Knüller landen.«

Bob nickte. Er war selbst jahrelang auf Schwertfischfang gegangen und glaubte daran, daß es wichtig ist, die Fahrten auf den Mondzyklus abzustimmen. Im allgemeinen sind die ertragreichsten Nächte zwei oder drei Tage vor und nach Vollmond. Am besten ist es, mit dem Fischfang in der Nacht des ersten Mondviertels zu beginnen und mit dem letzten Viertel zu enden. An- und Abreise zu und von den Fischgründen sowie die Zeit im Hafen sollten entweder während des Neumonds oder um den Vollmond stattfinden. Deshalb bestand Bob so hartnäckig auf einem schnellen Aufbruch. Einige Kapitäne bevorzugen weniger und dafür längere Fahrten; sie bleiben 45 oder sogar 60 Tage auf See. Mein Freund Charlie Johnson ist einer von ihnen. Er achtet kaum darauf, wie lange er auf See ist, und fängt immer seinen Anteil an Fisch, aber er ist als *2-Monde-Charlie* bekannt. Ich zog es vor, solche endlosen Reisen zu vermeiden.

Ich starrte auf die Tassen auf dem Tisch und dachte, wie schön es war, daß sie einfach so dastanden, ohne daß irgend jemand sie festhielt, damit sie nicht auf den Boden fielen und zerbrachen. Es schien bedeutungslos, aber ich würde das während der nächsten dreißig Tage nicht erleben. Ich konzentrierte mich wieder auf die Liste und auf die Vorbereitungen. Während sich die Besatzung zwei Tage zum Ausspannen frei genommen hatte, hatten sich der Chef und ich um die Wartung gekümmert und die *Hannah Boden* für einen weiteren Monat auf See vorbereitet.

Die *Hannah Boden* wurde bestens gewartet, darauf achtete Bob Brown. Diese 30 Meter polierter Stahl, die Breite eines überlangen Trailers, würden in den nächsten dreißig Tagen für die Besatzung und mich unser Mittelpunkt, unser Zuhause sein, unser Arbeitsplatz, unsere Andachtsstätte, unser Vergnügungszentrum, der Ort unseres Stolzes. Das Profil der *Hannah Boden*, die wie eine üppige Frau gebaut ist, entlockt jenen ein bewunderndes Pfeifen, die guten Schiffsbau wirklich schätzen. Äußerlich ist sie makellos, ohne Rostflecken auf ihrem dunkelgrünen Schiffskörper oder auf ihren leuchtendweißen Oberbauten. Bob Brown nahm es peinlich genau mit der Wartung, was uns ein Gefühl der Sicherheit gab, wenn wir auf einem seiner Schiffe in See stachen. Ich erinnere mich ganz deutlich an Bobs entsetzte Augen, als er erzählte, wie er den Angestellten einer Werft beobachtete, der das Deck eines Schiffes strich und dabei »einfach über eine Flunder malte«. Etwas, was die meisten von uns zum Lachen brachte, machte Bob schaudern, und er schwor, nie wieder diese Werft für die Überholung seiner Schiffe zu beauftragen. Ich kommandierte das schönste Schiff der Flotte und hatte vor, alles zu tun, damit dies so blieb.

Nur 24 Stunden vorher hatten wir 35 000 Liter Diesel an Bord gepumpt und damit die sechs Tanks aufgefüllt, die insgesamt fast 70 000 Liter fassen und für sechzig Tage reichen, also die doppelte Menge, die während einer normalen Fahrt verbraucht wird. Wir wechselten das Öl und die Filter des Hauptmotors, einem 3412-Caterpillar, der Antriebsquelle der *Hannah Boden.* Wir warteten die Hydraulik, die die Steuerelemente für Motor und Kupplung betätigt, und reinigten die Filter der Saugleitungen der elektrischen Pumpen, die allesamt mit Wechselstrom von einem der beiden 3304-Caterpillar-Motoren an Bord angetrieben werden. Wir füllten die Zellen der beiden 32-V-Batteriekästen, die den Strom für die Gleichstromanlagen an Bord liefern, mit destilliertem Wasser. Das gesamte Öl einer 200-Liter-Tonne wurde in den Schmierölbehälter und das alte Schmieröl aus dem Behälter gepumpt. Wir bestückten den Kompressor der Salzwassereismaschine mit Freon, pumpten Fett aus einer Fettkanone in unzählige Armaturen, die auf dem ganzen Schiff verteilt sind, und besorgten verschiedene Ersatzteile, z.B. Ersatzfilter, Glühbirnen, Batterien für die Taschenlampen und Leitungsklebeband.

Auf meiner Liste der zu erledigenden Dinge war nur noch das Wegräumen des neuen Fischfanggeräts offen. Das Gerät war telefonisch bestellt worden, bevor wir im Hafen ankamen, und befand sich jetzt auf Bobs Lieferwagen. Das Fanggerät, das bei jeder Fahrt benötigt wird, ist umfangreich. Obwohl die Langleinenfischerei ein relativ einfacher Fischfang ist, sind die Kosten für das Fanggerät ziemlich hoch, nämlich fast 10 000 Dollar pro Fahrt.

Geräte, Benzin, Köder und sonstiges summieren sich auf ungefähr 40 000 Dollar pro Fahrt. Diese Kosten werden als Betriebskosten betrachtet und vom Bruttogewinn abgezogen, bevor der Gewinn in Anteile aufgeteilt wird. Wir mußten also grob geschätzt etwa 5 000 Kilogramm Schwertfische fangen, um die Kosten zu dekken; und die Kosten müssen gedeckt sein, bevor irgend jemand einen Pfennig verdient. Alle Berechnungen werden auf einem Stück Papier gemacht, das man *Zahlungspapier* nennt; die Abwicklung der Auszahlung der Löhne nennt man *auszahlen.*

Das Prinzip der Arbeit auf Anteilsbasis habe ich potentiellen Besatzungsmitgliedern immer und immer wieder erklärt, besonders den grünen Jungs, die noch nie kommerziell gefischt haben. Meine Erklärung ist normalerweise Teil einer allgemeinen Warnung, damit sie wissen, worauf sie sich einlassen, wenn sie sich für eine Fahrt verpflichten. Wenn wir keinen Fisch fangen, erhalten wir kein Geld, Punktum! Es gibt keine Gewinne, keinen Lohn, keinen Mindestlohn. Es gibt keine Schwertfischfänger, die von 9 bis 17 Uhr arbeiten. 24-Stunden-Tage sind sogar die Norm, wenn erst einmal der erste Haken im Wasser ist. Die Jagd wird nie wegen Dunkelheit verschoben und selten wegen des Wetters. Es gibt keine Wochenenden, Feiertage, freie Tage oder Krankentage. Wenn die Leinen vom Kai losgemacht sind, werden alle Zeitkarten als *eingestempelt* betrachtet und nicht vor Ablauf von 700 Stunden wieder *ausgestempelt.* 700 Stunden körperlicher Arbeit unter schlechten Bedingungen, für die man vielleicht kein Geld bekommt. Kurz gesagt, es gibt keine Gewerkschaft.

All das wird in dem *Sea Star Corporation's Employment Agreement* genannten Arbeitsvertrag, den alle Beschäftigten der *Hannah Boden* lesen und unterschreiben müssen, bevor sie sich für die erste Fahrt einschiffen, klar und deutlich erwähnt. Neben den typischen Erklärungen über das Verbot von Rauschmitteln, Alkohol und Feuerwaffen enthält dieser Vertrag eine erstaunliche Anzahl von Bestimmungen und Eventualitäten, welche die Höhe des Lohns und eine Reihe von Gründen für die Beendigung der Beschäftigung ohne Entlohnung berühren. Ich bezeichne diese Vereinbarung als *Bob Browns Lizenz zum Stehlen* und habe eine solche vor vielen Fahrten unterzeichnet, wobei ich darauf vertraute, daß Bob mich fair behandeln würde, was er auch tat.

Als Bob unser Frühstück bezahlte, hatte sich meine Nervosität zu nackter Angst an der Grenze zur Panik gesteigert, weil wir mehr als 1000 Meilen vom Hafen und jeglichen Vorräten, die ich vielleicht vergessen hatte, entfernt sein würden, wenn wir in fünf bis sechs Tagen die Grand Banks erreicht hatten. Jeder Schritt, den ich in Richtung von Bobs Lieferwagen machte, brachte mich dem Punkt näher, an dem es keine Umkehr mehr gab. Obwohl ich mich überzeugt hatte, daß jede Position auf der Liste abgehakt war, bestand immer die Möglichkeit, daß ich vergessen hatte, etwas auf die Liste zu setzen, daß ich ein bedeutendes Detail übersehen hatte. Als wir wieder am Schiff angelangt waren, konnte ich die Schmetterlinge in meinem Bauch nur dadurch beruhigen, daß ich mich davon überzeugte, daß ich nichts Bedeutendes vergessen haben konnte, sonst hätte Bob es sicher bemerkt.

Als ich an Bord ging, verließ mein linker Fuß nur ungern den Kai, wo er in frühestens dreißig Tagen wieder aufsetzen würde. Der Zeiger näherte sich der Acht, und die Besatzung kam jetzt jede Minute den Kai herunter. Ich schaute optimistisch zum Hafen. Das Panorama der Schienen wurde durch die zersplitterten Pfähle wie die Bilder eines Films in Abschnitte unterteilt, und diese Pfähle hatten in der Vergangenheit viele Schiffe begrüßt und verabschiedet. Ich dachte kurz daran, wie richtig es war, daß ich aus dem letzten Bild des bereits entwickelten Films herausgetreten und in den noch zu entwickelnden eingetreten war. Es war ein neuer Beginn. Ich hoffte, daß meine Besatzung bald genauso leicht den gleichen Schritt machte. Bob sagte, als könne er meine Gedanken lesen: »Ich hoffe, daß die Männer pünktlich sind.«

»Sie werden hier sein.« Ich täuschte Zuversicht vor.

»Ich hoffe, daß sie nüchtern und nicht zu verkatert sind.«

»Rechne nicht damit.« Ich war schon zu lange im Fischfanggeschäft, um zu erwarten, daß alle fünf Männer pünktlich und nüchtern zur Arbeit erscheinen würden. Obwohl sie an Land ein randalierender Haufen waren, wußte ich, daß meine jetzige Besatzung die beste der Flotte war. Und wie immer und wann immer sie an diesem Morgen erscheinen würden, diese fünf waren Chorknaben im Vergleich zu manchen, die ich in der Vergangenheit angeheuert hatte. Ich kann mir zum Beispiel nicht vorstellen, daß ich jemals die Gruppe vergessen werde, mit der ich das Vergnügen hatte, als ich mit der *Gloria Dawn* in Portland, Maine, in See stach, und ganz besonders einen Typen namens Onkel Patty.

2

Aufwärmpause

In Portland, Maine, war es bitter kalt. Der Gedanke an diesen frostigen Dezembermorgen im Jahr 1987 läßt mich frösteln und erinnert mich an eine Reihe der schlimmsten Entscheidungen, die ich je getroffen habe. Ich ließ meinen Lieferwagen auf dem Parkplatz stehen und ging zu Fuß den Hobsons Kai hinunter. Meine sechsköpfige Besatzung arbeitete seit etwa einer Woche auf der *Gloria Dawn*, die im Hafen lag, um sie für den Heilbuttfang vorzubereiten. Die *Gloria Dawn* war das erste Schiff, das ich kommandierte, und in den letzten Monaten war ich mit ihr auf Schwertfischfang gewesen. Sie war ein 20-Meter-Trawler aus Fiberglas und in der Desco-Marine-Werft in St. Augustine, Florida, gebaut worden. Der Aufkleber auf dem Fenster des Ruderhauses verkündete stolz das Motto des Herstellers: *In Desco Marine geht die Sonne niemals unter.* Leider traf auf die *Gloria Dawn*, deren Namen sich für mich wie Frühstücksflocken anhörte, so ziemlich das Gegenteil zu. Der Schwertfischfang war in dieser Saison eine einzige Pleite gewesen, und wir träumten davon, uns finanziell mit einer super Fangfahrt auf Heilbutt zu sanieren.

Die einzigen Spuren auf den eisigen Holzplanken des Kais waren jene, die meine Stiefel Größe 6 der Marke Bean hinterließen. Die Jungs waren heute noch nicht zur Arbeit aufgetaucht. Ich hatte es gern, morgens die erste an Bord zu sein, und kam normalerweise früh genug im Hafen an, um in Ruhe die Arbeiten im Maschinenraum zu beenden, bevor ich an Deck arbeitete. Die Flut stand ziemlich niedrig, und ich wünschte mir, Handschuhe zu tragen, als ich die eisige Stahlleiter an der Kaimauer hinunterkletterte. Ich trat von der letzten Sprosse zum Dollbord steuerbord hinüber und sprang aufs Deck, wobei ich den frischen Neuschnee berührte. Ich hauchte in meine Hände und eilte durch die Tür in die Wärme des Vorschiffs.

Ich stellte mich direkt vor das kleine elektrische Heizgerät und verfluchte den Winter. Wenn man mit sich selbst spricht und auch darauf antwortet, kommt dies davon, daß man zuviel Zeit auf See verbracht hat, und diese Gewohnheit geht nicht wieder weg. »Verdammter Mist, ist das kalt! Es ist erst Dezember, und du hängst im Hafen fest. Wie wird es erst im Februar auf See sein? Miserabel, es wird miserabel sein.« Ich öffnete die Tür zum Maschinenraum und stieg hinab, und der Lärm des dieselbetriebenen Generators wurde immer lauter. Als ich die unterste Stufe erreicht hatte, war das Dröhnen so laut, daß es mein Klagen übertönte, also beendete ich meinen Monolog und begann mit meiner täglichen Routine.

Ich maß den Benzinstand in den Tanks steuerbord und backbord, dann prüfte ich den Stand des Kühlmittels im Sichtglas des Ausdehnungsgefäßes über dem Hauptmotor. Danach zog ich den Ölmeßstab heraus und stellte fest, daß das Öl bis zur Markierung *voll* reichte. Ich setzte den Ölmeßstab wieder ein, drückte den Startknopf und betete. Nach einigem Ächzen und Husten startete der Hauptmotor widerwillig, und ich ließ ihn laufen, während ich den Generator wartete. Der Generator ist das Kraftwerk eines Schiffes, das den Strom für Anlagen, Heizung, Pumpen und Beleuchtung liefert.

Die Stopfbüchse um die Welle der *Gloria Dawn* hatte ein Dauerleck, das mit noch soviel Dichtung nicht gestopft werden konnte. Zuerst brachte es mich aus der Fassung, das Wasser frei aus der Welle in den Kielraum fließen zu sehen, aber die letzten Monate hatten mich hart gemacht gegenüber unseren verschiedenen Stadien des Sinkens. Ich öffnete ein Ventil, schaltete eine elektrische Pumpe ein und leitete das Wasser im Kielraum unter mir über Bord, wodurch ich den Wasserstand im Hafen von Portland wieder in Ordnung brachte. Ich warf einen Blick auf das mit Blasen gefüllte Freon-Sichtglas des Kompressors für den Gefrierschrank, in dem die

Köder lagerten, überzeugte mich, daß alles noch im gleichen nichtreparierten Zustand war, und bahnte mir meinen Weg nach oben.

Die Uhr des Ruderhauses zeigte 6.30 Uhr an. »Wahrscheinlich erscheinen sie so in einer halben Stunde, also kann ich genausogut die Straße hinaufgehen und Kaffee trinken«, brabbelte ich vor mich hin und eilte wieder hinaus, und dabei zog ich meinen Mantel bis zum Kragen zu. Von der Reling des Schiffes aus langte ich mit einer Hand zur Stahlleiter hinüber. Ich faßte eine rostige Sprosse und stieg mit einem Fuß hinüber. Als ich mich zum Kai hinüberzog, erregte irgend etwas unter mir meine Aufmerksamkeit, etwas im Wasser zwischen dem Schiff und dem Kai. Ich kletterte wieder an Bord des Schiffes und schaute in das Wasser hinunter. Ich hatte mich nicht getäuscht: Ein menschlicher Körper trieb aufrecht zwischen mir und dem Meeresboden, nur der Kopf schaute aus der eisigen Oberfläche heraus. »O mein Gott!« Ich schaute über den Hafen zum Parkplatz hinunter und hoffte, jemand von meiner Besatzung würde auftauchen, aber der Parkplatz blieb so still wie der Körper unter mir.

Ich beugte mich über das Dollbord steuerbord und streckte meinen rechten Arm zu dem Kopf hinunter, bis meine Fingerspitzen nur wenige Zentimeter von dem braunen Haarschopf entfernt waren. Als ich meinen Bauch über die Reling quetschte, so daß nur noch die Spitzen meiner Stiefel Kontakt mit dem Deck hatten, konnte ich einen Haarbüschel greifen. Mit meiner linken Hand klammerte ich mich an die Kante des Dollbords und bewegte mich rückwärts, bis mein Unterkörper größtenteils wieder an Bord war; der obere Teil des Kopfes war jetzt etwas näher am Schiffskörper. Ich holte tief Luft und zog an der Handvoll Haar, bis ein kreidebleiches Gesicht nur eine Armeslänge von meinem Gesicht entfernt auftauchte. Lippen und Augen hatten fast das gleiche Blau. Mein Herz klopfte wie wild, und ich fühlte, wie mein Frühstück hochkam. Ich schluckte und wollte gerade meinen Griff lösen, um diesen toten Mann wegtreiben zu lassen. In diesem Augenblick ging sein Mund auf, und er sprach. »Wildman ist tot, Kapitän.«

»He, du lebst ja!«

»Nein, ich bin tot.«

»Nein, das bist du nicht. Noch nicht. Streck mir einen Arm rauf, und ich versuche, dich herauszuziehen.«

»Ich kann nicht. Ich bin tot.« Dabei schloß er die Augen und atmete langsam und tief aus, und sein Atem roch hochprozentig.

»Ja natürlich, du bist tot, so tot wie eine Alkoholleiche.« In diesem Augenblick wußte ich nicht, ob er gestorben oder bewußtlos war oder einfach keine Lust hatte, mit mir zu diskutieren, aber es war ganz klar, daß er sich nicht selbst retten konnte. Wenn er noch am Leben sein sollte, würde er es in diesem eiskalten Wasser nicht mehr lange sein. Ich zog an seinen Haaren und konnte mit meiner linken Hand seinen Kragen fassen. Ich zerrte daran, lockerte meinen Griff um die Haare und packte mit meiner rechten Hand den Mantel zwischen seinen Schultern, wobei ich jeden Muskel meines Körpers gegen das tote Gewicht des Mannes und seiner vollgesogenen Kleidung anspannte. Ich zog mit meiner Rechten wieder an und konnte mit meiner Linken den Gürtel um seine Taille fassen. Ich packte mit beiden Händen seinen Mantel und seinen Gürtel und zog an, und hau ruck! plumpste er wie ein toter Fisch auf das Fiberglas-Deck, wo er nun zusammengekrümmt auf der Seite lag, während sich eine Lache um ihn bildete. Als ich über ihn gebeugt dastand und nach Luft rang, fielen zwei Schatten neben mir aufs Deck.

Ich drehte mich zum Kai um und sah meinen Ersten Offizier und Timmy, ein anderes Mitglied meiner Besatzung. Der Maat war ein Ire aus Portland, und wir hatten schon eine Zeitlang zusammengearbeitet. Er war für die Einstellung der anderen Besatzungsmitglieder verantwortlich. Das Ergebnis war eine Schiffsladung Iren aus Portland. Sie waren starke Trinker, harte Arbeiter und loyale Schiffskameraden. Der Maat selbst war ein Naturwunder. Er führte jede Arbeit an Bord der *Gloria Dawn* mit Perfektion und Leichtigkeit aus. Er war knallhart und ein wenig gemein, so daß er aus den schlimmsten Männern das Beste herausholte, womit der Rest der Besatzung ziemlich gut beschrieben wäre.

Die beiden Männer sprangen an Bord. Timmy sprach zuerst. »Was ist mit Onkel Patty passiert?« fragte er und rollte den Körper auf den Rücken.

»Er ist dein Onkel?« fragte ich.

»Ja, der Bruder meines Vaters.«

»Ich fand ihn im Wasser. Ich denke, wir sollten einen Krankenwagen rufen. Ich weiß nicht, wie lange er im Wasser war.«

Plötzlich stöhnte Onkel Patty, und seine Augen sprangen auf.

»Sie hat mich an den Haaren gezogen«, bemerkte er sachlich.

Der Maat kicherte. »Ich habe dir gesagt, nicht mit ihr rumzumachen. Was hat sie getan? Dich über Bord geworfen?« Er packte Patty an den Schultern und zog ihn hoch. Timmy half ihm dabei, seinen Onkel zu halten. »Lassen wir das mit dem Krankenwagen, Linda. Wir ziehen ihm etwas Trockenes an, und dann ist er wieder in Ordnung.«

»Er hat mich zu Tode erschreckt. Ich dachte, er sei tot!« rief ich ihnen nach, als sie durch die Tür verschwanden, die zu den Mannschaftsräumen führt.

Bevor die Tür zuschlug, hörte ich Timmys Antwort: »Gott sei Dank ist er betrunken. Er wäre erfroren, wenn er nicht soviel Alkohol im Blut gehabt hätte. Wahrscheinlich hat ihn das gerettet.« Ich schluckte das Frühstück noch einmal hinunter.

Ich nahm an, daß der Maat und Timmy damit beschäftigt seien, Onkel Patty trockenzulegen, und beschloß, jetzt wirklich Kaffee trinken zu gehen. »Es wird niemals langweilig«, seufzte ich und kletterte hinter das Steuer meines Lieferwagens. Als ich die Commercial Street hinunterfuhr, spulte ich die Ereignisse dieses Morgens ab. Das Bild des weißen Gesichtes und der blauen Lippen hatte sich vor meinem geistigen Auge festgesetzt, und mein Magen drehte sich, als ich nach links in das alte Hafenviertel einbog. Ich flüsterte, als schämte ich mich meiner Gedanken: »Von Onkel Patty bekomme ich eine Gänsehaut. Hoffentlich sehe ich ihn nie wieder.« Um mich abzulenken, schaltete ich das Radio an. Ich dachte, daß Countrymusic die blauen Augen, die mich im Geiste verfolgten, vertreiben würde, und ich konzentrierte mich auf den Rhythmus, als ich auf dem Kopfsteinpflaster die schmale Straße entlangrumpelte.

Plötzlich fuhr ein gelber VW rückwärts vor mir auf die Straße. Ich stieg auf die Bremse und kam nur wenige Zentimeter von der gelben Stoßstange entfernt zum Stehen. Der Herr am Steuer schien etwas verlegen, machte ein Handzeichen und formte das Wort *Entschuldigung*. Ich winkte zurück und sagte: »Kein Problem«, wobei ich lächelte, da mir klar wurde, daß ich in nur 24 Stunden in See stechen würde und vielleicht dreißig Tage vergingen, bis ich wieder irgend jemand außer meine Besatzung anrempeln könnte. Auf dem Meer gewinnt Nähe an Bedeutung. Auf dem Meer stellt ein näherkommendes Objekt, das in sechs Meilen Entfernung auf dem Radarschirm erscheint und sich mit einer Geschwindigkeit von nur zehn Knoten bewegt, eine mögliche Bedrohung der Sicherheit dar und wird genau beobachtet, um eine freie Fahrt sicherzustellen. Hier in der Stadt fahren die Autos mit halsbrecherischer Geschwindigkeit Stoßstange an Stoßstange, und niemand denkt darüber nach. Der VW vor mir rutschte weiter und nahm alle meine Gedanken an Onkel Patty mit sich. Ich entschloß mich, auf den Kaffee zu verzichten, und fuhr zum Schiff zurück.

Fünf meiner sechs Besatzungsmitglieder waren jetzt an Deck der *Gloria Dawn* damit beschäftigt, elliptische Schleppnetze aneinanderzufügen. Elliptische Schleppnetze gehören zu der Ausrüstung, mit der man Heilbutt und solche Fische fängt, die am Meeresboden nach Nahrung suchen. Als ich zum Schiff hinunterkletterte, rief ich: »Hallo, Jungs. Es sieht aus, als würden wir morgen die Leinen losmachen. Wir bekommen heute Benzin und Köder und am Morgen zuerst einmal Lebensmittel.« Dann fragte ich den Maat, was er mit Onkel Patty gemacht habe.

Der Maat antwortete, ohne von seinem Stapel Haken aufzuschauen: »Wir haben ihm etwas Trockenes angezogen und in seine Koje gelegt. Er schläft seinen Rausch aus.«

»*Seine* Koje?«

»Richtig. Der Junge, der auf dieser Fahrt kochen sollte, muß eine Weile im Gefängnis verbringen. Ich habe Patty angeheuert, um seinen Platz einzunehmen.« Der Maat sah so aus, als wappnete er sich gegen die Wut, die er verdiente und erwartete.

Ich wußte, daß es nicht klug war, vor versammelter Besatzung einen Tobsuchtsanfall zu bekommen, der auf meinen besten Mann abzielte, also atmete ich tief durch und dachte einen Moment nach: »Wie alt ist Onkel Patty?« fragte ich.

»Ich schätze, so um 43«, antwortete der Maat, sichtbar erfreut, daß ich nicht hochgegangen war.

»Für mich sieht er wie 83 aus«, sagte ich bissig.

»Nun, du hast einen seiner schlechten Tage erwischt. Heißt das, daß er die Fahrt mitmachen kann?«

Ich zuckte mit den Schultern und ging kopfschüttelnd zum Ruderhaus. »Mein Gott. Ich nehme Onkel Patty zum Fischen mit.«

Es war vielleicht die schlimmste vieler falscher Entscheidungen. Mehr über Onkel Patty und die *Gloria Dawn* in Kapitel 10. Aber jetzt zurück zur *Hannah Boden.*

3

Zweifel

Obwohl mich die Erfahrungen der Vergangenheit mit den jeweiligen Besatzungen hart gemacht hatten, klammerte ich mich an ein kleines Fünkchen Hoffnung. Ich hoffte, daß meine Männer rechtzeitig und in nicht zu schlechtem Zustand auftauchten. Schon früher hat es Schiffe gegeben, die am Abreisetag im Hafen festlagen, weil die Besatzung nicht da war. Viele Männer gaben den Zweifeln nach, die uns alle plagten, und überlegten es sich anders, und es war nicht ungewöhnlich, daß jemand nicht auftauchte. Vielleicht ist es der Alkohol, der Männern die Berechtigung gibt, in der letzten Minute auszusteigen, wobei einige zum Hafen kommen, um eine Erklärung abzugeben; andere kommen gar nicht und sagen niemandem etwas. Eine gewisse Menge Alkohol kann sicher das Gefühl für Verantwortung und Verpflichtung trüben und es Männern erlauben, ihrem Gefühl im Bauch nachzugeben und die Arbeit fristlos einzustellen, also nicht mitzufahren. Einige nennen es feige, andere halten es einfach für schlau. Wir alle kennen die Geschichten von *zur See fahrenden Propheten*, jene Männer, die von einem Schiff, das später ins Verderben fuhr, unmittelbar vor der Abfahrt absprangen, weil sie einem unbestimmten Gefühl nachgaben, wieder in die Kneipe zurückzugehen.

Ich betete, daß keiner meiner fünf Männer eine wundersame Offenbarung erlebte, bevor wir eine Entfernung zurücklegen konnten, die sie von der Versuchung abbringen würde, von Bord zu springen und zum Ufer zurückzuschwimmen. Ich ließ Bob an Deck, damit er sich mit der Steuerung der Eismaschine beschäftigte und auf die Besatzung wartete, während ich nach unten ging, um das Öl des Hauptmotors zu überprüfen. Ich stellte fest, daß das Öl auf *voll* stand, legte den Ölmeßstab zurück und kletterte zwei Stahlleitern nach oben zum Ruderhaus, wo ich den Hauptmotor mit einem Knopfdruck startete. Der Motor sprang leicht an und lief im Leerlauf ohne Probleme. Dann umrundete ich die weiträumige Brücke der *Hannah Boden* und schaltete einige der zahlreichen elektronischen Geräte an, damit sie warmlaufen konnten. Ich schaltete die beiden Radars auf Bereitschaft, drehte den GPS, zwei Videoplotter, zwei Lorans und zwei Einseitenbandradios [ESB] an und stellte den VHF-Funk auf Kanal 16 ein. Der Großteil der anderen Elektronik würde erst später benötigt werden, deshalb ließ ich sie ausgeschaltet und ging an Deck zurück.

Ich trat in den Sonnenschein hinaus, als Peter und Charlie mit ihren Seesäcken, die mit Kleidung für den Fischfang, Lesematerial, Zigaretten, Zahnpasta, Deodorant und ähnliches gefüllt waren, aus einem Taxi stiegen. Diese beiden Besatzungsmitglieder waren in ihrem Äußeren so gänzlich unterschiedlich, wie zwei Menschen es nur sein können. Peter, ein großer, robuster Schwarzer mit seriösem Auftreten stammt aus Grenada. Sein kurzgeschnittenes Haar und sein Backenbart schienen gerade Bekanntschaft mit einem Friseur gemacht zu haben. Charlie ist ein leichenblasser Clownstyp aus Massachusetts, dessen zerzauster Kopf Peter gerade mal bis zur Brust reicht. Charlie sah an diesem Morgen etwas mitgenommen aus, aber beide Männer lächelten, als sie *Hallo* riefen und im Vorschiff verschwanden, um ihre Sachen zu verstauen. »Nun«, dachte ich »zwei sind unten, bleiben noch drei.« Charlie und Peter hatten offensichtlich jegliche Bedenken oder Gedanken daran, es sich anders zu überlegen, an diesem Morgen zerstreut; nur sehr wenige Männer drehen sich um und laufen weg, wenn sie erst einmal ihr Gepäck verstaut haben.

Als ich zur Hafeneinfahrt hinaufsah, konnte ich die übrigen drei Fünftel der »Gang« sehen, die mit ihren Seesäcken über der Schulter auf mich zukamen. Ihre Schritte, die alles andere als entschlossen waren, brachten sie langsam und zögerlich näher. Carls jugendlicher Schritt hatte an diesem Morgen nichts Federndes, und er zuckelte hinter den beiden anderen her. Ringo und Kenny blieben stehen, um auf Charlie zu warten. Als die drei Männer so dastanden und miteinander sprachen, schien es, als stünden sie am Rande einer Entscheidung. Ich hatte diese Art Diskussion schon vorher gehört, gesehen und erlebt beziehungsweise war in sie verwickelt gewesen. Männer, die in den letzten 48 Stunden soviel Alkohol aufgesaugt hatten, wie sie aufnehmen konnten, überlegten nun, ob sie in die Kneipe zurückgehen und bis zur Bewußtlosigkeit weitertrinken oder an Bord gehen sollten, um während des nächsten Monats Enthaltsamkeit zu üben. Kenny zog eine Schachtel Marlboro aus seiner Hemdentasche, steckte sich eine Zigarette in den Mund und bot die Packung dann Ringo und Carl an. Ringo bediente sich. Carl schüttelte den Kopf; sein Gesicht hatte eine grünliche Färbung. Danach setzten sie ihren Weg zum Schiff fort. Carl fiel wieder zurück. Die Flut hatte fast ihren Höchststand erreicht. Es war genau acht Uhr.

Ringo ging an Bord, eingehüllt in den Geruch der Kneipe. In seinen Jeans und seinem weit geschnittenen Hemd hing der Geruch von abgestandenem Bier und Zigaretten, der sich auch in seiner dichten Mähne blonder Haare verfangen hatte. »Hallo, Bob. Guten Morgen, Linda. Was für ein wundervoller Morgen, um fischen zu gehen.« Ringo klang oder schien niemals betrunken, denn seine Stimme war klar und seine Worte präzise – dennoch: Er war es sicherlich. Kenny kam direkt hinter ihm. Als er uns grüßte, bemerkte ich mehrere Beulen auf seiner Stirn, böse Blutergüsse.

»Was ist mit dir passiert?« fragte ich und starrte auf seine lädierte Stirn.

»Ich bin in eine Rum-Schlacht geraten.«

»Was hat dich getroffen? Bacardi-Flaschen?«

»Nein«, antwortete Kenny. »Tontauben.«

Kennys Befragung wurde durch ein würgendes Geräusch unterbrochen. Carl, der noch nicht ganz am Schiff angelangt war, lehnte über einem hölzernen Pfahl in der Nähe des Bugs und übergab sich ins Wasser. Er brach noch eine Zeitlang, dann richtete er sich auf und wischte sich den Mund an seinem Hemd ab.

Ich drehte mich zu Ringo um. »Wo hat er letzte Nacht getrunken?«

»Stell mir keine Fragen, dann erhältst du keine Lügen.« Ich hatte von Ringo diese Antwort erwartet. Die Besatzung hält immer zusammen, und das soll auch so sein. Ich hatte kein Interesse daran, mit einem Haufen Klatschtanten und Muttersöhnchen in See zu stechen. Carl war mit 19 jedoch weit unter dem gesetzlichen Mindestalter von 21 Jahren für den Genuß von Alkohol.

»Du weißt, daß Carl noch nicht trinken darf, oder?« fragte ich.

»Linda, ein Mann muß nicht auf seine Geburtsurkunde sehen, um zu wissen, ob er Durst hat.« Eine weitere typische Antwort à la Ringo.

»Aber er ist noch ein Junge, kein Mann.«

»Nun, du behandelst ihn hier an Bord doch als Mann«, argumentierte Ringo. »Er arbeitet wie ein Mann und wird bezahlt wie ein Mann. Warum sollte er dann nicht wie ein Mann trinken?«

»Vielleicht solltest du ›übergibt sich wie ein Mann‹ zu seinen vielen Eigenschaften hinzufügen«, bemerkte Bob und zeigte mit seinem Kopf in Richtung Kai, wo Carl wieder vornübergeneigt in den Hafen kotzte. Nun mußte auch ich lachen und hoffte, daß Carl vielleicht seine Lektion gelernt hatte. Die Dinge hätten tatsächlich schlechter liegen können. Alle waren, gleich in welchem Zustand, versammelt und mehr oder weniger bereit, fischen zu fahren. Wenn Bob und ich sie noch ein paar Minuten lang davon abhalten konnten, es sich wieder anders zu überlegen, gehörten die fünf für die Dauer der Fahrt mir. Bis die üblen Auswirkungen des Alkohols vorübergingen, würden sie sich fühlen wie an die Kandare genommene Sklaven.

Ich schrie Carl am Kai zu, die Kartons mit dem Fanggerät in Bobs Lastwagen den Jungs auf Deck herunterzureichen. Charlie half Carl am Kai, und in wenigen Minuten war der Lastwagen geleert und die Kartons an Deck, wo wir sie einzeln öffneten, um den Inhalt auf meiner Geräteliste abzuhaken. Die Bestellung für diese Fahrt bestand aus:

1. Sechs Kartons auf 150 Kilogramm getestete Monofil-Leine [Leitwehr-Material].
2. Drei Spulen mit je einer Meile auf 350 Kilogramm getestete Monofil-Leine [Hauptleine].
3. 3000 Stück 7698B-Mustad-Haken.
4. Acht Schachteln mit 1000 D-Crimps. [D bezieht sich auf die Größe des Crimps oder der »Hülse« und ist die richtige Größe für einen auf 150 Kilogramm getesteten Monofil.]
5. 200 Schnappverschlüsse mit Drehgelenk. [Schnappverschlüsse sind eine Art metallene Wäscheklammer, mit der man Haken an der Hauptleine befestigt.]
6. Zwei 12-Zoll-Schlichtfeilen [zum Schärfen der Haken].
7. Sechs Schleimmesser. [Ein Messer mit gebogener Klinge, mit dem man beim Putzen bzw. Vorbereiten die Innenseite der Öffnung des Schwertfischkörpers auskratzt.]
8. Sechs 6-Zoll-Ripper [Allzweckmesser].
9. Zwölf Klingen für die Fleischsäge [um Flossen und Köpfe vom Fisch zu trennen].
10. Vier Drahtbürsten [um Blutspuren vom Rückgrat des Fisches zu entfernen und so ein vorzeitiges Verderben des Fleisches zu vermeiden].
11. 8000 chemische Leuchtstäbe: 2000 weiße, 2000 blaue, 2000 grüne, 1000 gelbe und 1000 rosa. [Diese werden verwendet, um Köder und Schwertfische zum Fischfanggerät zu locken.]

Wir hatten alles.

Als wir das Fischfanggerät sortierten, war Charlie an der Reihe, sich zu übergeben, und zwar über die Backbordreling. »Mein Gott, ich wünschte, ihr Jungs würdet nicht soviel trinken«, sagte ich in die Runde.

»Ja, Wünsche in einer Hand und Scheiße in der anderen. Mal sehen, welche zuerst voll ist«, sagte Kenny mit den Beulen.

»Du bist ekelhaft!« Ich drehte mich zu Ringo um, dem Kennys Eloquenz zu gefallen schien, und fragte: »Gibt es Straußenvögel aus Ton?«

Die Jungs schleppten die Kartons mit dem Gerät herein und zum Vorpiek hinauf, einem großen Lagerraum am Bugende des Schiffes. Bob schaute mit einer Taschenlampe in die Eismaschine hinein und paßte die Salzwassereinspeisungshöhe an. Ich hoffte, er würde sich beeilen und fertig werden, bevor einer oder mehrere der Männer verschwänden.

»Linda, kann ich schnell zum *Dunkin Donuts* laufen?« fragte Ringo.

»Nein. Wir fahren, sobald Bob mit dem Einstellen der Eismaschine fertig ist.«

»Ich brauche nur eine Minute«, versuchte es Ringo noch einmal.

»Das letzte Mal, als du Donuts holen gingst, kamst du mit zwölf Budweiser zurück.«

»Ich hatte aber auch Donuts!«

»Do*nut*. Du hattest einen Donut.«

»Habe ich ihn nicht dir gegeben?«

»Ich habe keinen Hunger, und du gehst nicht von Bord.«

»Mein Gott, wie ich es hasse, nüchtern zu werden.« Ringo schloß sich dem Rest der Besatzung an der Reling steuerbord an, setzte sich hin und zündete sich ergeben eine Zigarette an. Das gab dem Bild einer wirklich zerlumpten Besatzung den letzten Touch. Ich schaute Bob über die Schulter, als er seine Arbeit an der Eismaschine fortsetzte. Salzwassereis ist auf einem Fischfänger eine Notwendigkeit. Es ist vier Grad kälter als Frischwassereis und dient dazu, daß der Fisch auf den langen Fahrten nicht verdirbt. Das Fleisch eines vor drei Wochen getöteten Fisches ist genauso appetitlich wie das von frisch gefangenem Fisch, wenn man es richtig behandelt.

Während Bob das Eis beobachtete, langte ich in meiner rechten Hosentasche nach dem Fettstift. Er war nicht da. Verzweifelt suchte ich meine anderen Taschen ab, vergebens. Meine Lippen, die sehr empfindlich sind, was Sonne, Wind und Salz anbelangt, würden ohne Fettstift während des ganzen Monats aufgesprungen, aufgerissen und blutig sein.

»He, Bob, ich muß zum Laden laufen, um einen Fettstift zu holen.«

»O nein. Du gehst nicht von Bord«, sagte er. »Die Maschine ist fertig eingestellt. Ich mache die Leinen los.«

»Bob, ich kann nicht einen ganzen Monat ohne Fettstift auskommen. Meine Lippen werden nie mehr so sein wie jetzt«, bettelte ich.

»Hier, nimm meinen«, und er reichte mir aus seiner Tasche einen benutzten Fettstift und kletterte schnell auf den Kai, wo er sich vornüberneigte und die erste Springleine packte. Ich verstand Bobs Weigerung, mich vom Schiff zu lassen, da ich wußte, daß er schon Kapitäne erlebt hatte, die im letzten Moment vom Schiff sprangen und ihn mit einer betrunkenen Besatzung zurückließen, die nur darauf wartete, ihrem Kapitän zu folgen.

Jemand fragte sich an der Reling steuerbord: »Was hätte er wohl getan, wenn sie gesagt hätte, daß sie Tampons braucht?« Ich schüttelte den Kopf und schaute den Fettstift ungläubig an. Er war uralt, denn er steckte in einer antiken Metallhülle, und so lange ich zurückdenken kann, gibt es nur Plastikstifte. Das muß eine Art Familienerbstück sein, dachte ich und schwor, ihn nicht zu verlieren oder in die Waschmaschine oder den Trockner zu stecken, wie ich es vorher schon so oft getan hatte.

»Okay, legen wir ab«, sagte ich zu den Jungs und kletterte die Stufen zur Brücke hoch. Wir waren soweit, jetzt gab es kein Zurück. Die Männer lösten die Leinen von den Klampen und ließen diese weit genug durchhängen, damit Bob die Schlaufen der vier Seile über die Hafenpfähle heben konnte. Die Besatzung zog die gelösten Leinen an Bord und rollte sie sorgfältig auf, während ich die *Hannah Boden* langsam und vorsichtig vom Kai wegmanövrierte.

Bob winkte vom Kai aus. »Wir sehen uns, Männer. Viel Glück, mein Mädchen.«

Als das Heck des Schiffes das Ende des Kais passierte, steuerte ich scharf backbord auf die roten und grünen Markierungen für die Kanalmitte zu. Ich gab den lange ersehnten Seufzer der Erleichterung von mir: »Zu weit, um zu springen.« Ich ließ die Boje backbord liegen und steuerte aus dem Binnenhafen von Gloucester hinaus. Als wir an Ten Pound Island vorbeiglitten, erschien Kenny an der hinteren Tür des Ruderhauses und fragte: »Soll ich jetzt die Ausleger herunterlassen?«

»Ja, bitte. Wir lassen die Vögel oben, bis wir sie brauchen. Danke.«

Das Schiff ächzte und stöhnte, als Kenny die Ausleger aus ihrer vertikalen Position in eine fast horizontale Position hinunterließ, zwei gigantische Stahlarme, deren Zweck darin besteht, das Schiff bei rauher See abzubremsen. Die *Vögel* genannten, 100 Kilogramm schweren Stabilisatoren aus Stahl, die an einer Kette am Ende der Ausleger hängen, sind so konzipiert, daß sie unter der Oberfläche des Wassers schwimmen, und ihre Tendenz einzutauchen setzt dem Rollen des Schiffes einen zusätzlichen Widerstand entgegen. Die Vögel setzen auch der Vorwärtsbewegung des Schiffes einen leichten Widerstand entgegen, wenn sie durch das Wasser gezogen werden, wodurch sie unsere Geschwindigkeit um einen Knoten reduzieren. Bei schönem Wetter läßt man die Vögel in der Luft hängen, nur bei Bedarf werden sie hydraulisch ins Wasser gelassen. Der Vogel steuerbord bleibt jeden Tag, während wir *einholen*, das heißt das Fischfanggerät zurückholen, am Ende des Auslegers hängen, unabhängig von den Wetterbedingungen, da das Fischfanggerät steuerbord eingeholt wird. Bliebe der Vogel steuerbord beim Einholen im Wasser, würde er sich ständig in der Hauptleine verfangen, und man verlöre wertvolle Zeit damit, ihn freizubekommen. In diesem Moment mußten wir uns über verfangenes Gerät für die nächsten fünf Tage oder mehr keine Gedanken machen, bis wir unser Ziel östlich der Grand Banks von Neufundland erreicht hatten. Dahin ging die Fahrt.

Als die Mole hinter dem Schiff verschwand, schaltete ich den Autopiloten ein und hielt einen Steuerkurs von etwas nördlich über Ost, etwa 82 Grad geographisch. Ich stieß einen zweiten Seufzer der Erleichterung aus: »Zu weit, um zu schwimmen.« Das Meer war ruhig und die Sicht ausgezeichnet, ein großartiger Tag, um die Fahrt zu beginnen. Ich schaute durch die rückwärtigen Fenster auf das Achterdeck hinaus, wo meine fünfköpfige Besatzung stand und achtern blickte. Ich wußte, daß sie dort stehenblieben, bis Gloucester ganz verschwunden war, bis sich das letzte Grün im Blau aufgelöst hatte. Ich habe das immer getan, solange ich als Besatzungsmitglied arbeitete. Nun war alles anders. Als Kapitän mußte ich mich zwingen, nach vorne über den Bug zu blicken, 1000 Meilen nach Osten und fünf Tage voraus. Bei jeder Fahrt wurde es etwas schwieriger, mich davon zu überzeugen, daß die wichtigen Dinge vor uns lagen und daß die Dinge, die zurückblieben, immer noch da sein würden, wenn wir zurückkämen. Es wurde schwieriger, diese Zweifel zu vertreiben.

Ich ließ mich in den Kapitänsstuhl fallen und entspannte mich. Der Loran zeigte an, daß wir etwa 10,4 Knoten Fahrt machten, was bei gutem Wetter und hochgezogenen Vögeln einer durchschnittlichen Geschwindigkeit entspricht. Der Videoplotter hatte die Daten unserer letzten Fahrt gespeichert, und der Punkt, der unserer derzeitigen Position am nächsten lag, war 25 Meilen südlich von Cape Sable, Neuschottland, und 223 Meilen von unserer derzeitigen Position auf 82 Grad. Der Bildschirm des Plotters zeigt ähnlich dem eines PCs die geographische Position eines Schiffes in bezug zu den Wegepunkten an, die vom Anwender manuell eingegeben worden sind. Das Schiff erscheint auf dem Bildschirm als blinkender Punkt etwa im Durchmesser eines Bleistiftes. Gewöhnlich ziehe ich auf dem Bildschirm eine Linie, ausgehend vom jetzigen Punkt zum nächsten Wegepunkt, und diese Linie stellt unseren gewünschten Kurs dar. Wenn die Besatzung Wache steht, was sie abwechselnd jede Nacht tut, muß sie den blinkenden Punkt nur auf der Kurslinie halten, um sicherzustellen, daß das Schiff in die richtige Richtung fährt. Es ist ein Videospiel in extremem Zeitlupentempo. Meine Besatzung bestand aus kompetenten Seeleuten und konnte navigieren, der Plotter ist aber immer eine gute Absicherung gegen Fehler.

Ich erhob mich von meinem Stuhl und ging zum GPS hinüber, dem globalen Funkpeilsystem. Das GPS ist ein höchst genaues elektronisches Gerät, das Informationen von Satelliten verwendet, um die Position eines Schiffes in bezug auf Breitengrade und Längengrade zu berechnen. Das GPS kann auch Entfernung und Peilung zu einem Wegepunkt berechnen. Anders gesagt, das GPS kann mir sagen, in welcher Entfernung und Richtung von mir ein bestimmter Punkt liegt. Ich gab unser Endziel auf der Tastatur des GPS ein, und zwar 45 Grad 00 Minuten Nord und 45 Grad 00 Minuten West. Das GPS lautete: Entfernung 1102 Seemeilen, Peilung 82 Grad geographisch. Der Bildschirm zeigte auch an, daß wir einen Kurs von 85 Grad geographisch hielten, also drei Grad zuviel. Ich ging zum Autopiloten und drehte den Steuerungsknopf einen Bruchteil gegen den Uhrzeiger, um unseren Kurs etwa drei Grad nach backbord zu ändern.

Ich war zufrieden, daß wir nun auf Kurs waren, setzte mich und entspannte mich wieder. Ich dachte an das Funktelefon über dem Kartentisch und daß ich es nutzen sollte, bevor wir aus seiner Reichweite segelten. Das Telefon funktioniert normalerweise in einem Bereich, der den ganzen Golf von Maine abdeckt und ein Stück die Küste von Neuschottland hinauf, bevor uns der Kurs zu weit vom Festland führt, um mit irgendeiner landgestützten Funktelefonanlage Verbindung aufzunehmen. Ich hatte mit meiner Familie gesprochen, als ich vor einigen Tagen nach Gloucester hineinfuhr, und gesagt, daß ich versuchen würde, zu einem Besuch auf die Insel zu kommen, bevor ich wieder auf Fahrt ginge. Zeit war Mangelware, und ich konnte mich nie weiter als drei Meilen von der *Hannah Boden* entfernen, ganz zu schweigen bis zur Isle Au Haut in Maine. Das Schiff hatte mich dieses Jahr an der kurzen Leine gehalten, die Art Leine mit Würgegriff, die dich sofort daran erinnert, wenn du dich zu weit und zu schnell entfernst. Es hatte einfach zuviel Arbeit auf dem Schiff gegeben, und der Zeitplan war zu eng gewesen, um Zeit für zu Hause zu haben. Kürzlich war mir bewußt geworden, daß ich nie vom Hafen aus zu Hause anrief, nur vom Wasser aus und gewöhnlich, wenn ich abfuhr. Ich fragte mich, was dies über mein Selbstvertrauen aussagte, diese harte Arbeit zu machen. Sicherlich würden mir Zweifel kommen, wenn meine Mutter mir am Telefon sagte, daß ich für ein paar Tage nach Hause kommen solle. Die Schwertfischsaison auf den Grand Banks ist relativ kurz, und ich mußte darauf vertrauen, meine Haupteinkünfte in vier oder fünf Monaten zu machen.

Früher hatten wir die Schwertfischsaison der *Hannah Boden* bis November verlängert. Seit dem Verlust unseres Schwesterschiffes, der *Andrea Gail*, im Halloween-Sturm 1991 hatte Bob darauf bestanden, unsere Saison Mitte oder Anfang Oktober zu beenden, um das schwere Wetter zu vermeiden, das normalerweise nach dieser Zeit aufkommt. Im Laufe der Jahre hatte ich es geschafft, auf verschiedenen Schiffen, die für verschiedene Arten des Fischfangs eingesetzt wurden, in jedem Monat des Jahres zu fischen, und hatte dafür von Mutter Natur viele Schläge erhalten, wobei ich die schlimmsten Prügel im Spätherbst erhielt. Ende Oktober dieses Jahres würden wir das Schiff und das Fischfanggerät für den Hummerfang vor der Küste von Georges Banks fertigmachen oder für den Schwertfischfang in der Karibik, was in jedem Fall besser war, als dem Winterwetter bei 45 Grad nördlicher Breite und 45 Grad westlicher Breite zu trotzen.

Ich schaute nochmals zum Funktelefon hinauf. »Ich denke, daß ich lieber Bescheid sagen sollte, daß ich wieder auf See bin«, sagte ich laut. Ich nahm den Hörer von der Gabel und wählte die Nummer meiner älteren Schwester Rhonda in Cundy's Harbor, Maine. Rhonda ist der Mittelpunkt der Familie und behält alles immer im Auge.

»Hallo.«

»Hi, Rhon, gibt es Neuigkeiten?«

»Hi, Lin. Nicht viel. Wo bist du?« fragte sie.

»An Bord des Schiffes, wir fahren gerade hinaus. Wir haben heute morgen abgelegt. Ich dachte, ich sollte mich mal bei dir melden; wir haben uns schon lange nicht gesprochen.«

»Ja, ich sprach gestern mit Mama. Sie sagte, du hattest eine Superfahrt. Meinen Glückwunsch.«

»O danke«, ich zögerte zu fragen: »Hat irgend jemand nach mir gefragt?«

»Nein, Lin.«

»Bill hat nicht angerufen?«

»Nein.«

»Wayne?«

»Nein.«

»Mein Gott – Larry Butler?«

»Larry hat seit März nicht mehr angerufen.«

»Du hast mir nie gesagt, daß er angerufen hat«, fauchte ich.

»Habe ich schon. Du sagtest, wenn er wieder anriefe, sollte ich ihm einen Gruß von dir ausrichten.«

»Hast du?« fragte ich verzweifelt.

»Er hat nicht angerufen.«

»Ach. Nun ja, was sollte ich erwarten. Mist, er war schon fünfmal verheiratet. Wahrscheinlich hat er das Aufmerksamkeitsdefizit-Syndrom.«

»Ja.« Rhonda lachte laut. »Ich denke, das haben sie alle. Warum rufst du sie nicht an?«

»Hat uns unsere Mutter nicht beigebracht, daß es sich für Mädchen nicht schickt, Jungs anzurufen?« argumentierte ich.

»He. Tolle Ausrede. Seit wann betrachtest du dich als Mädchen?«

Und daraufhin sagten wir uns auf Wiedersehen und wünschten uns Glück. Ich gebe immer jedem, von dem ich möchte, daß er mich kontaktiert, Rhondas Telefonnummer, weil sie immer weiß, wo ich mich aufhalte, und ein Talent dafür hat, jede unerwünschte Aufmerksamkeit loszuwerden und die zu pflegen, die ich vielleicht für wünschenswert halte. Anscheinend mußte sie in den letzten Monaten beides nicht zu oft tun. Die *Hannah Boden* hatte meine ganze Zeit in Anspruch genommen und nichts für außerplanmäßige Aktivitäten wie Freunde übriggelassen. Ich hatte keine Zeit fürs Mittagessen, ganz zu schweigen davon, eine Beziehung aufzubauen.

Schnell verdrängte ich die deprimierende Tatsache aus meinem Kopf, während der nächsten dreißig Tage keinerlei romantische Aufmerksamkeit zu erhalten, und ersetzte sie, wie könnte es anders sein, durch eine weitere Liste. Ich schnappte mir mein Notizbuch und einen Stift vom Kartentisch und ließ mich wieder auf meinen Stuhl fallen. Ich blätterte alte Listen, Rechnungen für Schiffswachen und viele Blätter durch, auf denen ich Fischfang- und persönliche Informationen eingetragen hatte, bis ich eine leere Seite fand, auf die ich die Überschrift kritzelte: DINGE, DIE VOR DEM AUS-

BRINGEN DES FANGGERÄTS ZU ERLEDIGEN SIND. Von meinem Platz aus konnte ich den Radarschirm, den Plotter, zwei Lorans und nach vorne sowie seitlich aus den Fenstern des Ruderhauses sehen. Wir waren immer noch auf Kurs, und so weit das Auge reichte gab es nur das Meer. Dies war eine der seltenen Gelegenheiten, wo das Meer völlig ruhig war und die gleiche Farbe wie der Himmel hatte. Wenn ich geradeaus blickte, konnte ich nicht unterscheiden, wo das Meer aufhörte und der Himmel anfing; es war ein unheimliches Gefühl. Um das ganze Schiff herum, 360 Grad, nichts als Blau. Keine Wellen, keine anderen Schiffe, keine Skyline, kein Land, nichts. Wir waren nur ein paar Stunden von Gloucester entfernt, aber wir hätten genausogut ein Schiff in einer Flasche sein können. Der Seelandschaft, die nicht definiert war, fehlte der künstlerische Touch. Ich suchte meine Umgebung erfolglos nach einer herabstoßenden Möwe oder einem an der Oberfläche aufblitzenden Fisch ab. Auf dieser Leinwand, auf der man keinen Pinselstrich sah, war nur die Abgeschiedenheit porträtiert, man könnte auch sagen: die Einsamkeit. Aber die Einsamkeit ist ein Geisteszustand, und obwohl ich tatsächlich allein war, würde ich niemals einsam sein.

Plötzlich bemerkte ich, daß ich den Maschinenraum schon seit einiger Zeit nicht mehr kontrolliert hatte, deshalb legte ich mein Notizbuch weg und rannte zwei Decks hinunter, dabei setzte ich meinen Ohrenschutz auf, der wie ein Kopfhörer aussah. Es war ziemlich einfach, den Maschinenraum zu kontrollieren, und dies mußte mehrmals täglich gemacht werden. Nachts kontrollieren ihn die Jungs alle dreißig Minuten als Teil ihrer Aufgaben während der Wache. Ich ging aufmerksam um die Maschinen herum und prüfte die Sichtgläser (durchsichtige Röhrchen an der Außenseite der Behälter, die den Füllstand der Flüssigkeit in jedem Behälter anzeigen) sowie die Temperatur- und Druckanzeiger. Ich suchte nach Benzin-, Öl- oder Wasserlecks und prüfte den Kielraum. Ich war glücklich darüber, weder zu sinken noch zu brennen, und kletterte zum Hauptdeck hinauf, nachdem ich die Stahltür des Maschinenraums hinter mir geschlossen hatte. In der Kombüse gab es keinerlei menschliche Aktivität. Ich öffnete die riesige rostfreie Tür des begehbaren Kühlschranks, langte hinein und schnappte mir eine Dose Pepsi light – eins der Dinge, ohne die ich weder auf See noch an Land auskomme. Beide Kabinentüren steuerbord und backbord waren geschlossen und das Licht unten in der *Falle* ausgeschaltet, was bedeutete, daß die Besatzung ihre zwei freien Tage verschlief. Ich kletterte mit meiner Cola und einer Familienpackung Kartoffelchips, die mir zufällig unter einen Arm gerutscht war, die Stufen zum Ruderhaus empor.

Bis ich im Kopf die neue Liste aufgestellt hatte, war fast die ganze Packung Kartoffelchips verschlungen, und ich legte den Rest davon auf den Kartentisch. Ich ließ die Besatzung schlafen; morgen würde die Arbeit beginnen. Statt der Besatzung ständig zu sagen, was sie vor dem ersten *Ausbringen* tun muß, mache ich lieber eine Liste der Dinge, die erledigt werden müssen, so daß sie die Reihenfolge und wer welche Arbeit ausführt unter sich ausmachen können. Wenn die Besatzung noch grün hinter den Ohren wäre, müßte ich auf sie aufpassen, aber diese Jungs wußten genausogut wie ich, was getan werden mußte. Ich vertraute ihnen, daß sie alle ihren Teil dazu beitragen würden. Diese Truppe hätte zweifelsohne das Fischfanggerät, lange bevor ich ein Wasser zum Fischen fand, in Ordnung gebracht. Ich schrieb die Liste in Druckbuchstaben. Obwohl ich die Positionen numerierte, gab ich keine Prioritäten vor. Alles mußte getan werden, jede einzelne Position war von gleicher Wichtigkeit. Während die Besatzung die erste Etappe der Fahrt verschlief, um Gedanken an traurige Abschiede zu vermeiden, überstand ich sie mit dem Anfertigen von Listen. Leerzeiten führten zu leicht dazu, den Zweifeln die Oberhand zu geben.

DINGE, DIE VOR DEM AUSBRINGEN DES FANGGERÄTS ZU ERLEDIGEN SIND:

1. Hupbojen montieren und testen.
2. Alle Haken schärfen.
3. Crimper justieren und testen.
4. 2400 Leitwehren anfertigen.
5. Alle Kugelschwimmer montieren und lackieren.

6. Alle Schwimmer in Bündeln von 10 Stück zusammenfassen und backbord an die Wetterwand hängen.
7. Die Spule um drei Meilen Hauptleine erweitern.
8. Leuchtstäbe mit Bändern versehen.
9. Spezialköder anfertigen.
10. Kugelhänger anfertigen.

Es war eine relativ kurze Liste. Außer der Anfertigung von Leitwehren und der Befestigung von Bändern an den Leuchtstäben konnten alle Positionen in den ersten beiden Tagen fertiggestellt werden. Mit dem Anfertigen von 2400 Leitwehren sind gewöhnlich zwei Männer vier Tage lang beschäftigt, wenn sie täglich zwölf Stunden arbeiten. Ich wußte, daß Peter diesen langweiligen Job überwachen und die meisten Leitwehren selbst anfertigen würde.

Eine Leitwehr ist ein Gebilde aus einem metallenen Schnappverschluß, einem Stück von einer auf 150 Kilogramm getesteten Monofil-Leine und einem Haken. Schnappverschluß und Haken werden mit einem D-Crimp an den entgegengesetzten Enden des Monos befestigt. Das Ende des Monos wird durch den Crimp geführt, der aus einer ein Zentimeter langen Buchse aus Metallrohr mit einer ovalen Öffnung besteht, die den doppelten Durchmesser des Monos hat. Das gleiche Ende des Monos wird dann durch die Öse des Hakens geführt, so wie man einen Faden in ein Öhr einfädelt. Dann wird das Ende des Monos wieder in entgegengesetzter Richtung durch den Crimp geschoben und bildet eine Monoschlaufe, an welcher der Haken hängt. Die Schlaufe wird um die Hakenöse gezogen, indem man den Crimp schiebt und den losen Mono hindurchzieht, bis sich die Schlaufe um die Öse schließt. Der Crimp, in dem sich zwei Stränge des Monos befinden, wird dann in die Backe des Crimpers gelegt und das Werkzeug dazu benutzt, den Crimp auf den Mono hinunterzudrücken, um das Gebilde zusammenzuhalten. Der Crimper wird so angepaßt, daß der Mono nicht aus dem Crimp rutscht, wenn der Haken belastet wird, jedoch nicht so fest, daß der Mono bei der Belastung durch einen Fisch beschädigt wird und bricht. Die richtige Anpassung eines Crimpers ist kritisch und wird oft überprüft. Der Schnappverschluß wird am anderen Ende des Monos in gleicher Weise befestigt. Der einer Wäscheklammer ähnliche metallene Schnappverschluß wird dazu verwendet, beim Ausbringen die Leitwehren an der Hauptleine zu befestigen. 900 Leitwehren, eingeklinkt in 40 Meilen Hauptleine, mit Schwimmern zwischen je zwei Leitwehren und einer Hupboje alle 50 Schwimmer betrachtet man auf der *Hannah Boden* als ein Set. Mit etwas Glück sollten 15 Sets auf dieser Fahrt ausreichen. Die Länge der Leitwehren, mit denen ich bei den Grand Banks fische, beträgt sieben Faden. Ein Faden entspricht zwei Metern. Also war jede Leitwehr 14 Meter lang. Peter hatte bewiesen, daß er es sehr genau mit der Wartung der Geräte nahm, und oft blieb er die ganze Nacht allein auf, um Leitwehren zu reparieren und auszutauschen, wenn sie von Haien oder Fischen beschädigt worden waren oder sich verheddert hatten.

Die andere zeitraubende und äußerst langweilige Arbeit besteht darin, jeden einzelnen der 8000 Leuchtstäbe mit Gummibändern zu versehen. Das einzige, was diese Arbeit überhaupt erträglich macht, ist die Tatsache, daß man sie verrichten kann, wenn man abends am Kombüsentisch sitzt und einen Film ansieht. Die Gummibänder dienen dazu, die Leuchtstäbe an den Leitwehren zu befestigen, unmittelbar bevor diese ins Wasser gelassen werden. Jede Leitwehr wird jede Nacht mit einem Leuchtstab versehen. Ein Leuchtstab besteht aus einer zehn Zentimeter langen Plastikröhre, die mit einer Chemikalie gefüllt ist, sowie einer kleineren Glasröhre, die mit einer anderen Chemikalie gefüllt ist. Wenn die Plastikröhre gebogen wird, bricht die Glasröhre darin und setzt die Chemikalie frei, so daß sich die beiden Chemikalien vermischen. Wenn sich die beiden vermischen, erzeugt ihre Reaktion Licht. Dieses Licht zieht angeblich Schwertfische und/oder Köderfische an, je nachdem, wessen Theorie man glaubt. Wenn die Besatzung das Fischfanggerät vorbereitet, plaziert sie etwa einen Faden oberhalb des Hakens einen Lichtstab auf jeder der 900 Leitwehren. Ein Ende des Stabes hat eine schmale Öse beziehungsweise ein Loch, durch welches das Gummiband geführt und dann eine Schleife gemacht und zugezogen wird. Die Leuchtstäbe werden mit Bändern versehen, bevor das erste Set hergestellt wird, da dies am leichtesten mit Handschuhen geht und nicht schnell genug getan werden kann, um mit der Geschwindigkeit, mit der die Leitwehren über Bord gehen müssen, Schritt halten zu können.

Die einzige Rolle, die ich persönlich beim Fertigmachen des Fischfanggeräts übernehme, ist das Testen der Hupbojen und das Anfertigen der Spezialköder. Spezialköder sind eine geheime Waffe, die ich einsetze, um Schwertfische an unser Gerät anzulocken. Mein Freund Larry Butler, der nicht mehr auf Schwertfischfang geht, machte mich mit den Spezialködern vertraut. Ich glaube, daß mir die Verwendung von Spezialködern einen kleinen Vorteil gegenüber denjenigen verschafft, die sie nicht verwenden, und es ist immer schön, einen Vorsprung zu haben oder zumindest daran zu glauben. Spezialköder werden gemacht, indem man Rohrisolierungen aus Styropor in Scheiben schneidet, die man in Lebertran einweicht. Die öligen Ringe, die in Plastikbeutel gelegt werden, sehen dann wie riesige Scheiben schwarzer Oliven aus.

Wenn wir nachts ausbringen, wird zuerst der Leuchtstab an der Leitwehr befestigt, dann der Haken durch den Ring des Spezialköders geführt und erst dann der Tintenfisch am Haken befestigt, damit der Spezialköder zwischen Haken und Licht auf und ab schwimmt. Spezialköder werden nicht jede Nacht an jeder Leitwehr angebracht, sondern gleichmäßig auf der 40 Meilen langen Hauptleine verteilt, im allgemeinen je ein Köder etwa alle zwanzig Haken. Ich war mir nie ganz sicher, daß sie funktionieren, aber ich weiß, daß sie nicht schaden. Selbst wenn die Spezialköder keine Fische anziehen, habe ich immer die Meinung vertreten, daß der Lebertran den Geruch der Zigaretten maskiert, der sicherlich an den Handschuhen der Besatzung haftet, und Zigaretten und andere menschliche Gerüche sind bestimmt nicht gut. Es gab eine Zeit, in der mich meine Besatzungen für etwas fanatisch hielten, aber ich hielte es für dumm, den halben Nordatlantik auf der Jagd nach Schwertfischen zu überqueren und irgendeinen möglichen Vorteil außer acht zu lassen.

Ich warf das Notizbuch auf den Tisch und rutsche im Stuhl hin und her, um es mir bequem zu machen. Bob Brown hatte die *Hannah Boden* mit dem unbequemsten Kapitänsstuhl ausgestattet, in den ich je meinen Allerwertesten gesetzt habe. Er bestand aus dunkelbraunem Vinyl auf scheinbar ungepolstertem Holz und Stahl und hatte eine absolut gerade Lehne, so daß es nahezu unmöglich war, darauf einzuschlafen, ein Kardinalfehler während der Wache. Ich sage »fast unmöglich«, weil ich mich daran erinnere, was auf einer früheren Fahrt passierte. Der Alptraum eines jeden Kapitäns ist es, daß derjenige, der Wache hält, während die anderen schlafen, selbst einschläft. Wenn niemand aufpaßt, können eine Menge Dinge schieflaufen und in der Summe zu einem Desaster führen. Wenn der Wachhabende fest schläft, kann das Schiff mit einem anderen Schiff kollidieren oder auf Grund laufen. Oder im Maschinenraum könnte ein Feuer ausbrechen und so lange unbemerkt bleiben, bis es außer Kontrolle geraten und den Kapitän und die Besatzung zwänge, das Schiff zu verlassen und ins Rettungsfloß zu steigen, wahrscheinlich ohne die geringste Möglichkeit, SOS zu funken. Würde sich das Floß richtig mit Luft füllen? Würde es lecken? Wie lange würde es dauern, bis irgend jemand sich beunruhigen und die Küstenwache informieren würde? Würde die Küstenwache wissen, wo sie suchen sollte? Würden sie uns finden? Würde es zu spät sein?

Alle diese Fragen wirbelten durch meinen Kopf, als ich einen Mann feuerte, weil er während der Wache geschlafen hatte. Wir waren mit einer Schiffsladung Fisch auf dem Heimweg, nur 48 Stunden vom Hafen entfernt. Es war eine rauhe Fahrt gewesen. Schlechtes Wetter hatte uns von Anfang an zugesetzt, und wir waren alle erschöpft, weil uns Mutter Natur erbarmungslos gefangengehalten hatte. Ich hatte der Besatzung klargemacht, daß sie mich aufwecken sollten, wenn sie während ihrer 90minütigen Wache nicht wach bleiben konnten. Ich würde sie gerne ablösen, ohne Strafe und ohne Schande.

Auf See habe ich normalerweise einen leichten Schlaf und passe auf, wie oft die Tür zum Maschinenraum zugeworfen wird, so daß ich weiß, wer den Maschinenraum regelmäßig kontrolliert und wer nicht. Ich höre jedes Ächzen und Stöhnen und bemerke den veränderten Klang des Generators, wenn eine Pumpe oder ein Kompressor anläuft. Alden Leeman, mein bester Freund und erster Kapitän, hatte mich oft gewarnt, niemals zu entspannen. »Hör nie auf, wachsam zu sein. Wenn du es auch nur einmal tust, wirst du in Schwierigkeiten geraten. Die Fahrt ist erst vorüber, wenn du das Schiff am Kai festmachst.« Alden Leeman hat mir alles beigebracht, was ich über den Schwertfischfang weiß, und seine Warnungen bezüglich Sicherheit und guter Seefahrt werden mich immer begleiten.

Ich weiß nicht, wie lange der Mann schon geschlafen hatte, als ich ihn aufweckte, indem ich ihm mit der flachen Hand ins Gesicht schlug, aber sicher schon zu lange. Ich bin normalerweise nicht gewalttätig, und es erstaunt mich immer noch, daß es mir nichts ausmachte, diesem Mann ins Gesicht zu schlagen. Es schien mir richtig zu sein. Er öffnete die Augen und sah mich über ihn gebeugt. Ich schwitzte und atmete schwer. »Tut mir leid«, sagte er lässig, »ich muß wohl eingeschlafen sein.«

»Du hättest uns umbringen können, du verdammter Idiot!« schrie ich. Obwohl ich ständig deftige Wörter hörte, war es mir unangenehm, selbst so zu sprechen, und das Wort *verdammt* klang fremd in meinen Ohren, besonders die Betonung auf *dammt*, ein deutlicher Hinweis, wie ungewohnt dies für mich war.

»Was ist passiert?« fragte er.

Ich sagte es ihm. Ich sagte es ihm so laut und in allen Einzelheiten, daß sich der Rest der Besatzung oben um das Ruderhaus versammelte, um nachzusehen, woher dieser Krach kam, bis ich mit ihm fertig war. Ich erklärte ihnen, wie ich durch eine Stimme über den VHF-Funk wach geworden war. Zuerst rief die Stimme »das Schiff zwei Meilen östlich von mir« dann »eine Meile östlich von mir«, dann »eine halbe Meile östlich von mir« und schließlich »eine Viertel Meile östlich von mir«. Als ich erkannte, daß die Stimme ziemlich angespannt klang und niemand auf ihre Rufe antwortete, sprang ich aus meiner Koje, um mir den Rest dessen anzuhören, was ziemlich dringend klang. Sobald ich meinen Kopf ins Ruderhaus steckte, packte mich das Entsetzen. Die Fenster an der Vorderseite waren von grellweißen Lichtern erleuchtet, und wir waren so nahe an dem beleuchteten Objekt, daß ich nicht feststellen konnte, was es war, aber ich war sicher, daß wir gleich kollidierten. Ich riß das Steuer scharf nach steuerbord, schaltete den Motor auf volle Kraft voraus und sprach ein stilles Gebet. Ich schaute aus dem Fenster backbord, als das Ende des Auslegers das andere Schiff um Haaresbreite verfehlte. Mein Herz klopfte bis zum Hals, als ich mich von den Lichtern entfernte. Als sich die Entfernung zwischen den Lichtern und mir vergrößerte, erschienen auf der Mitte des Radarschirms zwei einzelne Objekte. Ich schaute nochmals auf die Lichter vor dem Fenster: drei weiße Lichter übereinander, ein Schlepper. Ein einzelnes Licht weit hinter dem Schlepper zeigte einen Lastkahn an. Als ich wieder auf den Radarschirm sah, stellte ich fest, daß ich eine halbe Meile zwischen die *Hannah Boden* und das Schiff mit dem Lastkahn im Schlepptau gebracht hatte. Hätte ich anders reagiert, wären wir mit Sicherheit in den Schlepper oder den Lastkahn gekracht oder über das Seil zwischen den beiden gefahren, was in jedem Fall ein Desaster bedeutet hätte. Meine Reaktion erfolgte aus dem Bauch heraus. Hätte ich mir die Zeit genommen, einen Plan zur Vermeidung einer Kollision auszuarbeiten, wäre es zu spät gewesen. Ich hatte eine glückliche Entscheidung getroffen, eine Entscheidung zwischen der Beendigung eines erfolgreichen Monats auf See und großem Unglück. Bilder von verbogenem Stahl und Körpern im Wasser zuckten durch meinen Kopf, als ich den Mann schlug, um ihn aufzuwecken. Er hatte während des ganzen Vorfalls geschlafen und hätte selbstverständlich die Konsequenzen getragen. Ich feuerte den Mann auf der Stelle, jagte alle von der Brücke und schwor mir, daß ich die letzten 48 Stunden selbst fahre; was ich auch tat, wobei mich meine Wut wach hielt.

Ich hatte nie irgendwelche Schuldgefühle, weil ich den schlafenden Mann geschlagen hatte, oder machte mir Gedanken darüber, weil ich ihn gefeuert hatte. Die Erinnerung an den Beinahezusammenstoß stachelte immer noch meine Wut an, und ich rutschte weiter auf dem unbequemen Stuhl hin und her. Ich dachte, daß manche

Leute wirklich überall schlafen können und Alden recht hat. Ich mußte während der ganzen Fahrt, bis wir das Schiff wieder am Kai festmachten, auf der Hut sein. Ich hatte Vertrauen in meine Besatzung, aber ich wollte meine Ohren im Schlaf offenhalten.

Der Nachmittag schwand dahin, und ich beobachtete die Sonne, wie sie im Kielwasser hinter dem Schiff versank, wie der leuchtendrote Ball die Oberfläche des Meeres berührte und in der kühlen Tiefe verschwand. Ich konnte es fast zischen hören. Das letzte Rosa verblaßte am Horizont und nahm einige Grad Lufttemperatur mit. An Land geschieht das abendliche Abkühlen allmählich; das Land, das die Hitze der Sonne den ganzen Tag gespeichert hat, gibt diese nur langsam ab. Wenn die Sonne auf dem Meer untergeht, findet der Temperaturabfall sofort statt, wie wenn man in einem Supermarkt um die Ecke biegt und die Tiefkühlabteilung betritt.

Ich zog mir ein Sweatshirt über das T-Shirt und stellte mich vor den Kartentisch. Ich zog die erste Schublade des Tisches heraus und entnahm ihr die oberste Karte, die auf einem großen Stoß lag. Ich schloß die Schublade mit meiner Hüfte und breitete die Karte auf dem Tisch aus. Die internationale Karte Nr. 404 mit dem Titel *Golf von Maine bis Belle-Isle-Straße*, die vom Canadian Hydrographic Service herausgegeben wird, umfaßt einen großen Teil des Nordatlantiks. Ich fand unsere Position auf der Karte, 42 Grad 50 Minuten nördlich und 68 Grad 28 Minuten westlich, etwa 100 Meilen östlich von Gloucester und fast genau südlich von Isle Au Haut in Maine. Mir wurde bewußt, daß ich während des nächsten Monats meiner Heimat und meiner Familie nicht mehr so nahe käme, und ich entging nur knapp einem Anfall von Traurigkeit. Die Insel, ein hellgelber Fleck auf der Karte, war nicht größer als ein Reiskorn, das aber die Macht hatte, mich über vieles nachdenken zu lassen. Die Gefühle waren intensiv, aber weil ich sie schon früher erlebt hatte, wußte ich, daß sie vorübergingen. Ich ließ diese kurze Verzweiflung zu, da mein Nachdenken der natürliche Teil eines neuen Anfangs war.

Ich ging zur Backbordseite der Brücke hinüber, stützte meine Arme auf das Fensterbrett und starrte hinaus, während meine Gedanken nach Norden eilten. Mein Geist, der erstaunlich klar war, verwandelte die fast völlige Dunkelheit in hellen Sonnenschein. Ich sah ein zwölfjähriges Mädchen an einem Strand, das eine Muschel ans Ohr hielt. Es starrte zurück und wartete darauf, Geschichten vom Meer zu hören. Aber seine Konzentration gab nach, da seine Neugier mehr als gestillt war. Es hatte alles gesehen und gehört, was das Meer zu zeigen und zu erzählen hatte, und schien nun nur die Bewegungen nachzuvollziehen. Das Mädchen war nicht länger von Neugier gepackt, es handelte aus Gewohnheit. Irgend jemand wischte eine Träne ab, ich weiß nicht, ob ich es war oder das Kind in meinem Geist, es war nicht wichtig.

Ich ging zum Steuerrad zurück und setzte mich in den Kapitänsstuhl. Warum konnte das Mädchen die Muschel nicht einfach fallen lassen? Es wäre so einfach, den Zweifeln nachzugeben. Ich müßte nur den Knopf des Autopiloten verstellen und das Schiff um 180 Grad drehen. Ich könnte schon morgen früh zurück in Gloucester und mittags zu Hause sein und dem Druck entgehen, auf das Schiff und die Besatzung aufzupassen und Fische zu fangen und dem Chef Freude zu machen. Meine ganze Welt drehte sich um den Fischfang. Wohin konnte ich denn gehen? Und wen kümmerte es? Wen kümmerte es, daß ich so viel für mein Abenteuerleben aufgegeben hatte? Wer wußte, daß ich mir sehnlichst einen Mann, ein Haus voller Kinder, einen langweiligen Job wünschte? Wie bin ich überhaupt hierhergekommen? Jedesmal, wenn ich an der Insel vorbeifuhr, fühlte ich, daß die Möglichkeit schwand, mein Leben zu ändern, aber die Sehnsucht jedesmal stärker wurde. Die Muschel war die Identität des Mädchens, und es umklammerte sie wie in Todesangst.

4

Aufwärmpause

Ich bin eine Frau. Ich bin Fischer. Wie schon gesagt: Ich bin keine Fischerin, Fischerdame oder ein Fischermädchen. Wenn überhaupt, bin ich ein 37 Jahre alter *Tomboy* (Wildfang). Das ist ein Wort, aus dem ich nie herausgewachsen bin. Ich bin das Produkt einer wunderbaren und einzigartigen Kindheit. Ich wurde weder mißbraucht noch vernachlässigt, was man heutzutage nur selten behaupten kann. Wie alle kleinen Kinder glaubte ich ernsthaft an alles, was meine Mutter und mein Vater sagten. Natürlich nahm ich die Versicherung meiner Eltern, daß ich mit meinem Leben tun und lassen und werden konnte, was ich wollte, für bare Münze. Obwohl der Rat gut gemeint war, hatten meine Eltern nicht im Traum gedacht, daß dieser Rat sie verfolgen würde, als ich beschloß, daß das, was ich liebte und werden wollte, Fischer war.

Ich war zwölf Jahre alt, als ich eines Morgens aufwachte und die Ebbe roch. Der Geruch des Seegrases und der Tidentümpel stahl sich durch mein offenes Schlafzimmerfenster und schlich im Zimmer umher. Er war nicht überwältigend, aber er weckte mein Interesse. Normalerweise wachte ich vom schwachen Geruch der Pinien und dem Rauschen der Bäume im Wind auf, aber heute faszinierte mich der kräftige, modrige Geruch der Felsen, die mit sonnengetrocknetem Salz und Muscheln überzogen waren. Meine Ohren strengten sich an, das sanfte Klatschen der Tide aufzunehmen, die beim Hereinkommen und Zurückfließen um die Felsen und Riffe spülte, die dann bei Ebbe freiliegen. Es schien mir seltsam, daß ich zum ersten Mal das Schreien der Möwen und das Dröhnen des dieselbetriebenen Hummerbootes ganz in der Nähe wahrnahm, obwohl ich mein Leben lang vom Meer umgeben gewesen war. Ich ging zum Schlafzimmerfenster, lehnte mich aufs Fensterbrett und schaute aufs Meer hinaus. Die Oberfläche des Wassers glänzte, jede kleinste Welle reflektierte die Farbe der Sonne wie Millionen goldener Pailletten. Mein gewöhnlicher dunkler, schattiger Spielplatz im Wald hinter dem Haus kannte diese Art des Glanzes nicht.

Die Wälder waren gemütlich. Ich kannte jede knorrige Wurzel und jeden duftenden Wachsbeerstrauch wie meine eigene Hosentasche, und obwohl ich sie liebte, brachte mir diese tägliche Gewohnheit keine neuen Herausforderungen. Es machte nicht mehr soviel Spaß, Burgen zu bauen und Eichhörnchen mit Steinschleudern nachzustellen. Das Meer hatte etwas Geheimnisvolles, etwas Verführerisches an sich. Ich ließ meine Steinschleuder und mein Schweizer Messer auf der Veranda und wanderte nicht in die Wälder, sondern statt dessen zur Küste der kleinen Robinson-Bucht.

Vom steinigen Strand an der Anlegestelle meines Großvaters konnte ich über die ganze Penobscot-Bucht bis zur Insel Vinalhaven sehen. Im Süden konnte ich Brimstone, ein kleines Inselchen, und Saddleback Ledge, einen herausragenden Felsen von der Struktur eines Leuchtturms, sehen. Ich war Dutzende Male auf dem Boot meines Vaters bei diesen Inseln gewesen, aber sie waren mir nie so interessant erschienen wie an diesem Morgen.

Ich beobachtete ein Hummerboot, das durchs Wasser glitt und sich der Bucht des Haupthafens der Isle Au Haut näherte. Als das Boot den Engpaß zwischen unserer Insel und der Insel Kimball passierte, konnte ich auf dem Bug in großen schwarzen Buchstaben den Namen *Danita* sehen. Die *Danita* fuhr in die Bucht hinein und drosselte den Motor. Ich beobachtete, wie sich der Kapitän mit einem kurzen Gaffhaken über die Seite beugte und eine gelb-rote Boje aus dem Wasser angelte. Dann ließ er die Leine, die an der Boje befestigt war, durch einen Block laufen, der am Ende eines kurzen Davits am äußeren Schott seiner kleinen Bootskajüte hing. Er zog die Leine vom Block aus durch die Stahlplatten seines hydraulischen Einholers. Sekunden später durchbrach eine hölzerne Hummerfalle die Oberfläche und wurde an der Seite von *Danitas* Rumpf gestoppt. Der Kapitän hievte die Falle mit einem Ruck auf das Dollbord und schob sie achtern zu seinem Helfer, der sie öffnete.

Der Helfer im Heck des Bootes war ein Junge, der nicht viel kräftiger war als ich. Der Junge sammelte die Hummer aus der Falle, warf die kleinen wieder ins Wasser zurück und legte die größeren auf einen Tisch neben sich. Dann köderte er die Falle mit irgendeiner Art totem Fisch, schloß die Falle und drehte sich zu dem Tisch, auf den er die Hummer gelegt hatte. Während der Junge die Hummer wog und Gummibänder um ihre Zangen band, beschleunigte der Kapitän das Boot wieder und schob die Falle über die Seite ins Wasser, so daß die Leine über die Reling des Bootes laufen konnte. Die Boje platschte hinter der Falle und der Leine ins Wasser, und das Boot wendete und nahm Kurs auf den Leuchtturm. Der Kapitän winkte lächelnd in meine Richtung. Das Winken überraschte und begeisterte mich, und ich winkte so enthusiastisch zurück, daß mein stämmiger Körper bebte. In diesem Augenblick ertönte eine Stimme hinter mir: »Hallo, Kapitän Jack!«

Die Stimme, die ich kannte, konnte man über die ganze Bucht bis hinüber zur *Danita* hören. Ich drehte mich um und sah zwei kleine Gestalten, die dem Boot winkten. Mein jüngerer Bruder und meine Schwester, vierjährige Zwillinge, thronten auf einem Riff wie zwei Seemöwen. Ich kletterte zu den Zwillingen auf das Riff, und zu dritt beobachteten wir die *Danita*, die zur nächsten gelb-roten Boje fuhr. »Kennt ihr sie?« fragte ich und beobachtete dabei, wie die nächste Falle hochgezogen wurde.

»Ja. Aus der letzten Falle haben sie drei Hummer geholt. Gestern hatten sie nur zwei«, antwortete meine kleine Schwester Bif. Bif, die Abkürzung von Elisabeth, war die Gesprächigere der beiden Zwillinge und antwortete im allgemeinen für sich selbst und unseren Bruder Charlie. Charlie nickte mit seinem blondgelockten Kopf, als wolle er die Hummergeschichte von Bif bestätigen, dabei verfolgten seine hellen blauen Augen aufmerksam das Leeren der zweiten Falle. »Wau, sieht so aus, als hätten sie diesmal vier Schöne. Hatten sie dort gestern nicht nur einen?« fragte Bif Charlie.

Charlie, der immer noch nickte und gebannt zuschaute, antwortete wie üblich einsilbig. Wir sahen zu, wie die Falle mit Ködern versehen und wieder ins Wasser geschoben wurde, dann verschwand sie im Kielwasser hinter dem Boot. Die *Danita* wendete und umrundete die Landzunge, auf dem der Point-Robbinson-Leuchtturm stand, und ließ dabei eine weiße Auspuffwolke und die Welle des Kielwassers hinter sich, die ruhig auf die Küste zu unseren Füßen zurollte.

Als das Boot nicht mehr zu sehen war, konzentrierte sich Bif auf mich. »Das waren Jack MacDonald und sein Sohn Danny. Du weißt schon, Danny von den Softballspielen. Jack winkt uns jeden Tag, und wir zählen die Hummer. Er fängt viel mehr als Billie«, erklärte sie.

»Viel mehr«, echote Charlie, als er sich auf den Weg nach unten zum Strand machte, wo er einen kleinen Tidentümpel fand. Charlie hockte sich an den Rand des Tümpels und starrte hinein, als sähe er bis nach China. Nach gründlicher Überprüfung schaute er Bif und mich grinsend an und berichtete: »Vier Krabben und elf Strandschnecken!« Dann stand er auf und beobachtete angestrengt den Strand, bis er einen viel größeren Tidentümpel fand. Er hüpfte von Felsen zu Felsen, bis er am größeren Tümpel angekommen war, watete bis zu den Knien hinein und begann wieder zu zählen.

Unter mir kämpfte Bif am Strand mit Muscheln. Sie riß die Muscheln von den Felsen, an denen sie klebten, und befreite sie von den Schlingpflanzen, dann legte sie sie einzeln auf einen flachen Stein neben sich. Während sich der Stein mit Muscheln füllte, fragte ich: »Weiß Mama, daß ihr zwei hier unten allein seid?«

»Wir sind nicht allein, du bist doch bei uns. Sie sagte, du sollst auf uns aufpassen und darauf achten, daß unsere Hosen nicht wieder naß werden«, antwortete Bif, riß noch eine dunkelblaue Muschel zwischen zwei Steinen heraus und legte sie zu den anderen.

Ich lachte und sah zu Charlie hinüber, der jetzt bis zur Taille im Salzwasser stand. »Ich schätze, es ist etwas zu spät für die Hosen.«

Bif lenkte ihre Aufmerksamkeit von den Muscheln zu Charlie und rief: »Du kommst besser aus dem Wasser raus. Mama wird toben.«

Charlie sagte »Ja« und kletterte aus dem riesigen Tümpel heraus. Er kam tropfend den Weg zum felsigen Strand hoch, wo Bif mit ihrem Berg Muscheln stand. Dann nahm Charlie einen Stein von der Größe eines Baseballs und begann, die blauen Schalen zu zertrümmern, die Bif so sorgfältig hingelegt hatte. Ich erwartete, daß Bif zu schreien begann oder nach Hause rannte und petzte, und sah erstaunt zu, als sie eine zerquetschte Muschel nahm, um mit den Fingern beider Hände den klebrigen gelben Matsch darin abzusuchen.

»Was machst du?« fragte ich, überrascht, daß meine kleine Schwester, die sonst so heikel war, irgendwelche Innereien anfaßte.

»Ich suche Perlen. Gestern haben wir zwei gefunden. Macht zusammen 16.«

»Ja, 16«, echote Charlie, als er die letzte Schale knackte.

Während die beiden Zwillinge mit ihren Ritualen und Zählspielen beschäftigt waren, lenkte ich meine Aufmerksamkeit wieder auf das Wasser außerhalb der kleinen Bucht. Ich schaute aufs Meer hinaus, so weit ich konnte, jenseits der Inseln, in die Mitte der großen Bucht. Ich war sicher, daß dort etwas auf mich wartete, ich konnte es fühlen. Es gab viele Dinge zu sehen, aber sie befanden sich alle jenseits des Horizonts, außerhalb meiner Sicht. Ich kniff die Augen zusammen und strengte mich an, um weiter zu sehen, aber es nützte nichts. Ich wußte instinktiv, daß das Meer mir Geschichten erzählen wollte, ich mußte nur zuhören. Ich war neugierig geworden und suchte den Strand zu meinen Füßen ab. Ich fand eine Muschel, die ein Einsiedlerkrebs verlassen hatte, und hielt sie an mein Ohr, um dem leeren, hohlen, klingelnden Geräusch zu lauschen. Das Klingeln hatte eine Melodie, die mich an den Wind erinnerte, der um die Riffe brandete. Aber da war noch etwas anderes, etwas viel weiter draußen auf dem Meer.

Als ich die Muschel an mein Ohr preßte und den Horizont jenseits der Bucht absuchte, verlor ich mich in einem lebhaften Tagtraum. Ich sah Schiffe und Fische und weit entfernte Inseln. Ich harpunierte Wale, sprang nach Dorschen und segelte über den ganzen Atlantik, bis mein Traum von der hereinkommenden Flut unterbrochen wurde, die um meine Füße spielte. Die Zwillinge hatten bereits einen höheren Platz auf dem Strand gefunden, wo sie ihre Namen mit Holzstäbchen in einen schmalen Streifen nassen Sandes kratzten. Ich wollte meinen Tagtraum nicht entschwinden lassen und fragte: »Will jemand angeln gehen?«

»Ich will«, antwortete Charlie und ließ seinen Stift aus Treibholz fallen.

»Ich auch. Spielst du heute nicht in den Wäldern?« fragte Bif.

»Nein«, lächelte ich, »heute gehe ich aufs Meer.«

Und ich ging aufs Meer, während der nächsten zwanzig Jahre nutzte ich jede Gelegenheit dazu. Selten blieb ich einen Tag an Land. Ich ruderte, bis ich einen alten Außenbordmotor erbte. Ich paddelte in dem Einer in der kleinen Bucht umher, bis ich den Mut hatte, das dreizehn Meter lange Motorboot meines Vaters zu »leihen«. Da war ich in einem Alter, in dem die meisten Jugendlichen daran denken, das Familienauto zu klauen. Ich angelte, meistens mit Angelleine und Haken, Makrelen und Seelachs, und experimentierte mit Netzen und selbstgebastelten Harpunen. Ich angelte mich durchs College, und mit 19 machte ich meine erste Reise zu den Grand Banks an Bord der *Walter Leeman.* Ich kochte hauptsächlich, und obwohl mir die Kombüsenarbeit nicht zusagte, gefiel mir das Geld. Erst als ein männliches Besatzungsmitglied mit einer Rückenverletzung das Bett hüten mußte, wurde mir erlaubt, an Deck zu arbeiten, und mir machte diese Arbeit jahrelang Spaß. Beim Harpunieren entdeckte ich die meisten Fische vor Alden oder irgendeinem meiner Schiffskameraden, und da ich Erfahrung darin hatte, das Boot meines Vaters zu fahren, wurde ich *Walter Leemans* Steuermann.

Als ich vom College abging, hatte ich alle ursprünglichen Besatzungsmitglieder, mit denen ich angefangen hatte, überdauert, da die meisten zu eigenen Booten wechselten und zwangsläufig Erster Offizier wurden. Ich versprach meinen Eltern, die juristische Ausbildung nur um ein Jahr zu verschieben, und arbeitete Vollzeit als Fischer. Aus einem Jahr wurden sechzehn. Nachdem ich vier Jahre lang als Maat auf der *Walter Leeman* gearbeitet hatte, kaufte Alden ein zweites Boot, die *Gloria Dawn*, und gab mir erstmals die Gelegenheit, als Kapitän zu arbeiten. Ich lernte das meiste dessen, was ich über Notreparaturen auf See und den Schwertfischfang weiß, während der drei Jahre am Steuer der *Gloria Dawn*; es war in vielerlei Hinsicht eine teure Ausbildung und brachte Alden fast ins Armenhaus. Ich fischte auf einer Reihe verschiedener Boote, die mit verschiedenen Arten des Fischfangs zu tun hatten, und ich lernte aus jeder Erfahrung. Ich lerne noch heute.

Es hat keine Bedeutung, daß ich eine Frau bin. Ich habe nie Probleme befürchtet, weil ich eine Frau bin, und bin auch nie auf welche gestoßen. Mich überrascht, um nicht zu sagen verunsichert, die Zahl der Leute, die ehrlich erstaunt sind, daß eine Frau in der Lage ist, einen Fischfänger zu kommandieren. Offen gesagt, bin ich erstaunt, daß sie erstaunt sind. Die Leute, besonders die Frauen, sind wirklich enttäuscht, wenn sie erfahren, daß ich nicht übermäßig darunter gelitten habe, weil ich die einzige Frau in einer Welt bin, die sie als Männerwelt betrachten. Ich bin vielleicht dickhäutig oder einfach viel zu sehr mit meiner Arbeit beschäftigt, als mir darüber Gedanken zu machen, was die anderen vielleicht von mir denken.

5

Die Besatzung: in guten und in schlechten Tagen

Probleme mit der Besatzung, darunter fallen an Bord eines Fischfängers Seekrankheit und Heimweh, aber meistens werden damit Probleme beschrieben, die durch Faulheit und Persönlichkeitskonflikte ausgelöst werden. Selbst wenn die Besatzung nur aus einer Person besteht, sind Probleme vorprogrammiert. Einige sind leicht zu lösen, und der Kapitän erstickt sie im Keim, andere dauern an und belasten die Stimmung während der ganzen Fahrt. Dreißig Tage sind eine lange Zeit, und wie will man erwarten, daß sechs Menschen, die auf dreißig Metern zusammenleben, an langen Arbeitstagen, unter harten Bedingungen und mit Schlafentzug gut miteinander auskommen, besonders wenn es sich um Fischer handelt. Ich erwartete es auch auf dieser Fahrt nicht, deshalb würde ich auch nicht enttäuscht werden.

In dieser ersten Nacht war es friedlich im Ruderhaus, als die *Hannah Boden* auf ihrem östlichen Kurs durch das flache ruhige Wasser glitt. Die einzigen Anzeichen menschlichen Lebens, die von unten aus der Kombüse zur Brücke kamen, waren Wolken aus Zigarettenrauch und der Geruch von Zwiebeln. Ringo war wohl wach und kochte das Essen. Die Gerüche des Tabaks und der Zwiebeln vermischten sich zu einem einzigen. Das Rauchen war innerhalb des Vorschiffs verboten und nur an Deck erlaubt. Die Besatzung, alle Raucher, ignorierten das Verbot, und ich ignorierte die Tatsache, daß sie das Verbot brachen. Ich bat nur darum, weder im Ruderhaus noch in den Kojen zu rauchen, da der Rauch elektronische Geräte beschädigen kann und das Rauchen im Bett die Hauptursache von Schiffsbränden ist. Ich tolerierte das Rauchen in der Kombüse; das war etwas, was ich der Besatzung zubilligen konnte.

Das letzte Tageslicht war entschwunden, und die Bildschirme der elektronischen Geräte leuchteten intensiv in der Dunkelheit. Ich ging umher und reduzierte die Helligkeit der Schirme soweit wie möglich, dabei blickte ich aus den rückwärtigen Fenstern und betrachtete das phosphoreszierende Kielwasser. Die Nacht war völlig dunkel, ohne jeden Mondschein, und das Wasser leuchtete nur auf, wenn die Oberfläche durch das Schiff bewegt wurde. Dann entstanden kurze, helle Lichtblitze von der Farbe der Sterne. Ich habe mir das Phosphoreszieren nie wissenschaftlich erklären lassen, ich war einfach glücklich darüber, es zu beobachten. Wenn ich ins Feuer starre, muß ich auch keine mathematischen Formeln und chemischen Reaktionen kennen, um die Schönheit zu empfinden. Vielleicht ist es gerade das *Nicht*verstehen, das mich ergreift.

Meine private Lichtschau wurde unterbrochen, als Ringo ohne Zigarette das Ruderhaus betrat. »Hallo, Ma, hast du Hunger?« Er neigte seinen blonden Wuschelkopf zur Seite. Ringo hatte mich auf einer früheren Fahrt scherzhaft *Ma* genannt, und dieser Name war mir geblieben. Ich mochte ihn von Anfang an nicht, aber man hatte mir schon schlimmere Namen gegeben, also akzeptierte ich ihn, wenn jemand sich traute, mich so zu nennen.

»Hallo. Ja, ich sterbe hier oben schon vor Hunger. Ich habe den ganzen Tag nichts gegessen.«

»Das seh' ich.« Ringo griff nach der fast leeren Packung Kartoffelchips und schüttelte sie.

»Nun, außer einigen Chips und Fischfrikadellen, Eiern, Toast und ein paar Schokoladenriegeln. He, das riecht aber wirklich gut. Was kochst du?«

»Spaghetti mit Sauce und Fleischklößchen. Ich warte darauf, daß das Nudelwasser kocht. Möchtest du jetzt deinen Salat haben?«

»Ja, bitte.«

»Mit italienischem Dressing?«

»Ja, bitte.«

»Kannst du haben, Ma. Kommt sofort.« Er entschwand auf der Gangway nach unten.

Es ist nicht einfach, an Bord zu kochen. Aber je besser das Essen, desto besser die Stimmung, und Ringo ist der beste Koch, den ich je hatte. Die Besatzung und ich machen sich Frühstück und Mittagessen, je nachdem, wie es die Zeit und die Wetterbedingungen erlauben. Das Abendessen ist die einzige offizielle Mahlzeit des Tages und wird von demjenigen zubereitet, der für die Fahrt als Koch zugeteilt ist. Das Abendessen ist etwas, auf das wir uns alle freuen, und mit Ringo an Bord gibt es immer etwas Leckeres. Er ist stolz auf seine Arbeit. Zu seinen Spezialitäten gehören Rippchen, gebackene gefüllte Shrimps und Seezungenfilet gefüllt mit Krabbenfleisch. Nicht nur die Qualität stimmt, es fehlt auch nie an Quantität. Ringo hat einmal eine Lasagne mit soviel Rindfleisch und Sauce zubereitet, daß sie mehr als zehn Kilogramm wog. Er war auf seine Monstrosität so stolz, daß er darauf bestand, daß ich ihn damit fotografiere. Er zog sich ein sauberes Hemd an und posierte an Deck, auf einem Knie, wobei er die Pfanne vor sich in der ausgestreckten Hand wie eine Fischtrophäe hielt. Diese Art unbekümmertes Spiel ist im allgemeinen ein Zeichen dafür, daß die Besatzung keine Probleme hat.

Im Lauf der Jahre habe ich so miserables Essen erlebt, daß ich es nicht für möglich gehalten hätte. Und dieses schlechte Essen brachte auch schwerwiegende Probleme mit der Besatzung mit sich. Für mich war das kein Zufall. Das schrecklichste Gericht, an das ich mich erinnere, war eine Thunfischpfanne. Als ich den Koch fragte, was zum Teufel er gemacht habe, daß es so unmöglich sei, antwortete er, daß er es nicht wisse und daß das Rezept eigentlich sehr einfach und seine Erfindung sei. Die ganze Pfanne bestand aus zwei Zutaten, Thunfisch aus der Dose und Kartoffelchips. Nach einer Backzeit von drei Stunden war das Essen so trocken, daß wir es nicht essen konnten und über Bord schütteten. Danach folgten drei Tage schlechter Fänge und schlechter Stimmung, und daran war natürlich die Pfanne schuld. Dieser spezielle Koch war eigentlich Lkw-Fahrer, und als wir die Hälfte der Fahrt hinter uns hatten, verriet er uns, daß er nur einmal auf Fischfang gehen und von den Einnahmen seinen eigenen Lastwagen kaufen wollte. [Er hatte wirklich keine Ahnung.] Am Ende der Fahrt hatte ich ihn davon überzeugt, daß er keine Lügenmärchen über seine große Erfahrung im Fischen und Kochen hätte erzählen sollen, denn sobald wir den Kai verlassen hatten, wurde uns allen schmerzlich bewußt, daß er weder das eine noch das andere konnte und daß er froh sein dürfe, genug Geld zu bekommen, um ein Skateboard zu kaufen. Aber in einem hatte er recht: Es war seine einzige Fahrt.

Als ich zu fischen begann, arbeitete ich oft als Koch auf der *Walter Leeman*. Es hat mir nie Spaß gemacht, bei gutem Wetter zu kochen, und ich haßte es bei schlechtem. Ich erinnere mich besonders lebhaft daran, wenn beim Öffnen der Kühlschranktür dessen gesamter Inhalt auf den Boden der Kombüse purzelte und mit der Bewegung des Schiffes auf dem Linoleum hin und her rollte: Die Deckel der Sauerrahmbehälter sprangen auf, Gläser mit sauer Eingelegtem gingen zu Bruch. Die Äpfel konnten immer erst zuletzt eingefangen werden und waren nie mehr so wie vor ihrer kurzen Freiheit. Als Kapitän bestehe ich immer darauf, daß die Besatzung den Boden der Kombüse peinlich sauberzuhalten hat, da in den meisten Mahlzeiten mindestens eine Zutat ist, die vor dem Servieren auf dem Boden gelegen hat.

Es kann ganz schön anstrengend sein, dreißig Tage lang das Essen für sechs Personen zuzubereiten, und von den meisten Köchen erwartet man außerdem, daß sie ihren Anteil an der Deckarbeit erledigen. Es wird erwartet und toleriert, daß ein Koch flucht, wenn er bei rauher See ein Essen zubereitet. Hört man keine obszönen Worte, wird wahrscheinlich nicht gekocht, und dann müssen die Schiffskameraden für sich selbst sorgen. Brote mit Erdnußbutter und *pop tarts* (Fertigkuchen) sind gängige Schlechtwetteressen.

Ringo kam mit meinem angemachten Salat zur Brücke zurück. Als er ihn mir reichte, fragte er, ob ich schon die Einteilung für die heutige Wache gemacht hätte.

»Nein, noch nicht. Ich beginne mit den Wachen um zehn Uhr. Bis dahin sollten alle in ziemlich guter Verfassung sein.«

»Ja, allen geht es gut. Ich übernehme die erste Wache.«

Ich hatte kein Problem damit, den Salat aufzuessen. Als ich den letzten Bissen hinunterschluckte, kamen die Spaghetti. Auf der *Hannah Boden* benutzen wir für das Abendessen Pyrex-Tortenteller, die für den Gebrauch an Bord besser geeignet sind als normale flache Teller, da deren Rand das Essen davon abhält, bei rauher See auf den Tisch oder in den Schoß zu rutschen. An Bord der meisten Schiffe ist es gang und gäbe, daß der Koch den Kapitän während der Mahlzeiten von allen Verpflichtungen im Ruderhaus entbindet, so daß der Kapitän zusammen mit der Besatzung am Kombüsentisch sitzen kann. Ich ziehe es im allgemeinen vor, meine Mahlzeiten im Ruderhaus einzunehmen. Wenn ich doch einmal mit der Besatzung esse, schlinge ich mein Essen hinunter, weil ich mir Gedanken darüber mache, was ich versäume, wenn ich den Funk auf der Brücke nicht verfolge. Zu dieser Abendstunde sind die Schiffe in den Fischgründen mit dem Ausbringen beschäftigt. Die Kapitäne nutzen diese Zeit, um Informationen über die Anzahl der an diesem Tag gefangenen Fische auszutauschen, ihre Position, die Wassertemperatur, die sie am ertragreichsten fanden, wann sie in den Hafen zurückkehren werden, Wetterbedingungen und -voraussagen und anderes, das mir Antworten auf Fragen, die ich vielleicht habe, geben und mir dabei helfen könnte, eine Strategie zu entwickeln. Die meisten Kapitäne nehmen an dem Austausch teil. Alle Kapitäne hören zu.

Ich brachte mein schmutziges Geschirr in die Kombüse hinunter und legte es in die Spüle. Jemand hatte auf einen Papierteller einen Plan für den Abwasch gekritzelt und an eine Schranktür geheftet. Charlie durfte heute abwaschen. Die Jungs saßen rauchend um den Kombüsentisch herum und unterhielten sich, und im Hintergrund sah man auf dem Fernsehschirm einen Videofilm. Ich warf einen Blick auf den Schirm und rief aus: »Schon wieder *Lonesome Dove*!« Die Besatzung kannte alle drei Bänder auswendig und hatte an Deck komplette Szenen nachgestellt.

»Wir haben hier unten gerade etwas besprochen, Ma. Vielleicht kannst du es für uns klären«, sagte Ringo und drückte seine Zigarette in einem selbstgebastelten Stanniolaschenbecher aus.

»Was könnte das sein?«

»Wir haben ein Gerücht gehört, daß du Fernsehen nicht leiden kannst.« Es war offensichtlich, daß sie sich alle das Lachen nur mühsam verkniffen.

»Nun, es ist nicht so, daß ich es nicht mag«, sagte ich, »ich habe nur nicht viel Gelegenheit dazu.«

»Um es genau zu sagen: Was wir hörten ist, daß du keine Fernsehapparate magst.«

Jetzt wußte ich, worauf Ringo hinauswollte. »Um es genau zu sagen, was ihr gehört habt ist, daß ich einmal eine Feueraxt in einen Fernsehapparat warf, als ich das Gefühl hatte, daß meine Besatzung mir nicht richtig zuhörte.«

»Genau das haben wir gehört. Ist das wahr?«

»Ich schätze, wenn ihr aufpaßt, werdet ihr es nie herausfinden.«

Ich verließ die Kombüse, um den Maschinenraum zu überprüfen. Als ich zur Brücke zurückkehrte, dachte ich über den Zwischenfall mit dem Fernseher nach. Ich dachte daran, wie mein erster Kapitän, Alden, den Kampf gegen die Besatzung aufnahm, um sie zusammenzuhalten. Alden dachte, solange die Besatzung auf ihn sauer sei, würden sie sich gegenseitig in Ruhe lassen und damit die Möglichkeit der üblichen Besatzungsprobleme verringern. Ich schnappte mir mein Notizbuch und einen Stift und stellte den Wachplan für die Nacht auf. Mein üblicher Wachplan besteht aus einer Liste mit den Namen der Besatzungsmitglieder, die in dieser Nacht am Ruder Wache halten, und der Zeit der einzelnen Wachen sowie einer Liste mit besonderen Anweisungen, die in einer bestimmten Nacht vielleicht erforderlich sind. Im Grunde ist der Wachhabende verantwortlich dafür, das Schiff auf Kurs zu halten, den Maschinenraum zu überprüfen und jede Kollision mit anderen Schiffen oder dem Land zu vermeiden.

Einige Kapitäne überlassen es der Besatzung festzulegen, wer wann Wache halten will, und die einzige Anweisung ist: »Weck mich nicht auf.« Ich habe von einigen meiner Besatzungsmitglieder, die diesen losen und ungeordneten Stil erlebt haben, gehört, daß dies oft dazu führt, daß irgend jemand sich betrogen fühlt und zu streiten beginnt. Das endet dann, wenn der Schlaf knapp wird, sogar in regelrechten Faustkämpfen. Ein vom Kapitän vorbereiteter genauer Wachplan bedeutet einen Zankapfel weniger unter der Besatzung.

WACHEN
RINGO 22.00–23.30
CHARLIE 23.30–1.00
KENNY 1.00–2.30
CARL 2.30–4.00
PETER 4.00–5.30
BITTE MASCHINENRAUM ALLE 30 MINUTEN PRÜFEN.
DAS SCHIFF MITTELS PLOTTER AUF KURS HALTEN.
MICH AUFWECKEN, WENN AUF DEM RADARSCHIRM
IRGEND ETWAS WENIGER ALS ZWEI MEILEN ENTFERNT
IST ODER WENN DU IRGENDWELCHE PROBLEME
ODER FRAGEN HAST.
DANKE. GUTE NACHT.

Für jede Nacht ändere ich die Wachen im Rotationsprinzip, so daß der letzte Mann auf der Liste in der nächsten Nacht die erste Wache übernimmt. Die ersten und die letzten Wachen sind die begehrtesten, da der Schlaf nicht mittendrin unterbrochen wird. Ringo löste mich genau um zehn Uhr ab, und ich stellte das *Wetterfax* an, bevor ich in meine Koje kroch. Es schien mir, als hätte ich gerade erst meine Augen geschlossen, als ich eine Stimme hörte.

»Guten Morgen, Linda.« Peter steckte seinen Kopf durch die Tür meiner Kabine und weckte mich an diesem zweiten Morgen unserer Fahrt auf. »Halb sechs. Zeit aufzustehen.«

Ich stand auf und schaute aus meinem Bullauge, einem runden Fenster mit einem Durchmesser von etwa dreißig Zentimeter. Es war noch nicht ganz hell. Das Schiff legte sich unvermittelt auf die Backbordseite, und ich machte einen Satz nach vorn, fing mich aber noch rechtzeitig ab, bevor ich auf das Schott knallen konnte. Der Wind, der aus südlicher Richtung kam, hatte zugenommen, er war nicht zu stark, vielleicht 20 oder 25 Knoten, aber es reichte, um das Schiff soweit in Fahrt zu bringen, daß wir die stabilisierenden Vögel ins Wasser lassen mußten. »He, Peter, weck bitte die anderen Jungs auf, und bitte Kenny, die Vögel runterzulassen«, sagte ich und ging in meine Naßzelle, um mir die Zähne zu putzen. Ich genoß es, meine eigene Naßzelle, also ein Badezimmer, neben meiner Kabine zu haben. Dies ist einer der wenigen Vorteile eines Kapitäns und verlieh mir die nötige Intimsphäre, da ich das einzige weibliche Wesen an Bord war. Die Naßzelle des Kapitäns der *Hannah Boden* besteht aus einer weißen Toilettenschüssel mit Salzwasserspülung, einem kleinen Waschbecken, einem Spiegel und einer Duschkabine. Das Waschbecken und die Duschkabine sind mit frischem, fließendem heißen und kalten Wasser ausgestattet, also allem Komfort, wie man ihn auch zu Hause hat. Die Naßzelle der Mannschaft ist unten, gegenüber der Kombüse, und hat zwei Waschbecken, eine Dusche, eine Toilette und eine Waschmaschine sowie einen Trockner. Obwohl wir eine Entsalzungsanlage hatten, eine Maschine, die Salzwasser in Frischwasser umwandelt, mußten wir mit dem Gebrauch der Waschmaschine vorsichtig sein, da sie bei jeder Füllung fast 200 Liter Wasser verbrauchte und »Wasserbereiter« dafür bekannt sind, Macken zu haben. Die *Hannah Boden* führt fast 40 000 Liter Frischwasser mit sich, was für eine Fahrt ausreicht, wenn jeder sparsam damit umgeht.

Ich trat in das Ruderhaus und sah sofort auf den Radarschirm. Der Schirm war frei und zeigte nichts innerhalb eines Radius von zwölf Meilen an. Laut Plotter befand sich das Schiff etwas nördlich von unserer anvisierten Linie, und die Maschineninstrumente zeigten an, daß alles normal war. Als ich das Klicken der elektrischen Hydraulikpumpe und das laute Brummen des Öls, das durch das hydraulische System gepreßt wird, hörte, verlangsamte ich das Schiff, während Kenny an den Ventilen hinter dem Ruderhaus hantierte und die Vögel von den Enden der Ausleger herunterließ, bis sie sich sieben Meter unter der Oberfläche befanden. Sobald die Vögel positioniert waren, fuhr ich den Motor wieder auf 1600 U/min hoch und drehte mich zum Kartentisch, um unsere aktuelle Position zu überprüfen. Mit den Vögeln im Wasser war die *Hannah Boden* nun so stabil wie in flachem, ruhigem Wasser.

Das GPS zeigte 43° 03′ Nord und 66° 17′ West an. Die Breitengrade verlaufen auf der Karte horizontal und messen die Entfernung Nord–Süd, die Längengrade verlaufen vertikal und messen die Entfernung Ost–West. Diese Linienpaare kreuzen sich in einem Winkel von fast 90 Grad und bilden auf der Karte ein Gitter. Ich fand auf der Karte den Punkt, an dem sich 43° 03′ Nord und 66° 17′ West kreuzten, markierte ihn mit einem Bleistiftpunkt als unsere aktuelle Position und beschriftete ihn mit Datum und Uhrzeit. Dieser neue Punkt war etwa zweieinhalb Zentimeter südwestlich der südwestlichen Spitze Neuschottlands, wobei zweieinhalb Zentimeter auf dieser speziellen Karte etwa 36 Seemeilen entsprechen. [Man braucht etwas Übung, um das tägliche Vorankommen in Zentimeter zu messen.]

Ich suchte in der Schublade unter dem Kartentisch die Parallellineale. Ich nahm die durchsichtigen Plastiklineale aus der Schublade, legte sie auf die Karte und verschob sie, so daß die Kante eines Lineals unsere gegenwärtige Position mit einem anderen Bleistiftpunkt im Osten, südlich von Sable Island, verband, der mein nächster Wegepunkt war. Ich schob die Klapplineale so über die Karte, daß der Winkel der geraden Kante nicht verändert wurde, und bewegte sie zur nächstliegenden *Windrose*, wo ich unseren gewünschten Kurs von den Eichzahlen um die Rose – kreisförmig aufgedruckte Punkte eines richtigen Kompasses, bei dem sich der Norden oben in der Mitte befindet – ablas. Ich positionierte eine Kante der Lineale so, daß diese mitten über der Rose lag, und las die Nummer an der Außenkante der Rose ab, dort, wo sie von derselben Linealkante geschnitten wurde. Ich stellte fest, daß mein gewünschter »geographischer« Kurs 82 war. Die Karte gab für diesen Bereich 18 als westliche magnetische Abweichung an, also addierte ich 18 zu 82 und erhielt einen magnetischen Kurs von 100 Grad. Die Abweichung des Kompasses der *Hannah Boden* beträgt 3 östlich für 100, also subtrahierte ich 3 und erhielt einen gewünschten Kompaßkurs von 97. Um meinen gewünschten geographischen

Kurs von 82 zu erreichen, mußte ich einen Kompaßkurs von 97 ansteuern.

Ich ging zum vorderen Teil der Brücke zurück und beobachtete den Kompaß, der auf dem Pult vor dem großen rostfreien Steuerrad montiert war. Der Kompaß hat etwa die Größe und Form eines halbierten Baseballs, und die flache Seite liegt auf dem Pult auf. Ich starrte angestrengt durch die Glaskuppel auf die schwarze Scheibe mit ihren weißen Eichzahlen, die in der klaren Flüssigkeit schwebte, und sah, daß der fest eingestellte Steuerstrich langsam bei 92 hin und her pendelte. Ich griff nach dem Knopf des Autopiloten und drehte ihn ein wenig in Uhrzeigerrichtung, um unseren Steuerkurs um 5 Grad zu erhöhen. Ich kehrte wieder an den Kartentisch zurück und maß mit meinem Stechzirkel auf der Karte die Entfernung zwischen unserer gegenwärtigen Position und dem nächsten Wegepunkt unterhalb von Sable Island.

Ich setzte die beiden Beine des Stechzirkels auf die Punkte, legte sie dann an die Längenskala am horizontalen Rand der Karte an und erhielt die Entfernung in Seemeilen. Eine Minute Länge entspricht einer Seemeile, und ein Grad Länge sind 60 Minuten, also 60 Meilen. Wir mußten etwa 290 Meilen fahren, um die Bleistiftmarkierung südlich von Sable Island zu erreichen, etwas weniger als eineinhalb Tage bei unserer gegenwärtigen Geschwindigkeit. Ich tippte die entsprechenden Zahlen in das GPS, um elektronisch das zu erhalten, was ich gerade auf altmodische Art errechnet hatte. In zwei Sekunden war meine Navigation überprüft, und die Zahlen waren fast gleich.

Ich entspannte mich in meinem Stuhl und studierte die Wetterkarten, die während der Nacht gedruckt worden waren. Die Oberflächenanalyse ergab ein schwaches Tief vor Cape Code, das mit einer Geschwindigkeit von 15 Knoten herankam. Eine Windfahne mit 20 Knoten aus südlicher Richtung bestätigte die Brise, die wir am Morgen hatten, und es sah aus, als bekämen wir schwere Regenfälle während des Tages, wenn das Tief durchziehen würde. Die Isobare, die die Rückfront des Tiefs bildeten, standen enger zusammen als jene, die die Vorderfront bildeten, und deuteten eine Zunahme des Windes an, aber nicht in der Weise, daß sie die *Hannah Boden* gefährden konnten.

Der Duft von frischem Kaffee stieg von der Kombüse auf, und mein Magen knurrte, als ich die Karte mit den Oberflächentemperaturen des Meeres studierte. Diese Karte gab mir eine grobe Vorstellung von den Temperaturbrüchen in den Fischgründen. Ich konnte daraus ableiten, wo der Großteil der Flotte zu finden sein würde. An den Stellen, wo die Fronten kalter und heißer Wassermassen aneinanderstoßen, findet man große Temperaturabfälle, die *Brüche* genannt werden. Die begehrtesten Wassermassen, *Fanggebiete* oder *Sets*, sind dort zu finden, wo das wärmste Wasser am weitesten nach Norden drängt und die dichtesten Brüche bildet. Ich persönlich ziehe die Ecken vor. Ich bin am liebsten dort, wo der Hauptbruch große und definierte Richtungsänderungen vornimmt und die Front eine Ecke bildet. Bei den jüngsten Fahrten fischte ich an einer Ecke, die sich in der Nähe von 45° Nord und 45° West bildet. Unterhalb dieser Ecke verlaufen die Front und der Strom nordöstlich, und dahinter verlaufen beide geradewegs östlich. Mein Lieblingsplatz fängt unterhalb der Ecke an und geht von dort aus Richtung Südwesten. Die Flut von fast drei Knoten nimmt meine 40 Meilen Ausrüstung in die Ecke hinein und um die Ecke herum, wo sich das östliche Ende nach Osten und Westen ausdehnt. Ich hatte in diesem Bereich einen so guten Fang gemacht, daß ich sicher war, daß er auf dieser Fahrt nicht für mich zur Verfügung stand. Sicherlich hatte schon ein anderer seinen *Claim* auf meinem Lieblingsfleck abgesteckt.

Ausbringen und Einholen erfolgen gegen die Flut, um das Fanggebiet für das nächste Ausbringen zu behalten und der reißenden Strömung im Osten nicht zuviel Grund zu überlassen. Ein gutes Positionieren und das aggressive Halten eines 40 Meilen langen Teilstücks des Bruches ist absolut notwendig, wenn man irgendeinen Erfolg haben will. Jeder versucht, dort zu sein, wo die größten und meisten Fische gefangen werden; das Eindringen in eines der beiden Enden eines guten Fanggebietes um einige Meilen kommt vor, wenn es erlaubt ist. Ein Kapitän muß Form und Bewegung der verschiedenen Meeresformationen verstehen, wie zum Beispiel Strudel und den Golfstrom, und ein lukratives Fanggebiet mit Macht verteidigen. Es ist allgemein bekannt, daß jeder eine Meile nimmt, wenn man ihm einen Zentimeter überläßt. Ich weiß, daß ich über Funk in den Ohren der anderen Kapitäne wie eine Hexe klingen muß, wenn ich darum kämpfe, mein 40-Meilen-Plätzchen zu halten, aber ich habe am eigenen Leib erfahren, daß man niemandem nachgeben darf. Die Sanften erben vielleicht die Erde, aber sie werden nie mein Stück Meer bekommen. In vier Tagen begann das Spiel, und dann mußten wir gegen die Uhr, die Flut, den Mond und den Rest der Flotte antreten. Derjenige gewinnt, der am meisten und schnellsten fängt.

Es war jetzt taghell, aber so bedeckt, daß ich nicht das Vergnügen gehabt hatte, die Sonne aufgehen zu sehen. Der Himmel war grau verhangen und das Meer pechschwarz mit weißen Blitzen, die entstanden, wenn sich die Kämme der niedrigen, böigen Wellen in kurzen Kringeln brachen; danach war das Meer wieder pechschwarz. Die Leute, die das Meer nicht kennen, denken, daß es immer blau ist, aber je nach Wetterbedingungen kann es viele Farben annehmen. Ein Dauerregen setzte ein, und die Tropfen kräuselten die glatten schwarzen Streifen zwischen den weißen Kronen. Ich faltete das Faxpapier wie eine Ziehharmonika und schob es auf das Pult vor dem Stuhl.

Ich griff nach einem Taschenbuch und öffnete es an der Stelle, wo ich vor einigen Tagen zu lesen aufgehört hatte. Ein Beobachter hätte denken können, daß ich mich in das Buch vertiefte, aber tatsächlich führte ich nur die Bewegungen des Lesens aus. Meine Augen bewegten sich von Zeile zu Zeile, und ich wußte, wann ich umblättern mußte, aber meine Gedanken waren nicht beim Lesen, und die Geschichte interessierte mich nicht wirklich. Ich fragte mich, wieviel Fisch wir diesmal fangen würden, und machte mir Gedanken darüber, welches Wetter wir zu ertragen haben würden, wie hoch der Schwertfischpreis sein würde, wenn wir Ende September nach Gloucester zurückkehrten, und welche Ausmaße die unvermeidlichen Probleme mit der Mannschaft annehmen würden.

»Guten Morgen, Ma!« Kenny kam hinter meinem Stuhl hervor, stellte sich vorne im Ruderhaus neben mich und reichte mir eine Tasse mit dampfendem Kaffee. Kenny, der aus Neufundland stammte, sprach mit irischem Akzent und verwendete oft Ausdrücke, die den anderen nicht geläufig waren. Es machte Spaß, ihm zuzuhören. Sein helles Haar fiel in seine Stirn und verdeckte die Beulen, die ich gestern bemerkt hatte. Es ist wohlbekannt, daß alle Fischer lügen, und Kenny war mit 22 Jahren schon der König der Lügner. Wir hatten uns darauf geeinigt, daß Kenny schon im Mutterleib zu fischen angefangen haben mußte, wenn er auch nur die Hälfte dessen, was er vorgab, getan haben wollte. Er war seit seinem 17. Lebensjahr auf der *Hannah Boden.* Davor hatte er angeblich auf einem anderen nordamerikanischen Schwertfischfänger, einem japanischen Langleiner, einem Thunfischboot, einigen Jakobsmuschelfängern, jedem Kiemennetzfänger in Neufundland und ein paar Schleppnetzfängern gefischt, und er war an Bord eines Schiffes, das sein Großvater fuhr, auf Seehundjagd gegangen, und wahrscheinlich erschlug er Seehundbabys, während er noch in den Windeln lag. Das einzige, was Kennys Geschichten vom Meer noch übertraf, waren seine Geschichten von der Jagd. Er sah dir ganz ernst ins Gesicht, wenn er ein Lügenmärchen erzählte, zum Beispiel wie er 500 Enten an einem Tag schoß. Ich gehe nicht auf Entenjagd, aber ich war sehr beeindruckt. Es ist sehr wertvoll, wenn ein Besatzungsmitglied die Gabe besitzt, Geschichten zu erzählen, besonders wenn man dreißig Tage auf See verbringt, und Kenny war ein Meister darin.

»Carl schaufelt Eis«, sagte Kenny, »und wir legen mit dem Fanggerät los, sobald wir gegessen haben. Ich werde die Generatoren erst heute nachmittag umschalten, okay?«

»Okay, nimm das Amperemeter mit hinunter. Und prüf die Batterien, wenn ihr die Hupen zusammenbaut. Im Vorpiek sollten noch vier Ersatzbatterien sein.«

Kenny nahm das Oberteil der Sitzbank im rückwärtigen Teil des Ruderhauses ab, wo ich die verschiedensten Sachen, wie Klebeband für Kabel und für Rohre, Batterien für Taschenlampen und Faxpapierrollen, aufbewahrte. Er zog das Amperemeter heraus und ging wieder nach unten. Kenny hat mit mir zusammen alle Fahrten zu den Grand Banks gemacht, seit ich auf der *Hannah Boden* angefangen habe, und er war mir eine große Hilfe. Kenny hatte für mich die Arbeiten im Maschinenraum übernommen und kümmerte sich um die Wartung, wenn wir auf See waren. Das *Umschalten der Generatoren* wurde einmal pro Tag durchgeführt. Wir hatten zwei Generatoren, die abwechselnd liefen, eine Maschine lief also immer. Bevor Kenny meine Arbeit übernahm, versuchte ich, alles selbst zu tun, und erledigte die Arbeiten im Maschinenraum oft im Schnellverfahren. Bob Brown hatte mich mehr als einmal gewarnt, daß Hetze und Abkürzungen mich irgendwann »in den Arsch beißen würden«, wie er es ausdrückte.

Ich mochte die Hitze und den Lärm des Maschinenraums nicht und machte einmal einen schrecklichen Fehler, weil ich unaufmerksam war. Als ich das Öl eines der beiden Generatoren austauschte, pumpte ich versehentlich das Öl von dem anderen Generator ab, der auf vollen Touren lief, da ich vergessen hatte, ein Ventil zu schließen. Offensichtlich hatte ich außerdem nicht daran gedacht, das Alarmsystem einzuschalten, das die Maschine automatisch stoppt, wenn der Öldruck zu sehr abfällt oder die Temperatur zu sehr steigt. Der Generator fraß sich ohne Öl fest, riß in das Aggregat ein Loch von der Größe einer Grapefruit und fing dann Feuer. Die Maschine wurde für 25 000 Dollar erneuert, ein wahrhaft teurer Biß in den Arsch. Danach überließ ich alle Wartungsarbeiten auf See Kenny, der sehr viel gewissenhafter als ich zu sein schien.

Ich verließ mich auch darauf, daß Kenny sich um den Fischladeraum kümmerte. Als *Laderaummann* war Kenny dafür verantwortlich, den Fisch in Salzwassereis zu packen. Zuerst wird der Fisch in einem Bereich des Laderaums *abgeschreckt*, wobei man die Hohlräume der Fischkörper mit Eis füllt, um deren Temperatur zu senken. Am Abend, wenn wir beim Ausbringen sind, packt Kenny dann den bereits gefrorenen Fisch in *Abteile*, auch *Tonnen* genannt, das sind kleine Bereiche des Laderaums, die mit Brettern (1 × 2 Meter groß und weiß gestrichen) abgeteilt sind. Die Fische werden horizontal gelegt und vertikal geschichtet, wobei die größten unten zu liegen kommen, und jeder Fisch wird vollständig mit Eis umhüllt. Wenn die Fische einmal eingepackt sind, kommen sie erst wieder ans Tageslicht, wenn sie am Kai ausgeladen werden. Kenny kümmerte sich hervorragend um den Fisch, und wir erhalten von den Großhändlern viele Komplimente wegen der Qualität.

Kurz nachdem Kenny das Ruderhaus verlassen hatte, erschien Ringo mit zwei in Papiertücher eingepackten Sandwiches. Ich dankte ihm und legte die Sandwiches in meinen Schoß. Ringo sah durch die vorderen Fenster und ließ seine Augen über den Horizont wandern. »Das Wetter ist heute morgen etwas lausig. Was sagt der Wetterbericht?«

Ich biß in das erste Sandwich hinein und sprach mit vollem Mund, womit ich bewies, daß ich endgültig jegliche Tischmanieren vergessen hatte, die meine Mutter mir beigebracht hatte. »Die Karte liegt dort«, sagte ich und deutete mit meinem Sandwich auf das gefaltete Fax. »Es soll bis zum späten Nachmittag so bleiben, vielleicht wird es noch etwas windiger. Es zieht ziemlich schnell vorüber. Vielleicht sehen wir heute noch die Sonne, bevor sie untergeht.«

Ringo langte nach dem Papier, und als er die Oberflächenanalyse studierte, fuhr er in einem ernsteren Ton als sonst fort. »Ich hasse es zu petzen, aber Carl und Peter werden sich bald in die Haare geraten.«

»Ich bemerkte auf der letzten Fahrt, daß sie Probleme miteinander haben, aber ich dachte, sie seien jetzt darüber weg. Solange sie beide ihre Arbeit machen, berührt es die anderen nicht, oder?«

»Du mußt ja nicht zuhören, du sitzt hier oben«, sagte Ringo und sah immer noch auf die Wetterkarte.

»Nun, ich kann ja nichts tun, damit sie sich mögen.« Ich glaube, ich klang ein wenig zurückhaltend.

Ringo warf die Karten wieder auf das Pult und sah mir in die Augen. »Carl hat Peter neben einigen anderen Nettigkeiten *dreckiger Nigger* genannt. Ich weiß nicht, ob dir das etwas ausmacht, aber mir macht es schon etwas aus.«

»Mein Gott.« Ich legte das Sandwich wieder auf das Pult zurück. Der Gedanke, daß Carl seinen Schiffskameraden und mein Besatzungsmitglied *Nigger* nannte, gab mir ein flaues Gefühl in der Magengegend. »Ich schätze, daß ich hier oben von euch Jungs isoliert bin. Ich hatte keine Ahnung, daß es so weit außer Kontrolle geraten ist. Danke für den Hinweis, ich werde der Sache ein Ende machen.«

»Ich weiß. Peter muß es leid sein, die andere Backe hinzuhalten. Er wird explodieren, und dann könnte Carl etwas abbekommen.«

»Probleme mit der Besatzung. Ich hasse diesen Mist. Ich hasse es mehr als Hurrikane und zähes Fischen. Ich mußte mich noch nie mit Rassenproblemen auseinandersetzen, aber ich schätze, jetzt werde ich es lernen. Das tut weh.«

»Deshalb bekommst du das große Geld, Ma.«

»Deshalb bin ich am spitzen Ende«, sagte ich und meinte damit den Bug im Gegensatz zum quadratischen Heck, an dem die Besatzung einen Großteil ihrer Zeit verbringt. Der Austausch zwischen Ringo und mir geschah auf vertraute Weise, aber es machte die Situation nicht viel einfacher. Ringo ging, um Kenny bei den Hupen zu helfen, und ich starrte aus dem Fenster und fragte mich, wie ich mit dieser Situation umgehen sollte.

Ich hatte schon früher Faustkämpfe erlebt, aber das war anders. Es war verständlich, daß sechs erschöpften Leuten ab und zu der Gaul durchging und die Fäuste flogen, wenn sie dreißig Tage lang die Gegenwart der anderen ertragen mußten. Das kommt vor, und ich habe nie mehr erlebt als eine blutige Nase. Ich bin kein Masochist und habe nie daran gedacht, mich zwischen zwei Männer zu werfen, die mit Fäusten in der Größe von Keulen aufeinander einschlugen. Diese physischen Ausbrüche kommen meist ohne große Vorwarnung, so daß ich es immer erst nach dem Kampf mit den Kampfhähnen zu tun hatte, wenn Frust und Ärger verflogen waren. Ich habe gelernt, daß das beste Abschreckungsmittel vor einer Wiederholung darin besteht, den Männern mit »einem Schlag dorthin, wo es weh tut ... nämlich in der Brieftasche« – wie Alden es ausdrücken würde –, zu drohen. Die bloße Drohung von Lohnabzügen hat immer ausgereicht, um alle zur Ordnung zu rufen. Wenn man vorgewarnt wird, ist man gewappnet. Ringo hatte mich gewarnt, nun war es meine Pflicht, die Situation zu entspannen, bevor sie ausuferte. Die Frage war nur, wie. Reichte die Drohung mit finanziellen Sanktionen aus? Ich hoffte es.

Ich konnte nicht umhin, darüber nachzudenken, was für eine seltsame Gruppe wir bildeten, die Besatzung und ich. Wir hatten nicht viel gemein, außer daß wir alle unseren Lebensunterhalt auf See verdienten. Wir sechs gehörten verschiedenen Generationen, Geschlechtern, Rassen, Religionen und drei Nationalitäten an. Wir waren 19 bis 37 Jahre alt, Carl war der Jüngste und Ringo der Älteste. Unsere Wurzeln lagen im Norden und Süden, Kenny stammte aus Neufundland und Peter aus Grenada. Ringo und Charlie kommen beide aus Massachusetts, Carl und ich aus Maine. Diese Besatzung und der Kapitän der *Hannah Boden* waren der Inbegriff typischer Fischer, und das Typische ist, daß es nichts Typisches gibt. Selbst ich war manchmal überrascht, obwohl mir die Unterschiedlichkeit von Fischern absolut bewußt ist.

Als ich eines Winters einige Zeit in der kleinen Stadt Lincoln in Delaware verbrachte, traf ich zwei der ungewöhnlichsten Fischer, die ich mir hätte vorstellen können. Ich war mit dem Fahrrad auf der Landstraße 113 in südlicher Richtung unterwegs, als ich an einem kleinen Gewässer vorbeikam, nicht viel größer als ein Teich, dem Hudson Pond. Auf der Böschung saßen zwei ältere Damen, eine Weiße und eine Schwarze, und starrten auf die rotweißen Schwimmer, die sich im schlammigen Wasser etwa in der Mitte der Angelleinen, die von ihren Angelruten hingen, befanden. Beide Frauen waren nach meinem Geschmack seltsam gekleidet. Etwas an der Kombination von Bekleidung und Angelruten machte mich neugierig, und ich hielt an. Ich sah zu, wie die weiße Frau ihre Leine einholte und wieder auswarf, einholte und auswarf, bis die schwarze Frau in einem starken südlichen Akzent in strengem Ton sagte: »Aber Hazel, du wirst niemals etwas fangen, wenn du die Leine nicht eine Minute in Ruhe läßt. Kein Fisch ist schnell genug, um deinen Wurm zu fangen.« Hazel beachtete ihre Freundin nicht und fuhr fort, ihre Leine einzuholen und auszuwerfen.

Ich ließ mein Rad am Straßenrand und setzte mich zu den Frauen ins Gras. Hazel war sehr freundlich und sprach mich sofort an, als sie mich sah. Leider verstand ich kein Wort von dem, was sie sagte, aber ihre Freundin war so nett, mir alles zu übersetzen. Offensichtlich war Hazel geistig zurückgeblieben, und die andere Frau war ihre Freundin und Betreuerin. Zwischen ihnen stand auf dem Gras der Böschung ein weißer Plastikeimer mit einem halben Dutzend der kleinsten gelben Fische, die ich je gesehen habe, sie nannten diese *Mondfische*, sowie eine Kaffeekanne, gefüllt mit Erde und Regenwürmern, die sie als Köder benutzten. Hazel gab etwas mir Unverständliches von sich und hielt mir ihre Angelrute hin, während die andere Frau übersetzte: »Sie möchte, daß Sie es versuchen. Haben Sie schon mal einen Fisch gefangen?«

»Nein«, log ich. Ich dachte nicht, daß sie mir glauben würden, wenn ich ihnen sagte, ich sei Kapitän eines dreißig Meter langen Schwertfischfängers und verdiene meinen Lebensunterhalt mit Fischen. Hazels Freundin würde vielleicht sogar glauben, einen zweiten Schützling gefunden zu haben. »Ich möchte aber schon einmal. Können Sie es mir beibringen?«

»Ja, mein Kind.« Die Frau zeigte mir geduldig und geschickt, wie man den Köder am Haken befestigte und die Leine zur Mitte des kleinen Teichs auswarf. »Jetzt warten wir. Beobachten Sie nur den Schwimmer. Wenn er untergeht, haben Sie einen Fisch gefangen.« Zu dritt warteten wir in himmlischer Ruhe und beobachteten die rotweißen Schwimmer im braunen Wasser. Mein Schwimmer hüpfte ein paarmal auf und ab, dann war er nicht mehr zu sehen. Hazel klatschte in die Hände und lachte laut vor Aufregung. »Holen Sie ein, mein Mädchen, holen Sie ein. Jetzt langsam, das war's.« Die schwarze Frau führte mich, bis der Fisch bei uns im Gras lag und herumzappelte wie alle Fische, wenn sie nicht mehr im Wasser sind. »Ich nehm' ihn vom Haken. Sie können ihn fürs Abendessen mitnehmen.«

»Nein, danke. Ich bin sicher, daß mein Freund schon das Abendessen vorbereitet hat«, sagte ich.

Hazel sprach wieder, und ich versuchte verzweifelt zu verstehen, was sie sagte. Ihr Gesicht war so freundlich und der Klang ihrer Stimme so ausdrucksvoll, aber die Silben waren bunt gemischt. »Sie sagt, daß Sie Ihren ersten Fisch mit nach Hause nehmen müssen.« Ich fragte mich, ob sie Hazel wirklich verstand oder ob es nur Teil ihrer Freundschaft war, die Lücken zu füllen.

»In Ordnung, Hazel, danke. Es war schön, euch beide kennenzulernen. Danke, daß ihr mir das Angeln beigebracht habt.« Ich nahm den Fisch in eine Hand und stieg auf mein Fahrrad. Hazel umarmte mich und winkte, als ich die Straße hinauf davonfuhr. Als ich mich umdrehte und zurücksah, winkte Hazel immer noch, und ich winkte mit dem Fisch zurück. Hazel winkte weiter, bis die Entfernung zu groß wurde und sie aus meinem Blickfeld verschwand.

Als meine Erinnerung an die beiden Frauen verblaßte, wurden meine Gedanken von Bob Browns Stimme über den ESB-Funk unterbrochen. »WQX sechs vier sieben an *Hannah Boden.* Bist du da, Linda?«

Ich erhob mich vom Stuhl und nahm das Mikrofon, das im rückwärtigen Teil des Ruderhauses von oben herunterhing. Ich stand auf einem kleinen teppichbelegten Podest, das Bob für mich anfertigen ließ, um an den Funk und die Steuerung für die Suchscheinwerfer heranzukommen, die ebenfalls von oben herunterhingen. »Whisky Romeo Charlie fünf zwei vier fünf. Guten Morgen, Bob. Ende.«

»Hallo, Linda. Ich wette, bei euch regnet es. Ende.«

»Richtig. Ein wenig Wind aus dem Süden und jede Menge Regen. Ende.«

»Wie läuft es, und wie ist eure Position? Ende.«

»Alles in Ordnung. Dreiundvierzig null fünf Nord und fünfundsechzig fünfzig West. Bis jetzt sind wir im Durchschnitt zehn Knoten gefahren. Wir mußten die Vögel erst heute morgen herunterlassen. Ende.«

»Das ist gut. Ich fahre ein paar Tage weg und rufe dich auf dieser Frequenz wieder an, wenn ich zurück bin. Ende.«

»Okay, Bob. Wir sprechen uns dann. Danke für die Nachfrage. Whisky Romeo Charlie fünf zwei vier fünf. Tschüs.«

»Bis bald. WQX sechs vier sieben; alles klar, *Hannah Boden.*«

Ich hängte das Mikrofon wieder ein und sah aus den rückwärtigen Fenstern Kenny und Ringo zu, die im Regen an den Hupbojen arbeiteten. Die Hupen wurden in einen Rahmen aus rostfreiem Stahlrohr gesetzt. Die Rohrstücke waren so geschweißt, daß sie quadratische Öffnungen bildeten, die gerade groß genug waren, um je eine Hupe aufzunehmen. Für jede Boje war eine separate Öffnung im Rahmen vorgesehen, so wie man Eier in Kartons steckt. Der Rahmen war auf dem Deck direkt vor der dreiseitigen, *Schlupfkajüte* genannten Stahlstruktur montiert. Die Schlupfkajüte war zum Heck offen und diente den Männern und dem Gerät als Windschutz. Die Leitwehren wurden im Schutz der Schlupfkajüte hergestellt und in Plastikbehältern von der Größe eines 4-Personen-Whirlpools gelagert, und man schätzte dessen Dach besonders an Regentagen.

Hupbojen sind ein kritischer Teil des Langleinen-Geräts. Die Boje selbst, die rot lackiert ist, steht etwa ein Meter hoch; der untere Teil der Boje besteht aus einem wasserdichten Stahlkanister und enthält eine elektronische Einheit, die Funksignale überträgt, welche von der Funkpeilstation, RDF genannt, im Ruderhaus des Schiffes empfangen werden. Jede Boje hat ihre eigene Frequenz, die sich von den anderen auf dem Schiff unterscheidet. Die Hupbojen werden in einem Abstand von ungefähr dreieinhalb Meilen an der Langleine befestigt, wenn diese über das Heck ausgebracht wird. Das Stück zwischen zwei Hupbojen nennt man einen *Abschnitt.* Für mich besteht ein typisches Set aus 10 bis 12 Abschnitten oder 35 bis 40 Meilen. Ein leuchtendgelber Schwimmreifen oder Kragen umschließt den oberen Teil des Stahlkanisters, so daß die Boje aufrecht und ihre drei Meter hohe Antenne in der Luft bleibt. Ringo und Kenny waren damit beschäftigt, die Antennen auf die Bojen zu schrauben und die Phasen der Antennen an die Sendekanister anzuschließen. Die Bojen bleiben bis kurz vor dem Moment, wo sie über Bord gehen, ausgeschaltet, um die Batterien, die sich ebenfalls in den Kanistern befinden, zu schonen. Ich führe eine Liste der Frequenzen der Hupen in der Reihenfolge, in der sie ausgebracht werden, so daß ich, wenn die Leine in der Mitte gekappt wird, einfach die nächste Hupe auf die RDF einstellen kann und diese dann die

Richtung angibt, in welcher die restliche Ausrüstung vom Boot aus liegt. *Abtrennungen*, also Brüche der Hauptleine, sind normal und werden meistens von der Flut, tiefgehenden Schiffen oder großen Haien verursacht. Ich schob eines der rückwärtigen Fenster auf und rief Kenny zu: »Gib mir Bescheid, wenn ihr zum Testen bereit seid.« Kenny nickte, winkte und machte weiter.

Als ich das Fenster schloß und zum vorderen Teil des Ruderhauses ging, stellte ich fest, daß Peter geräuschlos hereingekommen war. Dieser große, muskulöse Mann war eine ziemlich imposante Figur, als er so steif dastand, als habe er einen Besen verschluckt, mit dem Rücken zum Pult und die Arme vor der Brust verschränkt. Peter hatte eine weiche Stimme und einen starken westindischen Akzent. »Es gibt da etwas, was ich mit dir besprechen möchte«, sagte er.

»Ich weiß von deinen Problemen mit Carl, und es tut mir leid. Ich habe vor, dieser Sache ein Ende zu bereiten.«

»Es juckt mich in den Fingern, meine Hände um seinen Hals zu legen und zuzudrücken. Aber er ist nur ein Junge und mir nicht ebenbürtig.« Peter löste seine Arme und hielt die Hände hoch, als wolle er sie inspizieren. Sie sahen wie Baseballhandschuhe aus.

»Er ist jung und in vielen Dingen unerfahren. Er verließ die Schule in der vierten Klasse und arbeitete als Muschelsammler. Ich bin sicher, daß er auf den Muschelfeldern in Maine nicht viele Schwarze zu sehen bekam. Ich glaube nicht, daß er gut lesen kann. Kannst du dir vorstellen, Analphabet zu sein? Dennoch, das ist kein Grund, dich *Nigger* zu nennen.«

»*Nigger* stört mich nicht halb so sehr wie *Affenarsch*. He, ich wollte dir nur klarmachen, was los ist. Damit du weißt, warum, wenn etwas zwischen Carl und mir passiert.«

»Nein, Peter, so geht das nicht. Wenn du glaubst, daß es okay ist, wenn du mich davor warnst, daß etwas passieren kann, liegst du falsch.«

»Wenn er seinen Mund noch einmal aufmacht, dann ...«

Ich unterbrach Peter, bevor er Gelegenheit dazu hatte auszusprechen, was er sich für Carl ausgedacht hatte. »Ich verbiete dir, Hand an diesen Jungen zu legen. Und wenn du es tust, wird es dich sehr teuer zu stehen kommen.«

»Du klingst wie eine besorgte Mutter.«

»Es ist mir egal, wie ich klinge. Ich muß meine Arbeit machen. Meine erste Priorität ist, dieses Schiff mit Fisch zu füllen und es heil nach Gloucester zurückzubringen. Leider kann ich dies nicht allein tun. Ihr Jungs müßt zusammenarbeiten. Ich brauche keine Probleme mit der Besatzung. Ich werde mit Carl sprechen und hoffe, daß wir uns alle darauf besinnen können, warum wir hier sind. Du wirst mit der ersten Kiste Leitwehren bis zum Abendessen fertig sein, oder?«

»Ja. Ich möchte dich noch etwas fragen, bevor ich an die Arbeit gehe. Darf ich dich *Ma* nennen?«

»Verdammt, niemand hat es bis jetzt für nötig befunden, um Erlaubnis zu fragen. Natürlich, du kannst mich nennen, wie du willst. *Ma* ist okay.«

»Okay. Danke, Ma.« Peter ließ eine Spur von Traurigkeit zurück, als er die Gangway hinunterging und unten verschwand. Ich hatte nicht das Gefühl, das Problem sehr gut angepackt zu haben, und mir wurde bewußt, daß ich mitfühlender hätte sein sollen. Ich fragte mich, wie ich auf Carl zugehen sollte, der sich ständig angegriffen fühlte und stur wie ein Bock war. Peter hörte auf Argumente. Bei Carl war ich mir da nicht so sicher. Erst auf der letzten Fahrt hatte ich über Funk meine Besatzung hoch gelobt. Ich sagte, es sei die beste Besatzung, die ich je hatte, und daß sie meine Arbeit einfach und die Fahrt angenehm machte. Nun dachte ich, daß ein Teil dieser gleichen Besatzung mir auf meiner Fahrt Ärger machen würde. Ich erinnerte mich an eine Zeit vor sieben Monaten, als ich die schlimmste Erfahrung meiner ganzen Fischereizeit mit der Besatzung machte; es ließ mein heutiges Problem leichter lösbar erscheinen.

Vor sieben Monaten war es Februar. Ich fischte mit der *Hannah Boden* während des Winters Schwertfische in der Karibik. Wir luden unsere Fracht in San Juan, Puerto Rico, ab, und während wir im Hafen von San Juan lagen, bekam ich einen Vorgeschmack auf das

Horrorszenario, das bald folgen sollte. Neben uns lag die *Stephanie Vaughn*, ein anderer nordamerikanischer Schwertfischfänger, der die strahlende Sonne und das blaue Wasser während der Wintersaison genoß. Mein Freund Jerry, der damals das Kommando auf der *Stephanie Vaughn* hatte, stand mit mir auf dem Deck der *Hannah Boden*, und wir unterhielten uns, während er darauf wartete, daß seine Besatzung mit den Lebensmitteln für ihre nächste Fahrt auftauchte. »Hast du Diabetiker an Bord?« fragte Jerry.

Ich dachte, dies sei eine seltsame Frage, beantwortete sie aber ehrlich. »Nein, nicht daß ich wüßte. Warum?« Jerry nahm mich am Arm und führte mich hinüber zur Backbordreling, wo er hinunter zwischen die Schiffe zeigte. Eine benutzte Spritze schwamm im Wasser. »Mein Gott. Ich glaube nicht, daß die einem meiner Jungs gehört. Wahrscheinlich ist sie von jemandem auf einem der Schiffe vor uns.« Ich wollte die Spritze nicht länger ansehen und ging zur Mitte des Decks zurück.

»Nun, ich dachte nur, ich frag' mal«, sagte Jerry und zuckte mit den Schultern.

Etwa eine Woche nachdem wir auf die nächste Fahrt gegangen waren, wurde klar, daß Jerry vielleicht mehr wußte, als er sich anmerken ließ, und daß ich die Spritze auf jeden Fall als Warnung hätte verstehen müssen. Es war ein sonniger, wundervoller Tag in der Karibik, und wir arbeiteten in Shorts, T-Shirts und Sandalen, als wir das Fischfanggerät einholten. Wir brachten einen herrlichen *Doppelmarker* an Bord. Der 100 Kilogramm schwere Schwertfisch war noch am Leben und schimmerte purpurn, blau und silbern, als er auf dem Deck lag, um vorbereitet zu werden. Fisch muß sofort gesäubert werden und darf nicht in der Sonne liegenbleiben, besonders in der Karibik. Deshalb strichen wir sogar die Asbestfliesen an Deck weiß, damit sie keine Hitze absorbierten und damit der darunterliegende Teer nicht schmolz.

Als ich das Schiff an der Leine mit dem Gerät entlangsteuerte und fortfuhr, diese einzuholen, ärgerte ich mich, daß niemand damit begonnen hatte, den Fisch zu säubern. »Wo ist Chad?« fragte ich James, der neben mir an der Reling steuerbord arbeitete.

»Ich weiß nicht«, antwortete er.

»Bitte geh ihn suchen. Wir müssen diesen Fisch von Deck und ins Eis bringen.« Chad war der *Metzger,* also das Besatzungsmitglied, das dafür verantwortlich war, alle Fische, sowie sie an Bord kamen, zu säubern und vorzubereiten. Es war ungewöhnlich, daß nicht alle Besatzungsmitglieder an Bord waren, während wir einholten, aber ich dachte, daß Chad vielleicht hineingegangen sei, um die Toilette zu benutzen. James kam wieder und sagte, daß Chad weder in der Kombüse noch in der Toilette oder seiner Kabine sei. Ich schaltete den Motor in den Leerlauf und ging zur Schlupfkajüte zurück, wo die beiden anderen Männer 30-Faden-Leitwehren auf hydraulisch betriebene Rollen wickelten, die *leader carts* genannt werden. »Wißt ihr Jungs, wo Chad ist?« Niemand wußte es. »Nun, er muß ja irgendwo sein. Er ist nicht über Bord gesprungen. Laßt uns das Schiff absuchen. Schaut in allen Kojen nach, der Naßzelle, dem Maschinenraum, dem Ruderhaus, dem Vorpiek, überall.« Wir gingen in verschiedene Richtungen auseinander, um Chad zu suchen, und trafen uns ein paar Minuten später wieder an Deck. Ich war nahe daran, in Panik zu geraten. Wir hatten das ganze Schiff überprüft. Ich dachte, daß er über Bord gefallen sein mußte, als niemand es sah, und schrie James zu, mir eine Hupboje aus dem Gestell zu bringen, um das Ende der Ausrüstung auf dieser Seite zu markieren. Ich würde in die Richtung, aus der wir gekommen waren, zurückfahren müssen und hoffen, daß Chad noch am Leben war und sich über Wasser hielt.

Gerade als ich im Begriff war, die Hauptleine zu kappen, schrie einer der Jungs: »Hier ist er!« Chad lag zusammengerollt in einem winzigen, niedrigen Raum, versteckt unter orangefarbenen Schwimmern, und schien fest zu schlafen. »Was für eine seltsame Zeit und Stelle, um ein Nickerchen zu machen.«

»He, Chad!« schrie ich. »Komm hier raus, und mach den Fisch sauber! Was zum Teufel machst du hier drin überhaupt?« Er bewegte sich und schaffte es, auf allen vieren auf das Deck hinauszukriechen. Ich war entsetzt, als ich beobachtete, wie er versuchte aufzustehen. James packte ihn und setzte ihn auf den Lukendeckel des

Fischladeraums, wo er wieder einzuschlafen schien, während er sich selbst in die Arme nahm und vorwärts und rückwärts wiegte. Ich schaute auf den Fisch, der in der Sonne lag. Das Purpur und das Blau waren mit dem letzten Atemzug gänzlich verschwunden, sogar das riesige Auge begann auszutrocknen. Nun war ich wütend. »Wirst du dich um diesen Fisch kümmern, oder sollen wir ihn zu Mittag essen?« schrie ich. Chad öffnete seine Augen, aber er war nicht in der Lage, seinen Blick auf etwas zu richten. Er stolperte vom Lukendeckel und nahm die Fleischsäge, die er normalerweise verwendete, um die Flossen und den Kopf vom Fisch zu trennen. »Es wurde auch Zeit«, sagte ich und ging zurück zur Steuerbordreling und den Steuerungen für das Schiff und die Langleinenspule.

Ich legte wieder den Gang ein und fuhr fort, die Leine auf die riesige Spule zu holen. Die anderen Männer nahmen das Stichwort auf und gingen zu ihren verschiedenen Arbeiten zurück. Ich hatte noch keine fünfzig Faden eingeholt, als James mich fragte: »Möchtest du, daß ich den Fisch saubermache?« Ich schaltete den Motor wieder in den Leerlauf und hielt die Spule an. Ich setzte mich auf die Reling und beobachtete Chad, der immer noch mit der ersten Brustflosse kämpfte. Er stand schwankend auf dem Deck, und sein Kopf wakkelte herum. Er beugte sich zum Fisch hinunter, fiel fast hin und hielt sich mit einer Hand. Es war, als beobachte man einen taumelnden Betrunkenen in Zeitlupe. Er verharrte in einer Haltung, in der er sich an drei Punkten festhielt, als ob er sich für eine weitere Attacke mit der Säge konzentriere und stärke. Das Meer war aalglatt, aber Chads Bewegungen deuteten Windstärke 8 an. Der Mann konnte tatsächlich nicht gerade stehen. James half Chad wieder zur Luke, wo er etwas weniger schwankend als vorher dasaß. James begann, an dem Fisch zu arbeiten.

»Was ist los mit dir?« fragte ich Chad.

Seine Stimme war genauso unkontrolliert wie seine Bewegungen, aber ich verstand, daß er sagte: »Ich schätze, meine Beine sind noch nicht seefest.«

»So ein Quatsch, wir sind seit mehr als einer Woche hier draußen, und das Wasser ist platt wie eine Flunder. Nimmst du Drogen?« Ich war nicht überrascht, als Chad verneinend murmelte. Während James den Fisch fertigmachte, sah ich von Chad zu den anderen beiden Jungs, die mir auch nicht in die Augen schauten; alle drei interessierten sich brennend für ihre eigenen Füße. Mit Ausnahme von James, der schon seit Jahren mit mir arbeitete, waren Chad und die anderen beiden Männer mir bis vor kurzem fremd. »Mein Gott, ich habe drei Junkies an Bord, oder?« Die Männer leugneten, vermieden aber weiterhin den Blickkontakt mit mir. Ich dachte, wenn ich fälschlicherweise des Drogenmißbrauchs beschuldigt würde, wäre meine Antwort eindeutig und nachhaltig, ich wäre tief verletzt. Ich würde meinen Kopf sicher nicht beschämt senken und meine Fußnägel inspizieren.

»Okay, ich werde das restliche Gerät an Bord holen und Kurs auf San Juan nehmen. Diejenigen von euch, die sich dort keinem Drogentest unterziehen wollen, können ihre Sachen packen.« Wir waren keine 48 Stunden vom Hafen entfernt, und ich wußte, daß ich mit dieser Besatzung nicht weiterarbeiten konnte. Als wir in San Juan ankamen, schoben die drei mit ihren Seesäcken zum Kai ab. Sie sahen sich nicht um, und ich sagte nur: »Ein Glück, daß wir die los sind.«

Meine jetzige Besatzung terrorisiert Gloucester vielleicht, wenn wir an Land sind, aber in meiner Gegenwart benahmen sie sich immer wie Gentlemen. Ich mochte diese Männer und betrachtete sie mittlerweile als Freunde. Ich legte ein Band in die Stereoanlage und lauschte Bonnie Raitts *Storm Warning*, während ich eine dicke schwarze Wolke beobachtete, die von Westen herankam. Die Sturmwolke näherte sich so schnell, daß ich das Gefühl hatte, Fotos im Zeitraffer zu sehen. Ich konnte die scharfen weißen Spitzen steiler Wellen hinter der Vorderkante der Wolke sehen. Der Wind verstärkte sich augenblicklich, während Dunkelheit und peitschender Regen uns einhüllten und die Sicht auf nahe Null reduzierten. Ich beobachtete, wie der starke Westwind die Peitschenantennen aus einer senkrechten Position auf einen 45°-Winkel herunterdrückte.

Ein Blitz erhellte die Dunkelheit für den Bruchteil einer Sekunde, gefolgt von einem Donnerschlag, der so laut war, daß ich ihn bis ins

Mark spürte. Ich sah die Männer einer nach dem anderen um die Ecke der Schlupfkajüte biegen und zur Tür des Vorschiffs auf Deck sprinten. Ich hörte, wie die Tür geöffnet und zugeschlagen wurde, und sah die Treppe hinunter, wo die Männer tropfend im Niedergang standen. Ringo rief herauf: »Ich dachte, wir kommen zum Mittagessen rein und arbeiten an den Leuchtstäben, bis der Regen nachläßt!«

»Seid ihr aus Zucker?« neckte ich.

»Das kannst du leicht sagen, weil du schön im Trockenen sitzt und dabei Musik hörst.«

»Deshalb bin ich am spitzen Ende.«

»Deshalb bekommst du soviel Kohle, Ma.«

Innerhalb der nächsten dreißig Minuten hatte der Wind eine Intensität erreicht, die mich erkennen ließ, daß meine Wetterkarte wertlos war. Die Brise, die heute morgen in der Takelage pfiff, verursachte nun ein lautes Dröhnen, als die Toppstage wie riesige Gitarrensaiten vibrierten. Der Seegang stieg, und die Höhe und Wucht der Wellen riefen bei mir Besorgnis hervor, da sie über die Steuerbordreling hereinbrachen und das Deck mit Wasser füllten. Die *Hannah Boden* rollte von steuerbord nach backbord und wieder von steuerbord nach backbord, jedesmal etwas tiefer. Als sie so weit rollte, daß der Backbordausleger ins Wasser tauchte, war es Zeit für mich, unseren Kurs aufzugeben und *das Schiff hineinzutreiben* beziehungsweise direkt in den Wind und die Wellen hineinzusteuern, statt weiterhin längsseits zu fahren. Ich drehte den Autopiloten um 90 nach steuerbord und setzte den Bug in die Wellen, die jetzt von einem 50–60 Knoten starken heulenden Wind angetrieben wurden. Ich drosselte die Maschine auf 1000 Umdrehungen, um die Gewalt der Wellen zu mindern, die auf den Bug krachten.

Um 13.00 Uhr markierte ich unsere Position auf der Karte, 43° 10′ N und 64° 45′ W. Wir hatten seit 5.30 Uhr fast 70 Meilen zurückgelegt, aber nun hielten wir nur unsere Position, als würden wir auf der Stelle treten. Es machte keinen Sinn, sich jetzt zu beeilen. Wir taten, was notwendig war, um in Sicherheit zu bleiben. Viele Schiffe sind bei einem Sturm in ernsthafte Schwierigkeiten geraten, weil sie ihren Kurs nicht aufgaben. Der große Wunsch, nach Hause zu kommen, hat viele Seeleute niemals dorthin gelangen lassen, weil ihr Kurs in Richtung Heimat das Schiff am Wind entlangführte.

Der Bug der *Hannah Boden* schlingerte in die Wogen hinein, Gischt spritzte klatschend bis zu den Fenstern des Ruderhauses hoch. Der Wind blies jetzt die Wellenkämme weg, bevor sie sich brechen konnten, so daß auf der Oberfläche weiße Schaumstreifen zurückblieben. Wenn dieser Wind lange genug anhielte, würde er einen gefährlichen Seegang schaffen, und ich betete, daß das Tiefdruckgebiet weiterziehen möge, bevor die Nacht hereinbrach. In der Nacht scheint alles dramatischer zu sein, weil man die nächste unangenehme Welle nicht sieht und man nicht vorbereitet ist, wenn sie über den Bug bricht. In der Dunkelheit kann man die Wirklichkeit hören und fühlen, aber der sichtbare Horror bleibt der Phantasie überlassen.

Um 17 Uhr hatten sich die Bedingungen weder verbessert noch verschlechtert. Ich war ausgelaugt und versuchte nur, mich während der Dauer dieses wilden Rittes im Sattel zu halten. Ich dankte Gott, als das Barometer endlich anfing, langsam zu steigen, ein sicheres Zeichen, daß sich die Lage bald entspannte. Um 18 Uhr hatte der Wind nach Nordwest gedreht und war bald zu einer leichten Brise abgeflacht. Bald darauf hatte sich der Seegang abgeschwächt und war nun lang und flach. Nur gelegentlich klatschten Wellen halbherzig gegen die Seite des Stahlrumpfes, der nun wieder Kurs auf die Fischgründe genommen hatte. Der Nordwestwind oder *aufklarende Wind* hatte es fertiggebracht, seinem Namen Ehre zu machen. Der Regen und die schwarzen Wolken waren nach Osten getrieben worden, wo sie zweifelsohne einige andere Fischer beutelten.

Carl kam die Treppe heraufgesprungen und stand neben mir, um von den rückwärtigen Fenstern aus den blauen Himmel unmittelbar vor dem Sonnenuntergang zu betrachten. Ich hatte mein Problem mit der Besatzung völlig vergessen und wartete darauf, die Sonne versinken zu sehen, als Carls Gegenwart mein Gedächtnis auffrischte. Carl sprach nicht viel, und wenn er ins Ruderhaus kam und wieder ging, gab er oft keinen Ton von sich. Er hatte das Auftreten und eine gewisse Ähnlichkeit mit dem jungen Richard Gere. Carl schaute auf das GPS und dann auf die Karte, auf der er unsere Position mit der Spitze des Zeigefingers suchte. Ich hatte ihm die Grundlagen der Navigation beigebracht und war erstaunt, wieviel er in kurzer Zeit gelernt hatte. Ich mußte Carl nie etwas zweimal sagen. Er war dünn und drahtig und konnte alle Arbeiten an Deck ausführen, wobei er sich mit jugendlicher Schnelligkeit bewegte, obwohl er mit erfahrener Genauigkeit arbeitete.

Ich wußte, daß Carl niemals ein Gespräch mit mir anfinge und daß ich den Großteil des Gesprächs selbst bestreiten mußte, aber ich war mir nicht sicher, wo ich anfangen sollte. Carl schnappte sich den Schleifstein, den ich auf dem Kartentisch aufbewahrte, setzte sich auf die oberste Stufe der Gangway und begann, das Messer zu schleifen, das er immer in der Scheide an der Hüfte trug. Ich sah zu, wie er die Klinge langsam über den Stein zog. Ich liebte den Klang von Stahl auf Eisen. Wenn man es richtig machte, so wie Carl, schuf der Rhythmus der einzelnen Schleifstriche eine derart saubere und klare Kadenz, daß schon der Ton scharf genug war, um zu schneiden. »Wie ich hörte, haben Peter und du ein Problem«, sagte ich.

»Ich hasse ihn, verdammt noch mal.« Carls Augen, die die Farbe geschmolzener Schokolade hatten, waren unentwegt auf den Stein gerichtet.

»Warum?«

»Er stinkt.«

»Du kannst ihn nicht leiden, weil er stinkt?«

»Und er ist faul.« Carl fühlte mit seinem Daumen die Kante des Messers.

»Carl, im Vergleich zu dir sind wir alle faul.«

»Er macht seinen Teil der Arbeit nicht.« Er schaute auf und sah mich zum ersten Mal an, seit er das Ruderhaus betreten hatte.

»Nun, ich denke, daß ich das zu entscheiden habe und nicht du.« Ich erhielt keine Antwort, also fuhr ich fort: »Ich bin zufrieden mit Peters Arbeit. Außer ihm will niemand zwanzig Stunden am Tag dort hinten in der Schlupfkajüte verbringen und Leitwehren reparieren und aufspulen.« Immer noch keine Antwort. »Ich habe Peter gewarnt, daß er seinen Lohn riskiert, wenn du ihn zu einem Kampf provozierst.«

»Ich habe keine Angst vor ihm.«

»Hast du Angst, deinen Lohn zu verlieren?«

»Nein. Geld bedeutet mir nicht viel, es ist nur ein Stück Papier. Du sagtest mir, als ich das erste Mal an Bord kam, daß ich an Land bleiben solle, wenn ich nur wegen des Geldes fische. Ich fische gern, und deshalb bin ich hier.«

»Großartig. Du hast keine Angst davor, halb totgeprügelt zu werden, und dein Lohn ist dir auch egal. Ich habe keine Munition mehr. Was zum Teufel kann ich dir sagen, damit du deinen Mund hältst und mit den Beleidigungen aufhörst?«

»Du könntest mich einfach bitten aufzuhören. Wenn du mir in der Vergangenheit etwas gesagt hast, habe ich es nie mißachtet, oder?«

Welche Erleichterung. Ich konnte nicht glauben, daß ich den ganzen Tag darüber gegrübelt hatte. »Mein Gott, warum habe ich daran nicht gedacht? Carl, ich denke, ich muß mich bei dir entschuldigen. Ich nahm an, ich müßte dich zwingen, dich wie ein menschliches Wesen zu benehmen. Verdammt, ich bitte dich sogar nett darum. Bitte hör auf, Peter zu beleidigen. Es ist nicht nett und macht mich krank.«

»Okay.« Carl stand auf, legte den Schleifstein auf den Kartentisch zurück und steckte sein Messer in die Scheide. Als er die Stufen hinunterging, schrie er über die Schulter zurück: »Ringo sagt, daß das Essen in etwa einer Stunde fertig ist! Es gibt Schweinekoteletts!«

Wenn Carl Wort hielt, und in diesem Moment glaubte ich daran, waren die Mannschaftsprobleme keine große Affäre.

6

Aufwärmpause

Als ich zu fischen begann, überzeugten mich einige der erfahrensten Seebären, daß sie das Wetter ohne jede Elektronik vorhersagen konnten. Ein Zwicken und Schmerzen waren oft die Vorläufer eines nahenden Tiefdruckgebiets. Wenn sich die Arthritis in der Schulter bemerkbar macht, bereite dich auf Windstärke 8 vor. Oder vielleicht verhalten sich die Vögel um das Schiff herum unnatürlich. Wenn sich die Wasservögel seltsam verhalten, ist dies ein schlechtes Omen, eine sichere Warnung, die Schotten dicht zu machen. Ich habe aber noch keine Arthritis, und in den siebzehn Jahren, in denen ich die Vögel auf dem Meer beobachte, haben sie nie etwas anderes getan, als sich wie Vögel zu verhalten. Deshalb gibt es für mich glücklicherweise andere Arten der Wettervorhersage.

Das Wetterfax der *Hannah Boden* ist wie ein Faxgerät in irgendeinem Büro, außer daß es natürlich keine Telefonleitung gibt. Landgestützte Sender senden Signale, die von Empfängern an Bord aufgenommen und auf Faxpapier ausgedruckt werden. Ich bin kein elektronisches Genie. Für mich ist es Magie. Ich schalte es an, und es funktioniert. Die *National Oceanic Atmospheric Administration* (NOAA) ist für die Übertragung verantwortlich. Von ihr erhalten wir Karten mit der Wetteranalyse, Karten mit der Vorhersage der nächsten 24 und 36 Stunden, Karten mit den Oberflächentemperaturen des Meeres, Karten mit den Wellenhöhen und andere. Für mich sind die Karten mit der Oberflächenanalyse des Nordatlantiks und den Oberflächentemperaturen des Meeres am wichtigsten.

Die Oberflächenanalyse gibt ein detailliertes Bild der Wetterlagen für den gesamten nordatlantischen Raum. Die Karte ist mit Längen- und Breitengraden versehen, wodurch ich meine genaue Position leicht ausmachen und vorhersehen kann, welche Wetteränderungen zu erwarten sind. Die Karte zeigt und bezeichnet Tiefdruck- und Hochdruckgebiete sowie frontale Formationen. Pfeile geben die Geschwindigkeit und Richtung an, in der sich diese Formationen bewegen, und *Windfahnen* genannte Symbole stellen die Geschwindigkeit und Richtung des Windes an jedem x-beliebigen Ort dar. Linien, die man durch Gebiete ähnlicher barometrischer Drücke zieht und sie so verbindet, die sogenannten Isobaren, werden mit entsprechenden Drücken markiert, so daß das Schiffsbarometer dazu benutzt werden kann, die Annäherung und den Durchzug der verschiedenen auf der Karte gezeigten Formationen zu verfolgen. Bewaffnet mit diesen Informationen, treffen die Kapitäne weitreichende Entscheidungen.

Der ESB-Funk ist eine weitere Möglichkeit, Wettervorhersagen zu erhalten, und er dient oft als zweite Meinung. Selbst mit einer detaillierten Analysekarte ist die Vorhersage der Zukunft in höchstem Maße ein gehobenes Ratespiel, und manche Leute sind besser im Raten als andere. Funkübertragungen mittels Computerstimme finden durch verschiedene Stationen der Küstenwache statt; die Vorhersagen decken ein riesiges Gebiet ab, von der Karibik bis zum östlichen Teil der Grand Banks. Faxkarten und ESB-Übertragungen sind oft Gegenstand der Gespräche zwischen den Fischern.

Der dritte und meiner Meinung nach genaueste Wetterbericht umfaßt die Informationen, die man von anderen Kapitänen erhält. Wetterfronten bewegen sich in diesem Teil der Welt meist von West nach Ost, so daß der Mann im Westen dein wertvollster Prophet ist. Was der Kapitän 100 Meilen westlich von mir erlebt, kann ich in sehr naher Zukunft erwarten.

Der schlimmste Alptraum eines jeden Langleinenfischers ist, das 40 Meilen lange Fischfanggerät mit 1000 brandneuen Leitwehren auszubringen und mit einem unerwarteten Orkan konfrontiert zu werden. Das kommt vor. Mutter Natur kennt keine Vorhersagen und widersetzt sich oft den besten Meteorologen. Stationäre Hochs werden mobil, und Tiefdruckgebiete verstärken sich ohne Vorwarnung. Das Ergebnis ist ein langer, schrecklicher Tag, der mit dem Einholen des Fischfanggeräts verbracht wird. Das schlimmste Szenario ist, wenn man das Fischfanggerät überhaupt nicht mehr zurückbekommt oder gezwungen ist, die neuen Leitwehren von der Hauptleine zu schneiden, weil die rauhe See daraus ein Knäuel gemacht hat. Die ganze Zeit und das ganze Geld mit einem Lidschlag von Mutter Natur dahin.

Von Nichtfischern höre ich oft die Frage, warum wir trotz der uns zur Verfügung stehenden High-Tech-Wetterausrüstung und detaillierten Wetterinformationen während eines Hurrikans auf dem Meer bleiben, statt das sichere Land aufzusuchen. Das ist eine gute Frage, auf die es eine gute Antwort gibt.

Je nachdem, wo ich fische und wie weit ich nach Osten komme, ist das nächste Land vielleicht drei Tage weit weg. St. John in Neufundland wäre der Hafen, in den ich flüchten müßte, wenn ich dem Sturm entkommen wollte. Um von den Fischgründen nach St. John zu kommen, müßte ich nach Westen fahren, also in Richtung des Sturms, der sich gerade auf mich zubewegt. Um sicher an Land zu kommen, müßte ich die Fischgründe vier oder sogar fünf Tage vor dem für meinen aktuellen Standpunkt angekündigten Sturm verlassen. Ist das plausibel? Nein.

Wenn ein Hurrikan vier Tage vom östlichen Teil der Grand Banks entfernt ist, befindet er sich im allgemeinen südlich der Bermudas und ist noch sehr unentschlossen, welchen Kurs er einschlagen wird. Tiefdruckgebiete südlich der Bermudas verhalten sich oft sehr seltsam, sie verstärken sich, werden schwächer und ändern urplötzlich die Richtung. Bis sich ein Hurrikan gesammelt und entschlossen hat, nach Nordost loszubrechen, und ich relativ sicher bin, in seinen Weg zu geraten, ist es für eine Flucht zu spät. Die Saison in den Grand Banks von Juni bis Oktober ist als *Hurrikansaison* bekannt. Wenn ich jedesmal in den Hafen flüchten wollte, wenn eine mögliche Wetterdrohung vier Tage von mir entfernt ist, könnte ich gleich die ganzen fünf Monate im Hafen bleiben. Glücklicherweise verflüchtigen sich viele dieser Tiefdruckgebiete oder ziehen Richtung Land, bevor sie die Fischgründe erreichen. Es hat mich immer aus der Fassung gebracht, wenn ein Meteorologe im Fernsehen sagte: »... und der Sturm ist sicher aufs Meer gezogen.«

Die Vorbereitung eines Schiffes auf das Unvermeidliche und die Zusammenarbeit einer guten Seemannschaft zeichnen einen wirklich guten Kapitän aus. Es gibt eine Reihe von Dingen, die ich zur Vorbereitung auf sehr schlechtes Wetter mache, und sehr wenige Dinge, die inmitten eines Sturms auf dem Ozean getan werden können. Sobald ich festgestellt habe, daß ein Hurrikan unausweichlich kommt, stelle ich eine Liste der Dinge auf, welche die Besatzung und ich erledigen können, um das Schiff so stabil wie möglich zu machen und selbst so sicher wie möglich zu sein.

Meine typische Liste schließt folgendes ein:

1. Die gesamte Ausrüstung verstauen, die von Deck geblasen, gerissen oder gewaschen werden könnte.
2. Alle Luken, Türen und Bullaugen verschalken (wasserdicht verschließen).
3. Kraftstoff und frisches Wasser transferieren.
4. Sicherstellen, daß das Schiff keine Schlagseite hat.
5. Alle Kraftstoffilter prüfen. Ersatzfilter bereithalten.
6. Vom Golfstrom wegkommen.

Das Verstauen des gesamten Geräts ist eine Sache des gesunden Menschenverstands. Es wäre entmutigend, einem großen Sturm zu trotzen und nach Gloucester zurückfahren zu müssen, ohne den Fischfang beendet zu haben, weil das gesamte Gerät über Bord gespült wurde. Und es gibt nur wenige Dinge, die schlimmer sind als ein Knäuel aus einer Meile Monofil-Langleine, das vom Deck gefegt und in die Schiffsschraube gezogen wird, was uns hilflos der Laune des Meeres ausliefern würde. Ohne Antrieb würde die *Hannah Boden* wie das Monofil-Knäuel umhergeworfen. Schweres

Gerät, das auf dem Deck festgeschraubt ist, könnte von hereinbrechenden Wellen aus dem Stahl herausgerissen und umhergespült werden, wobei es selbst beschädigt würde und auch alles, in das es hineinkrachen würde. Die *Hannah Boden* hat unter dem Hauptdeck einen großen Stauraum, den man *Neben-Fischladeraum* nennt und der sich perfekt dafür eignet, alles zu lagern, was irgendein Problem bereiten könnte.

Wasserdichte Luken, Türen und Bullaugen gehören auf Fischfängern zur Standardausrüstung, aber sie müssen richtig verschalkt sein, um sicherzustellen, daß sie das Wasser auf effektive Weise aus den Bereichen heraushalten, die sie schützen sollen. Es gibt kaum etwas, was mehr Angst einflößt, als ein Schiff durch einen heftigen Sturm auf dem Meer zu führen und aus mehreren Schiffsbereichen Meldungen über Wassereinbrüche zu bekommen. Wenn eine Meldung anzeigt, daß im Lazarett, dem Teil der *Hannah Boden*, der am meisten achtern liegt, ein Wassereinbruch ist, gibt es keine Möglichkeit, einen Mann über das ganze Deck zu schicken, um die Luke zu verschalken, während riesige grüne Wellen über das Deck brechen. Wird ein Mann bei extremen Wetterbedingungen über Bord gespült, so stirbt er dort sehr wahrscheinlich.

Der Transfer von Kraftstoff und Wasser findet statt, damit die Tanks entweder so voll oder so leer wie möglich sind. Diese Flüssigkeiten werden mit einer elektrischen Pumpe von Tank zu Tank transferiert; das macht man, um den sogenannten *freien Oberflächeneffekt* zu minimieren, das heißt das Herumschwappen großer Mengen, welche die rollende Bewegung eines Schiffes vergrößern könnten. Einen aufmerksamen Kapitän wird man nicht mit 20000 Liter Diesel in einem Tank für 40000 Liter überraschen. Die Kapazität der *Hannah Boden* beträgt fast 75000 Liter. Das macht fast 70000 Kilogramm Kraftstoff, die unkontrolliert herumschwappten, wenn der entsprechende Freiraum vorhanden wäre.

Die erste Grundregel der Seefahrt ist das gleichmäßige Verteilen des Gewichts auf beide Seiten, damit das Schiff gleichmäßig im Wasser liegt. Wenn ein Schiff auf einer Seite schwerer ist, spricht man von Schlagseite. Selbst die kleinste Schlagseite kann gefährlich werden, wenn sie durch eine rollende See verstärkt wird. Schlagseite fuchst mich persönlich am meisten, und es muß darauf geachtet werden, daß Eis, Fisch, Kraftstoff, Fracht und frisches Wasser, deren Mengen sich im Lauf einer Fahrt ständig ändern, so verteilt werden, daß die Stabilität maximiert und die Möglichkeit des vollständigen Umschlagens in Extremsituationen minimiert wird.

Die ständige Überprüfung der Kraftstoffilter des Hauptmotors und deren Austausch bei Bedarf habe ich durch eine harte Lektion gelernt. Durch das ständige Stampfen eines Schiffes bei tosender See wird der Satz gelöst, der sich auf dem Boden der Kraftstofftanks sammelt. Der Satz vermischt sich mit dem Kraftstoff und wird durch die Kraftstoffleitungen in die Filter gesogen. Wenn sich in den Filtern soviel Satz sammelt, daß der Kraftstoffzulauf zum Motor verringert wird, läuft der Motor nicht mehr. Dann wird das Schiff wieder zum Spielball der Natur, und der Kapitän hat seine beste Verteidigung verloren, seine begrenzte Kontrolle über die Bewegung des Schiffes in einer gnadenlosen See. Der Austausch von Filtern und das Entlüften von Einspritzdüsen, um den Motor wieder in Gang zu bringen, ist ein ziemlich schwieriges Unterfangen, wenn man kämpfen muß, um aufrecht stehenzubleiben.

Wenn wir so viele Meilen wie möglich zwischen den Golfstrom und uns bringen, bevor das Wetter ein kritisches Stadium erreicht, minimieren wir vielleicht die Prügel, die wir während des Sturms abbekommen, und wir können dies tun, während wir die meisten der anderen Vorkehrungen treffen. Die Gebiete oder *Wasserstücke*, wo meiner Meinung nach der Fang am produktivsten ist, sind dort, wo der Golfstrom nach Norden auf die kälteren Gewässer des Labradorstroms trifft. An dieser Ecke bringe ich mein Gerät gern aus. Der Golfstrom, die *warme Seite*, hat oft eine Tide oder Strömung von mehr als drei Knoten; in Verbindung mit hohen Windgeschwindigkeiten trägt dies dazu bei, die Wasseroberfläche aufzuwühlen, und manchmal wird ein sogenannter *unkontrollierter Seegang* erzeugt. Normalerweise läuft die See mit dem Wind in eine Richtung, und die Wellen scheinen in Schüben zu kommen. Wenn der Seegang unkontrolliert ist, kommen die Wellen ohne besonderes Muster aus verschiedenen Richtungen, was die Seefahrt bei extremem Wetter erschwert. Außerdem tendiert das warme Wasser des Golfstroms dazu, einem Tiefdruckgebiet mehr Stärke zu verleihen. Fronten, die dem warmen Wasser folgen, scheinen sich zu verstärken. Sobald der Sturm unmittelbar bevorsteht, fahre ich das Schiff auf einem nördlichen Kurs in kältere Gewässer und entferne mich so weit wie möglich vom Golfstrom.

Das Sammeln von Wetterkarten, Voraussagen und Schiffsberichten ist Teil der täglichen Routine an Bord von Hochseefischfängern. Die Fahrten zu den Grand Banks sind lang und anstrengend, und niemand möchte mehr Fangtage versäumen als absolut notwendig. Falsche Einschätzungen können in zwei Richtungen gehen. Oft holen Fischer unter gefährlichen Bedingungen das Gerät ein und sichern gelegentlich gegen ein Wetter, das sich niemals einstellt, womit sie ihre Fahrt um 24 Stunden verlängern. Obwohl einige der erfolgreichsten Schwertfischkapitäne mit Mutter Natur gut Versteck spielen und aus dem Bauch heraus entscheiden, beruhigt doch alle Kapitäne ein steigendes Barometer und das Geräusch der Nadel, die über das Papier des Faxgeräts kratzt. Außerdem beobachte ich die Vögel. Und wenn ich jemals einen sehen sollte, der auf dem Rücken schwimmt, weiß ich, daß gleich die Hölle losbrechen wird.

7

Die Zeit auf See

Peter hatte in der zweiten Nacht unserer Fahrt nach Osten die erste Wache und löste mich genau um 22 Uhr ab. Ich war überrascht, als er berichtete, daß der erste Karton mit Leitwehren vollständig gefüllt sei. Der kurze Abschnitt schlechten Wetters hatte vielleicht unser Vorankommen auf dem Ozean verzögert, aber die Arbeit an dem Fischfanggerät lag im Plan. Ich trat aus der rückwärtigen Tür des Ruderhauses und ging zum Bug, um frische Luft zu schnappen, bevor ich mich hinlegte. Der Himmel war herrlich und so klar, daß die Sterne zum Greifen nahe schienen. Wenn der Himmel ganz klar ist, sind die Nächte auf See atemberaubend, da die Sterne und der Mond ohne Smog und künstliches Licht ihre ganze Pracht entfalten. Die Sichel des Mondes lag wie ein schiefes Lächeln ganz tief auf dem Horizont, als sei sie genauso reif fürs Bett wie ich. Der Mond würde, genau wie ich, jede Nacht länger aufsein, je länger unsere Fahrt andauerte. In der Hälfte der Fahrt, bei Vollmond, erreichte der Mond zu dieser Nachtzeit seinen höchsten Punkt am Himmel und ging erst in den frühen Stunden des nächsten Tages am Horizont unter.

Als ich mich gegen die Vorderseite des Ruderhauses lehnte, drang die Kühle des weißen stählernen Schotts schnell durch mein Hemd in meine Schulterblätter und Pobacken. Ich fröstelte und gähnte bei dem Gedanken daran, daß ich bald an Schlafmangel litte, nämlich von dem Moment an, wo die ersten Haken ins Wasser geworfen waren, bis zu dem Moment, wo sie zum letzten Mal auf dieser Fahrt wieder an Bord geholt wurden, wahrscheinlich in drei Wochen. In wenigen Tagen begann der Fischfang, und unsere inneren Uhren würden in eine weit entfernte und verrückte Zeitzone transportiert.

Während der Fahrt wird die Zeit in Entfernung gemessen und nicht in Stunden, da Meilen mehr aussagen als soundso viele Umdrehungen des kleinen Zeigers. Und außer während der Wache sind die Besatzung und ich uns selten bewußt, wie spät es ist. Ein erfahrenes Besatzungsmitglied wird niemals fragen: »Wann werden wir dort sein?« Statt dessen wird es vielleicht fragen: »Wie viele Meilen haben wir noch?« Auf See ist mir fast nie bewußt, welchen Wochentag wir haben, aber ich weiß sehr genau, in wieviel Tagen Vollmond ist. Das Zeitgefühl paßt sich dem an, was wichtig ist.

Wenn wir an den Fischgründen angekommen sind und das erste Set fertig ist, wechselt die Zeiteinheit von der Entfernung zu der Anzahl der ausgeführten Sets und dem Gewicht der Fische an Bord. Die Fischfangtage werden nicht mit einer konventionellen Uhr gemessen; 20 Uhr hat keine Bedeutung. Die Dämmerung ist die Zeit, wenn man mit dem Ausbringen beginnt, und der Tagesanbruch ist die Zeit, wenn man mit dem Einholen beginnt. Alles zwischen Dämmerung und Morgengrauen kann mit der Anzahl der Abschnitte des Fischfanggeräts, die entweder drinnen oder draußen sind, beschrieben werden. Die Uhr im Ruderhaus reicht für die Wachen und die notwendige Kommunikation mit denen, die sich außerhalb unserer Zeit, außerhalb der Welt der *Hannah Boden* befinden. Ich muß nur wissen, wann es 10 Uhr ist, um an den täglichen Funkberichten der Flotte teilzunehmen. Nach 10 Uhr können 23 Stunden vorübergehen, ohne benannt zu werden.

Ich ging zum Ruderhaus zurück, wünschte Peter eine gute Nacht und krabbelte in meine Koje, wo ich fest schlief, bis Carl mich bei Anbruch des folgenden Tages weckte. Wir hatten in den vergangenen zwölf Stunden durchschnittlich 9 Knoten gemacht und befanden uns jetzt auf 43° 24′ Nord und 62° 12′ West. Ich rannte nach unten, prüfte den Maschinenraum und ging zur Brücke zurück, nachdem ich mir in der Kombüse eine Tasse Kaffee eingeschenkt hatte. Die Sonne stand schon hoch am Horizont und schien gleißend auf die

Fenster des Ruderhauses, und während die Wärme mein Gesicht und meine Brust wärmte, sah ich blinzelnd in das gleißende Licht. Alle 24 Stunden kamen wir 5 Längengrade nach Osten voran, und jeweils 15 Längengrade ergeben eine Differenz von einer Stunde beim Aufgang und Untergang der Sonne. Von unserer gegenwärtigen Position aus sahen wir die Sonne 40 Minuten früher aufgehen als im Hafen von Gloucester, und morgen würde der Zeitunterschied eine volle Stunde betragen. Die Schiffe, die am weitesten im Osten fischen, sehen die Sonne lange vor 4 Uhr aufgehen. Neufundland befindet sich sogar in einer anderen Zeitzone als der Osten der USA, aber weil es für uns egal ist, machen wir uns nie die Mühe, die Uhr vor- und wieder zurückzustellen.

Der dritte Tag war ohne Ereignisse, und das war schön. Die Besatzung arbeitete emsig am Fischfanggerät und genoß eine ruhige See und den Sonnenschein, während ich die Spezialköder für die Fahrt anfertigte. Die Vorbereitung des Fischfanggeräts für diese Fahrt beschäftigte die Besatzung die nächsten Tage, hoffentlich bis zu unserem ersten Ausbringen. Sobald das Fischfanggerät fertig ist, hat die Besatzung freie Zeit zur Verfügung, was zu Langeweile führt, und Langeweile erzeugt manchmal Unzufriedenheit. Es versetzt mich immer wieder in Erstaunen, was freie Zeit und wandernde Gedanken bei Fischern hervorrufen können. Der Wunsch, auf dieser Fahrt nicht in Erstaunen versetzt zu werden, würde mich bald unter Druck setzen, mit dem Fischen zu beginnen, und wäre es nur, um die Besatzung zu beschäftigen.

Als die Sonne unterging, waren wir südlich von Sable Island angelangt, und der zweite Karton mit Leitwehren war fertig. Sable Island ist ein schmaler, niedriger Streifen Land, auf dem wilde Pferde und die Geister der Männer wohnen, die in diesem Gebiet, das man den *Friedhof des Nordatlantiks* nennt, verschollen sind. Die gefährlichen Gebiete flachen Wassers in der Umgebung von Sable Island haben mehr Schiffe gefordert als das Bermudadreieck, und seit das Schwesterschiff der *Hannah Boden*, die *Andrea Gail*, in diesem Gebiet im Herbststurm 1991 untergegangen ist, bekomme ich jedesmal, wenn ich vorbeifahre, eine Gänsehaut.

Da saß ich nun und dachte daran, wie ich auf jener Fahrt, von der die *Andrea Gail* nie zurückkam, zurück nach Gloucester fuhr. Als wir uns auf unserem Heimweg Sable Island von Osten aus näherten, bat uns Bob Brown, näher und langsamer an der Insel vorbeizufahren, um nach irgendwelchen Anzeichen der *Andrea Gail* Ausschau zu halten. Die *Andrea Gail* war mit ihrer Rückkehr eine Woche überfällig, und die kanadische Küstenwache hatte Anhaltspunkte gefunden, daß sie möglicherweise im Gebiet um Sable Island Schwierigkeiten gehabt hatte. An diesem Tag wehte nicht das geringste Lüftchen, und der Nebel war so dicht, daß er in kalten Tropfen an unseren Augenbrauen und Lidern klebte. Wir konnten vom Schiff aus keine dreißig Meter weit sehen. Dennoch hielten wir Ausschau. Wir suchten den ganzen Tag im Nebel und hofften, die Szene leibhaftig zu erleben, die in meinem Kopf abgespult wurde. Im Geist sah ich ein Floß, und als wir näher kamen, konnten wir sehen, daß sich darauf sechs Fischer der *Andrea Gail* befanden, die alle lachten und winkten. Der Nebel kann wie eine Fata Morgana in der Wüste Tatsachen vorspiegeln und dir zeigen, was du willst, wenn du nur lange genug schaust. Wir hatten stundenlang über den Bug in den Nebel gestarrt, als etwas Weißes im Wasser vor uns auftauchte. Es ging nicht weg, als ich blinzelte. Es war tatsächlich da. Eine Plastiktonne zeichnete sich durch den Dunst ab; es war gespenstisch. Als wir näher kamen, manövrierte ich das Schiff, damit die Tonne langsam steuerbord vorbeischwamm, wo sie von der Besatzung an Bord gezogen wurde. Sie war deutlich mit den Buchstaben A.G. gekennzeichnet und war sicherlich nicht das, was ich zu finden gehofft hatte. Die Gegenwart der Tonne von der *Andrea Gail* auf unserem Deck erzeugte eine Untergangsstimmung und ein Gefühl der Hoffnungslosigkeit, und ich war versucht, sie wieder über Bord zu werfen.

Als wir drei Tage später in Gloucester ankamen, hatte die Küstenwache ihre Suche eingestellt, und der einzige Hoffnungsschimmer, den irgend jemand noch hatte, klammerte sich an meine Mannschaft und mich. Wir brachten keine guten Nachrichten für die Familien und Freunde der Männer, die mit der *Andrea Gail* verlorengegangen sind. Wir hatten nur die leere Tonne, ein kleines Teil des Puzzles. Wir wußten nichts, was die Küstenwache nicht bereits berichtet hatte, und konnten niemandem Grund dazu geben, die Tatsache zu ignorieren, daß das Schiff und seine sechsköpfige Besatzung für immer verloren waren.

Nun war es dunkel, und die *Hannah Boden* glitt still durch das Wasser, 17 Meilen südlich von Sable Island, eine wirklich übertriebene Entfernung, um die Sandbänke sicher zu passieren, aber nicht groß genug, um keine Gänsehaut zu bekommen. Die Brise ließ gespenstische Laute in der Takelage der *Hannah Boden* entstehen, wie wenn man über eine geöffnete Coca-Cola-Flasche bläst, und mir standen die Haare zu Berge. Ich habe noch nie ein Gespenst gesehen und wußte, daß mir meine Einbildung einen Streich spielte, aber ich fühlte mich erst sicher, als ich Sable Island nicht mehr auf dem Radarschirm sehen konnte. Ab diesem Moment war es nicht mehr wichtig, ob Gespenster tatsächlich existieren oder nicht, sie würden uns jedenfalls bestimmt nicht den ganzen Weg bis zu den Grand Banks verfolgen. Ich starrte auf den leeren Radarschirm und hoffte, daß wir auf unserer Rückfahrt nach Gloucester bei Tageslicht an Sable Island vorbeikämen.

Am nächsten Morgen trieben große weiße Kumuluswolken nach Osten und drängten sich selbstsüchtig vor das Sonnenlicht, das so weit gereist war, um die Decks der *Hannah Boden* zu wärmen. Aber die Sonne gab nicht auf und stahl sich durch Löcher in den Wolken, so daß bunte vertikale Lichtsäulen in hellen gelben Klecksen auf dem Wasser um uns landeten. Die Lichtsäulen waren so scharf abgegrenzt, ihre Kanten so deutlich, daß ich versucht war, das Schiff um sie herumzusteuern, um sie nicht zu zerstören. Das Wasser um die Kleckse, das die Säulen trug, war dunkelblau. Ich stand am Bug und starrte auf das Meer hinunter. Das Wasser zu meinen Füßen, das im Schatten der Wolken lag, hatte die Farbe eines mit Blaubeeren von Isle Au Haut gefüllten Metalleimers. Ein paar Sonnenstrahlen stahlen sich durch die Wolken und trafen auf meinen Hinterkopf, so daß sie meinen Schatten auf das Meer warfen. Mit dem Sonnenlicht verschwanden die Beeren, und das Meer nahm eine für kaltes Wasser charakteristische grünliche Färbung an, im Gegensatz zu der hellen, glänzendblauen Farbe, welche die Sonne aus dem wärmeren Golfstrom oder der Karibik zaubert.

»Was denkst du, Ma?« Carls Stimme überraschte mich, und ich drehte mich nach achtern zum vorderen Teil des Ruderhauses.

»Ich denke, es sieht grün aus«, sagte ich und meinte damit die Farbe des Wassers, die an Bord eines Schwertfischfängers der Gegenstand allgemeiner Diskussion ist. Die Farbe des Wasser zeigt oft an, was darin beim Fischen gefangen werden könnte. »Was denkst du?«

Carl lehnte sich über den Handlauf, der am Bug um das Deck lief, und dabei sah man die Sonnenbräune am Halsausschnitt seines T-Shirts. Nachdem er das Wasser dort unten genau betrachtet hatte, sprach Carl mit seinem starken Maine-Akzent, der mich an zu Hause erinnerte: »Ja. Es sieht nach Haien aus. Wie viele Meilen noch, bevor wir ausbringen?«

»Mindestens 300, vielleicht 400 oder 500. Es kommt darauf an, wie lange ich herumfahren muß, bis ich einen Platz finde, und wie weit wir nach Osten müssen, um den anderen Schiffen aus dem Weg zu gehen.«

Carl zog seine Marlboro aus der Hemdentasche und zündete sich eine Zigarette an. Als er nun sprach, bewegte sich das Ende der Zigarette hinauf und hinunter, als sei sie mit einem Drehgelenk an der Unterlippe befestigt. »Wir sollten bis morgen mit der ganzen Arbeit am Fischfanggerät fertig sein. Ich werde noch heute mit den Kugelhängern fertig. Wir machen jetzt Pause, um ein Sandwich zu essen. Möchtest du etwas?«

»Nein, danke, Carl. Ich hole mir später etwas.« Als er von mir wegging, rief ich ihm nach: »He, hast du Peter schon umarmt und Frieden mit ihm geschlossen?« Carl hielt an und drehte sich zu mir um. Er legte seinen Kopf auf die Seite, zog eine schwarze Augenbraue hoch, und ohne einen Muskel zu bewegen, schoß er mit seinen schwarzen Augen Dolche in mein Herz. Er sagte kein Wort, und das war auch nicht nötig. Gedankenverloren zog er an seiner Zigarette, schüttelte den Kopf und wandte sich wieder zum Gehen.

»Mein Gott, tut mir leid, daß ich gefragt habe.« Und es tat mir wirklich leid. Ich betrachtete es als Schlag Nummer zwei genauso vieler Versuche, Carl dazu zu bringen, sein schreckliches Verhalten in Beziehungen mit anderen Rassen zu relativieren, und da ich nicht um mich schlagen wollte, beschloß ich, eine Weile auf der Bank zu sitzen. »Ich schätze, daß ich das nicht wieder erwähnen werde«, sagte ich zu mir und ging zur Tür des Ruderhauses.

Als ich durch die Tür trat, kam Charlie gerade die Stufen herauf. Sein Bart war ein wenig ordentlicher als an dem Tag, als wir die Leinen losmachten. »He, Charlie. Wo hast du dich versteckt? Ich habe dich nicht gesehen, seit wir vom Kai abgelegt haben.« Dies war Charlies dritte Fahrt mit mir, und ich mochte ihn. Er hatte ein freundliches Wesen und eine gute Arbeitsmoral. Ich spürte bei Charlie Reife und Fairneß und hoffte, daß Charlie genauso wie Ringo daran mitwirkte, daß die Situation nicht außer Kontrolle geriet, falls es zwischen Carl und Peter zum Kampf kommen sollte.

»Hallo, Kapitän. Ich bin flach gelegen. Ich fühle mich seit drei Tagen nicht wohl. Wahrscheinlich bin ich seekrank.«

»Seekrank? Nein, du warst noch nie seekrank. Wahrscheinlich ist es eine Grippe.«

»Ja, du hast recht. Meine jüngste Tochter war krank, als ich zu Hause war. Ich muß mich angesteckt haben. Hast du Talcid oder Alka Seltzer?«

»Nein, tut mir leid. Hast du etwas gegessen?« fragte ich und erinnerte mich daran, daß Charlie an dem Morgen, als wir von Gloucester abfuhren, nicht gut ausgesehen hatte, und nun schien er noch dünner als sonst.

»Es hat meinen Appetit nicht beeinträchtigt. Ich hoffe, daß es mir bessergeht, wenn wir zu fischen anfangen.«

»Ich auch. Versuche, soviel Schlaf wie möglich zu bekommen.«

»Das werde ich tun. Bis später.« Nachdem Charlie weg war, blieb ich auf dem Stuhl sitzen und fragte mich, ob ich mir über seine Gesundheit Gedanken machen sollte. Ich vermutete und später erkannte ich, daß Talcid die Beschwerden, die er hatte, nicht heilen konnte. Eine bekannte Stimme, die die atmosphärischen Störungen des ESB-Funks durchbrach, riß mich vorübergehend aus meiner Sorge um Charlie. Larry Thompson, Kapitän und Eigner der *Sea Lion VIII*, rief mich.

Ich wußte, daß Larry am Ende seiner Fahrt sein mußte, da er schon mehrere Sets gemacht hatte, bevor ich auf meiner vorherigen Fahrt die Fischgründe verließ. Ich antwortete ihm: »Whisky Romeo Charlie fünf zwei vier fünf. Hallo, L.T., Was gibt es? Ende.«

»Hallo, Linda. Bist du wieder auf dem Weg hinaus? Ende.«

»Verstanden. Vierundvierzig null acht Nord und vierundfünfzig einundvierzig West. Wir werden in ein paar Tagen dort sein. Ende.«

»Mein Gott. Du hast im Hafen nicht viel Zeit verloren. Zwei Tage? Ende.«

»Verstanden, L.T. Wir versuchen wirklich, mit dem Mond zu gehen. Wie geht es beim Fischen? Ende.«

»Schlecht. Seit du weg bist, ist nichts los. Wir hoffen, daß es mit dem ersten Viertel besser wird. Ich kann nur noch ein paarmal ausbringen, aber ich schätze, daß wir eine Fahrt zusammenbringen. Wir schuften jede Nacht für 700 Kilo, nichts Besonderes. Wie ist das Wetter bei euch? Ende.«

»Das Wetter ist herrlich. Leichter Westwind. Wie ist deine Position? Ende.«

»Wir sind etwa dreiundvierzig Nord und siebenundvierzig West. Ich bin etwa in der Mitte des Rudels. Die *Northern Venture* und die *Eagle Eye* fischen auf einem Streifen oben im Nordosten und haben etwas mehr Glück als die anderen, aber meine Fahrt dauert schon zu lange, um mich noch weiter vom Hafen zu entfernen. Ende.«

»Stimmt. Zieht sich das warme Wasser schon zurück? Ende.«

»Nein, noch nicht. Okay, Linda, ich muß mit dem Ausbringen beginnen. Danke für den Wetterbericht. Wir hören uns morgen. Whisky Uniform Victor sechs null neun acht. Ende.«

»Danke für die Meldung. Viel Glück heute nacht. Whisky Romeo Charlie fünf zwei vier fünf. Tschüs.«

Ich hatte jetzt eine bessere Vorstellung davon, wo die Flotte war, und markierte Larrys Position auf der Karte. Larry war etwa 150 Meilen westlich von der Stelle, wo ich auf der letzten Fahrt gefischt hatte, und somit nur vier Fanggebiete von dem Platz entfernt, wo ich hinwollte. Wenn die *Sea Lion VIII* in der Mitte einer Kette von 15 bis 20 Schiffen war, gab es für mich keine Möglichkeit, mich in meine Lieblingsecke zu drängeln. Ich war nahe genug an der Flotte dran, um die meisten Gespräche über ESB zu hören, und fing an, die Positionen, Wassertemperaturen, Anzahl der verbleibenden Sets und Anzahl der gefangenen Fische aufzuschreiben, um eine Strategie zu entwickeln, wo ich ein produktives Fanggebiet finden könnte. Als ich angestrengt den Einzelheiten über die ständigen atmosphärischen Störungen hinweg lauschte, sah ich aus den rückwärtigen Fenstern Carl zu, der die Spule mit Kugelhängern bestückte.

Die Dämmerung war hereingebrochen. Carl stellte an der Steuerbordreling Kugelhänger her, die er dann mit einer Handkurbel auf eine Aluminiumspule wickelte. Kugelhänger sind Teile einer auf 120 Kilogramm getesteten Monofil-Leine, üblicherweise von einer anderen Farbe als jene, die für Leitwehren verwendet wird, mit einem Schnappverschluß an einem Ende und einer Schlaufe am anderen. Beim Ausbringen des Fischgeräts wird ein Kugelschwimmer am Schlaufenende befestigt, und der Schnappverschluß kommt, genauso wie die Leitwehren, auf die Hauptleine. Die Schwimmer verhindern, daß das Fischfanggerät auf den Boden sinkt. Die Hänger werden so lang gemacht, daß die Haken in einer Tiefe hängen, die der Kapitän für optimal hält. Auf den Grand Banks verwende ich Hänger von fünf Faden Länge, so sinkt die Hauptleine auf zehn Meter Tiefe. Bei zwei Meter langen Leitwehren hängen die mit Ködern versehenen Haken zwölf Faden oder 24 Meter tief. Selbst 24 Meter werden als relativ flach angesehen, da die Wassertiefe dieser Fischgründe mehr als 3000 Faden beträgt. Zwischen dem Boden des Schiffes und dem Meeresgrund liegen also mehr als dreieinhalb Meilen Salzwasser.

Carl arbeitete schnell und bewegte sich dabei nur soviel wie nötig. Als der Umfang des Fanggeräts auf der Spule fast seine maximale Kapazität erreicht hatte, fragte ich mich, welche Arbeit ich für Carl finden könnte, damit er beschäftigt war und davon abgehalten wurde, Peter in den nächsten Tagen zu ärgern. Wenn erst einmal der Fisch an Bord käme, erledigte sich das Problem von selbst. Carl würde zu beschäftigt sein, um Peter auch nur einen schmutzigen Blick zuzuwerfen.

Eine weitere Nacht, ein weiterer Tag und weitere 200 Meilen des Nordatlantiks gingen unter dem Kiel der *Hannah Boden* dahin. Nach einem weiteren Gespräch mit Larry T. hängte ich das Mikrofon des ESB wieder ein. Das Gespräch ähnelte dem der vorhergehenden Nacht, Berichte über gutes Wetter von mir und über schlechte Fänge von der Flotte. Ich hatte den Funk den ganzen Tag lang überwacht und ein Diagramm der sechzehn nordamerikanischen Schwertfischfänger, die derzeit fischten, gezeichnet. Es war entmutigend, so lange gereist zu sein, um zu erfahren, daß nicht viel Fisch gefangen wurde. Es war Zeit für mich, eine Entscheidung zu treffen, und ich beschloß, den Kurs um einige Grad nach Norden zu ändern, um am Großteil der Flotte vorbeizufahren und zur *Northern Venture* und *Eagle Eye* zu stoßen, die die Flotte auf der Suche nach besseren Fängen verlassen hatten. Es ist immer besser, am Anfang der Fahrt zu suchen, zu *sondieren*, und einen Platz zu finden, der während der Dauer der benötigten Sets ergiebig ist, statt zu früh oder hastig auszubringen und dann abzubrechen und weiterzuziehen.

Es war 18.30 Uhr, unsere fünfte Nacht auf See. Wir überschritten gerade die kanadische Grenze auf der östlichen Seite des *Schwanzes der Bank* und waren im Begriff, internationale Gewässer zu betreten. Ich drehte am Autopiloten, um für einen Kompaßkurs von 85 14 Grad von unserem Kurs abzuziehen, so daß wir bei unserer derzeitigen Geschwindigkeit von 9,6 Knoten in 29 Stunden unser neues Ziel, 46° 20′ N und 43° 30′ West, erreichen würden. Wir hatten immer noch die Möglichkeit, auf ein Wasserstück zu treffen, bevor wir unser Ziel erreichten, und in internationalen Gewässern ist alles Freiwild, aber wenn das neueste Fax korrekt war, würden wir jede einzelne der 280 Meilen fahren müssen, die zwischen unserer jetzigen Position und unserem endgültigem Ziel lagen.

Diese Nacht mußte die Besatzung die Oberflächentemperatur des Wassers und unsere Position alle dreißig Minuten notieren. Auf dem Wachplan stand die Anweisung, mich aufzuwecken, falls die

Temperatur über 18° C ansteigen sollte. Das Oberflächenmeßgerät besteht aus einem Umwandler am Boden des Schiffskörpers, der durch einen Draht mit der Anzeige im Ruderhaus verbunden ist. Die Anzeige stellt die Temperatur des Wassers direkt unter dem Schiff in Hundertstel Grad in roten Zahlen dar. Die Oberflächentemperatur betrug 13° C, und ich trug sie in die Tabelle ein, die ich in meinem Notizbuch angelegt hatte, zusammen mit unserer Position und der Uhrzeit.

Charlie hatte die erste Wache und betrat das Ruderhaus kurz vor 22 Uhr. Wenn er sich so schlecht fühlte, wie er aussah, litt er sicher schrecklich. Ich fragte ihn, wie es ihm gehe, und wußte, daß er log, als er sagte: »Besser.« – »Besser als was«, fragte ich mich. Charlies Gesichtsfarbe war fahl, und es schien, als müsse er seine ganze Kraft zusammennehmen, um den Stuhl zu erklimmen. Charlies Bart war grauer als vorher, und seine Haare sahen so aus, als habe er sich viele Stunden auf dem Kopfkissen gewälzt.

»Fischen wir morgen nacht?« fragte er.

»Ich glaube nicht. Die Berichte von der Flotte waren nicht sehr gut. Wir können es genausogut an einem anderen Fleck versuchen, wo niemand ist.«

»Klingt gut. Ich kann einen weiteren Tag gut gebrauchen, um diese Grippe loszuwerden.«

»Okay, hier ist der Wachplan«, sagte ich und gab ihm das Notizbuch. »Du mußt die Wassertemperatur notieren. Ich wünsche dir eine gute Nacht. Bis morgen.«

In dieser Nacht schlief ich nicht gut. Meine Gedanken spürten den ersten Druck, ein Wasserstück zu finden und mit dem Fischen zu beginnen. Zudem machte ich mir Sorgen, daß Charlies Grippe andauern könnte. Die Besatzung war mit der Arbeit am Fischfanggerät fertig. Sie wollte fischen. In der Zwischenzeit konnten sie nur Filme ansehen und Karten spielen.

Ringo weckte mich bei Tageslicht mit einem freundlichen: »Guten Morgen, Ma. Es ist Zeit, den besten Platz zu suchen.«

»Danke, Tom. Ich komme gleich«, antwortete ich durch die Tür. Als ich ins Ruderhaus kam, füllte Ringo gerade die letzte Zeile des

Wachplans aus. Seine Mähne blonder Haare, die während der ganzen Nacht nicht durch seine Baseballkappe gebändigt worden war, sah wild aus. Ich sah auf die roten Zahlen vorne auf dem Temperaturanzeiger. »Brrr, vierzehn Grad. Ich schätze, wir sind noch nicht ganz da.«

Ringo gab mir das Notizbuch. »Das ist tropisch im Vergleich zu heute nacht. Wir müssen schon nahe dran sein. Denkst du, daß wir heute nacht ausbringen? Wir sind bereit.«

»Ich möchte mich östlich der *Eagle Eye* und der *Northern Venture* plazieren, und das wird erst spät heute nacht sein, also laßt die Köder noch drin. Ich weiß, daß ihr alle ungeduldig seid.«

»Alle bis auf Charlie. Er ist ziemlich krank. Carl nimmt Wetten an, ob er die Fahrt übersteht.«

»Hat Dr. Carl die Grippe ausgeschlossen?«

»Ja, das hat er. Der Doktor meint, daß wir uns schon alle angesteckt hätten, wenn es die Grippe wäre. Bei diesen engen Verhältnissen muß ich zustimmen.«

»Oh, wunderbar, eine zweite Meinung. Wie steht es zwischen Carl und Peter?«

»Carl hat in Peters Kabine eine ganze Dose Right Guard versprüht und seine Wände mit diesen selbstklebenden Luftreinigern bepflastert. Peter hat so getan, als habe er nichts bemerkt, also schätze ich, daß alles in Ordnung ist.«

»Dieser Bastard! Ich bat ihn ...«

»Du hast ihn gebeten, mit den Beleidigungen aufzuhören, und das hat er getan. Weißt du, was das Problem ist, Ma?«

»Nein, bitte sag es mir.«

»Das Problem ist, daß wir den ganzen Sommer lang keinen dummen Jungen zum Ärgern hatten, keinen Prügelknaben. Mein Gott, Carl greift sogar mich an.«

»Wie das?«

»Er grüßt mich jeden Morgen mit: ›He, alter Ficker. Vergiß nicht, dein Doppelherz zu nehmen.‹ Peter und ich wollen ihn heimlich in seiner Koje ersticken und den Verlust dem plötzlichen Kindstod zuschreiben.«

Darüber mußte ich lachen. »Ich hätte nicht gedacht, mit einer so erfahrenen Besatzung soviel Ärger zu bekommen. Ich werde grüne Jungs anheuern müssen, um die Lücken zu füllen, die Carl und Charlie hinterlassen.«

Ringo sprang nach unten und sagte, daß er den Maschinenraum überprüfen und einen Topf Kaffee für mich aufstellen wolle. Ich fing an, über die Abwesenheit eines grünen Jungen nachzudenken. Normalerweise genoß ich es, einen völlig unerfahrenen Mann während der Fahrt an Bord zu haben. Der neue Mann ist häufig jung, aufgeregt über alles, was vor sich geht, und an allem interessiert. Natürlich findet ein gewisser Initiationsritus statt, eine Art leichter Verwirrung. Derbe Witze und ein harmloses Necken sind Teil des Rituals, das selten außer Kontrolle gerät. Meistens kommen die derben Witze während der Freizeit vor, sie werden aus der Langeweile geboren, wenn man tagelang fährt, oder während anhaltender Zeiten mageren Fischfangs.

Ich erinnere mich an den größten Spaß, den wir mit einem grünen Jungen hatten, einem großen dummen Jungen, den wir liebevoll *Jethro* nannten. Jethro kam aus einer kleinen Stadt in Maine, und seine erste Fahrt aufs Meer war auch das erste Mal von zu Hause weg. Jethros Einführung begann mit dem üblichen harmlosen *Postbojen-Streich.* Die Gang erzählte Jethro von einer fiktiven Boje, die dem amerikanischen Postdienst gehöre und von diesem betrieben würde und mitten in den Grand Banks ankere. Jethro war schnell überzeugt, daß er in der Boje Briefe deponieren konnte, die an seine Familie und Freunde ausgeliefert würden, um sie über seine Abenteuer auf See zu informieren. Jethros Abende waren mit dem Verfassen von Briefen ausgefüllt, wozu er von seinen Schiffskameraden Buchstabierhilfe erbat und erhielt. Als es soweit war und wir uns der angeblichen Boje näherten, hatte Jethro keine Briefmarken, und man sagte ihm, daß er seine Post nicht absenden könne. Er war enttäuscht, verstand aber, daß der Postbote keine unfrankierten Briefe ausliefern kann. Das nächste Mal würde er Bescheid wissen.

Jethro ging unzählige Male zum Maschinenraum und zum Ruderhaus, um nach Dingen zu suchen, die es nicht gibt. Eines Nachmittags schickte ihn die Besatzung zur Brücke hinauf, um die *Kettentrage* zu holen, nach der er sorgfältig suchte. Nachdem er jeden Lagerschrank ausgeräumt hatte, fragte ich ihn, was zum Teufel er suche. Er antwortete: »Die Kettentrage« und setzte seine Suche fort. Ich fragte ihn, ob er wisse, wie eine Kettentrage aussieht, und er antwortete: »Nein, aber ich denke, daß ich sie erkenne, wenn ich sie sehe.« Bis heute habe ich nicht herausgefunden, wie jemand nach etwas suchen kann, wenn er nicht die leiseste Ahnung hat, wie es aussieht. Obwohl Jethro fest entschlossen war, hat er die Kettentrage nie gefunden.

Für mich ist der beste Beweis für Jethros IQ der Spaß, den sich Ringo ausdachte, um zu testen, wie leichtgläubig Jethro sein konnte. Ringo hatte neben den Wasserspender im Ruderhaus einen leeren Milchkrug aus Plastik gestellt, auf den er mit schwarzem Marker geschrieben hatte: *H20-Pulver.* Offensichtlich hatte sich Jethro darüber beschwert, Soda trinken zu müssen, und er wünschte sich, ein anderes Getränk haben zu können. Kurz nachdem der Krug im Ruderhaus plaziert worden war, kam Jethro herauf und sah sich um. »Was machst du hier oben? Hast du an Deck nichts zu tun?« fuhr ich ihn an.

»Nun, ich habe Durst, und Ringo sagte, daß hier oben vielleicht H20-Pulver sei.«

»O ja, dort drüben«, sagte ich und deutete auf den Milchkrug.

Jethro hielt den Krug hoch und las die Aufschrift. »Ha-zwei-null-Pulver. Das ist es. Ringo sagt, ich muß nur Wasser dazutun, und schon habe ich ein sehr erfrischendes Getränk.«

»Nun, Ringo hat recht. Du mußt aber gut schütteln, bevor du es trinkst.«

»Okay, danke.« Jethro füllte den Krug mit dem eiskalten Wasser des Wasserspenders und schüttelte ihn kräftig, als er die Stufen hinunterging. Ich fragte ihn später, ob ihm das Getränk geschmeckt habe, und er sagte, daß es ganz gut sei und er hoffe, daß wir noch mehr davon hätten.

Als Jethro zehn Liter Wasser getrunken hatte, setzte Phase 2 des Plans ein. Am Abend, als die Besatzung mit ihrer Arbeit fertig war und ihr Ölzeug auszog, setzten sie sich hin und inspizierten ihre nackten Füße, um nach Anzeichen von *Gelbfuß* zu suchen. Sie erklärten Jethro, daß Gelbfuß eine schmerzhafte Krankheit sei, die viele Ursachen habe, eine davon sei, über längere Zeit Gummistiefel zu tragen, und eine andere, wenn man das Wasserpulvergemisch vor dem Gebrauch nicht richtig schüttele. Bald inspizierte auch Jethro seine Füße und war offensichtlich erleichtert, daß er diese Krankheit nicht hatte, die unbehandelt zur Amputation der Zehen führen kann. Als Jethro das entsprechende Stadium der Besorgnis erreicht hatte, stäubte Carl eines Nachts, als wir schliefen, eine Gewürzmischung in Jethros Stiefel. Der nächste Tag war besonders lang und heiß. Jedermanns Füße vergingen in den schwarzen Gummistiefeln. Ich roch etwas, was gebratenem Truthahn ähnelte, lange bevor die Stiefel für die Nacht ausgezogen wurden, aber Jethro schien nichts Besonderes zu bemerken, bis er gegen Mitternacht seinen rechten Stiefel in die Ecke schmiß. Die Ferse seiner Socke war voll gelber Flecken. Er riß die Augen auf, und sein Kiefer fiel herunter. Er riß sich den linken Stiefel so heftig herunter, daß die Socke gleich mit wegflog und ein Fuß zum Vorschein kam, der bis zum Knöchel gelb war. »Jetzt hab' ich's«, stotterte er.

»Mein Gott, Jethro. So einen schlimmen Fall hab' ich noch nie gesehen. Zieh deine rechte Socke aus, und laß uns nachsehen.« Ringo täuschte große Besorgnis vor.

Jethro zog die andere Socke vorsichtig aus, als habe er Angst, sie zu berühren und sich anzustecken. Wir standen alle um ihn herum und sahen zu, als er den Rand der Socke zentimeterweise über seinen Fuß zog. Alle fünf stießen mit Jethro zusammen einen Schrei des Entsetzens aus, als wir die krank aussehenden Füße betrachteten. Zehen, Ballen und Fersen beider Füße waren am dunkelsten, braungelb. Spann und Rist hatten die Farbe französischen Senfs, und zu den Knöcheln hin wurden sie heller, wie alte Brüche. »Tut es weh?« fragte ich.

»Noch nicht, aber es stinkt. Was kann ich jetzt tun? Ich kann so nicht arbeiten. Haben wir Medikamente? Ich denke, ich sollte zu einem Arzt gehen. Bringst du mich hin?«

Bevor ich ablehnen konnte, sagte Carl: »Auf keinen Fall. Wir gehen nicht zurück, bevor der Fischladeraum voll ist. Sie sagte uns das, bevor wir den Hafen verließen.«

»Das stimmt«, fiel Kenny ein. »Es ist mir egal, auch wenn die letzte beschissene Zehe verfault und abfällt. Es ist seine eigene Schuld, Ma. Wir haben ihn gewarnt, diesen Mist vor dem Trinken zu schütteln.«

»Finde ich auch«, fügte Ringo hinzu. »Ist deine eigene Schuld, Jethro. Warum sollten wir alle deinetwegen leiden? Schlimmstenfalls verlierst du deine Zehen. Du wirst nicht sterben oder so. Warum so ein Theater?«

»Ich möchte meine Zehen nicht verlieren. Kann ich denn nichts tun, um sie zu retten?« Langsam klang Jethro ziemlich verzweifelt, und als er zu mir aufblickte, sah ich Tränen in seinen Augen.

Ich dachte, der Spaß sei weit genug gegangen, und da ich nicht wollte, daß Jethro verrückt spielt oder gedemütigt wird, wenn er vor der Besatzung weinte, hatte ich eine Idee. »He, da fällt mir etwas ein. Gelbfuß beginnt außen und arbeitet sich durch die Haut nach innen durch, bis es zu den Knochen kommt und dann zu schmerzen beginnt. Es bestehen gute Aussichten, daß die Infektion noch nicht ganz in die Haut eingedrungen ist. Warum versuchst du nicht, dich sehr heiß zu duschen? Schrubb deine Füße ganz kräftig.«

»Glaubst du, das funktioniert?«

»Nun, es kann nicht schaden. Wenn du keine Schmerzen hast, kann die Infektion noch nicht sehr weit sein.«

Schließlich kam mir Ringo zu Hilfe. »Im Medizinschrank über der Waschmaschine ist Peroxyd. Pudere sie damit ein, wenn du sie gewaschen hast.«

Jethro humpelte zur Mannschaftsdusche und achtete dabei darauf, seine Zehen nicht zu bewegen. Die restliche Besatzung und ich aßen genüßlich einen Eisbecher, während wir um den Kombüsentisch saßen und ungeduldig auf das Ergebnis warteten. Jethro tauchte in einer Dampfwolke, die nach Hühnersuppe roch, aus der Dusche auf. An seinen Füßen war keine Spur gelb, aber sie waren vom Schrubben ziemlich rot. »Ich glaube, es hat funktioniert!« rief

Jethro triumphierend. Ich wünschte allen gute Nacht und bat Jethro, seine kontaminierten Socken und Stiefel über Bord zu werfen. Als ich die Stufen emporstieg, um ins Bett zu gehen, hörte ich, daß Carl Jethro anbot, ihm für die restliche Fahrt ein Paar Stiefel zu »leihen«. Wir hatten nie einen zweiten Fall von Gelbfuß an Bord der *Hannah Boden*, und Jethro begnügte sich damit, Soda zu trinken, bis wir zwei Wochen später nach Gloucester zurückkehrten.

»Vielleicht hat Ringo recht. Vielleicht brauchen wir einen Jungen, mit dem wir Späße machen können«, sagte ich zu mir selbst. »Zu spät für diese Fahrt.« Ich fand auf der Karte unsere Position, 45° 15′ Nord und 46° 52′ West, zwölf Stunden von dem Gebiet, wo David auf der *Northern Venture* letzte Nacht sein Set begonnen hatte. Bis zum Abendessen würden wir in dem Gebiet sein, in dem David und John, Kapitän der *Eagle Eye*, fischten, so daß ich fast 24 Stunden Zeit hatte, das Wasser auszuloten und eine Position zu beziehen, von der aus ich die folgende Nacht ausbringen konnte.

Ich saß den ganzen Tag da und starrte auf den Temperaturanzeiger und stand nur von meinem Stuhl auf, um den Maschinenraum zu kontrollieren und mit den anderen Fischern über Funk zu sprechen. Am frühen Abend war ich zwei Meilen nördlich der *Northern Venture* und dem warmen Streifen Wasser, in dem er und John gefischt hatten. John war 40 Meilen östlich von uns und brachte in Davids Richtung aus, der auch nach Westen ausbrachte.

»Sieht so aus, als bekämen wir Gesellschaft, John«, hörte ich David auf Kanal 9 des VHF-Funks sagen.

»Ach ja, wen denn?« fragte John

»Ich weiß nicht, aber ich sehe Lichter, die sich bewegen, und ich habe zwei Meilen nördlich von mir ein Ziel auf dem Radar. Ende.«

Ich nahm das VHF-Mikrofon und mischte mich in die Unterhaltung ein.

»Hier ist Linda von der *Hannah Boden*. Ich werde mich östlich von John positionieren, um morgen nacht auszubringen. Ende.«

»Hallo, Linda. He, John, es ist das Mädchen mit dem großen grünen Schiff. Sie fährt zu dem Fanggebiet östlich von dir«, sagte David.

»Aha, okay, bitte sie, ihren Funk lauter zu stellen, damit ich sie hören kann«, antwortete John.

Dies tat ich und rief John. »Hallo, John, kannst du mich jetzt hören? Ende.«

»Verstanden. Hallo, Linda. Kommst du gerade an? Ende.«

»Verstanden. Wir haben noch nicht ausgebracht. Ich schätze, daß wir morgen nacht anfangen. Ich bin in dem kalten Wasser oberhalb deines Streifens und bleibe hier, bis ich um dein östliches Ende herumgekommen bin, damit ich nichts mit den Vögeln beschädige. Ende.«

»Ja, das ist gut. Laß mich sehen, du kommst auf mich zu. Ich sollte dich in ein paar Stunden auf dem Radar sehen. Bei mir wird es nicht kälter als 16 Grad, wenn du also nördlich davon bleibst, ist das in Ordnung. Meine Hupe am östlichen Ende ist 1676. Sie ist sehr stark, du solltest also keine Probleme damit haben, sie zu lokalisieren. Ende.«

Ich kritzelte *1676 – Johns östliches Ende* in mein Notizbuch. »Okay, John. Danke. Laß dich nicht beim Ausbringen stören. Morgen höre ich mir die Fischberichte an. Ende.«

»Verstanden. Hoffentlich können wir dir gute Nachrichten geben. Die letzten fünf Sets waren ziemlich gut, so dreißig Fische pro Nacht mit durchschnittlich 50 Kilogramm. Der Streifen wird bei jedem Set enger, und die Strömung ist nicht stark, aber das Fischen war gleichbleibend. Ende.«

»Das klingt gut. Danke nochmals für die Info. Euch beiden viel Glück und gute Nacht. Tschüs.« Ich hängte das Mikrofon ein und griff nach oben, um die RDF einzuschalten. Ich stellte sie auf 1676 ein und wartete, bis ich Johns Hupe hörte. Die Übertragung findet mit einer Zeitschaltuhr statt und geht alle paar Minuten 15 Sekunden an, um die 18-Volt-Batterie zu schonen. Als die Hupe ihre Morsezeichen aussandte, hörte ich sie über den Lautsprecher der RDF, aber das Signal war nicht stark genug, um die Nadel in irgendeine Richtung ausschlagen zu lassen. Ich war mindestens 40 Meilen von der Hupe entfernt, deshalb drehte ich die Lautstärke der RDF zurück und ging zum Stuhl zurück, wo ich meine Beobachtung des

Temperaturanzeigers wiederaufnahm. Ich würde Johns Hupe in einer Stunde oder so wieder kontrollieren und die *Hannah Boden* in der Zwischenzeit auf östlichem Kurs steuern, wo das Wasser 13 bis 14 Grad hatte. Davids Schiff befand sich jetzt westlich von mir und sein Fanggerät südlich, es verlief also östlich und westlich im wärmsten Teil des Streifens, der 19 Grad hatte, wie mir gesagt worden war. Als ich weiterfuhr, geriet ich in 15,5 Grad kaltes Wasser und wußte, daß ich zu nahe an Davids Fanggerät herankam; um also wieder in kälteres Wasser zu kommen, steuerte ich ein paar Grad backbord. Kapitäne können sich ganz schön aufregen und oft wütend werden, wenn ein anderes Schiff mit heruntergelassenen Vögeln über ihr Fanggerät fährt. Die Vögel verfangen sich in der Hauptleine und ziehen sie durchs Wasser, bis diese abgetrennt wird. Die Jagd nach einzelnen Enden während des Einholens kostet wertvolle Zeit und ist absolut frustrierend, wenn dies durch die Achtlosigkeit eines anderen Fischers hervorgerufen worden ist.

Als ich es mir wieder im Stuhl bequem machte, kam Charlie mit meinem Abendessen die Treppe herauf. »Hallo, ich heiße Pierre und bin heute abend Ihr Kellner.« Charlie verbeugte sich leicht und reichte mir einen Teller mit Rippchen, gebackener Kartoffel und frischem Spargel. Aus seiner Hosentasche zog er eine Dose Pepsi light und hielt sie in den ausgestreckten Händen, damit ich sie begutachten konnte. »Ich glaube, das hier haben Sie bestellt, Madame.« Ich nickte bestätigend. »Eine ausgezeichnete Wahl mit dem Rindfleisch.«

Charlie riß die Dose auf, um sie »atmen zu lassen«, und stellte sie auf das Steuerpult. »Nun, wenn Sie sonst noch etwas wünschen, klopfen Sie bitte energisch mit einem Hammer auf den Fußboden. Bon Appetit.« Obwohl er immer noch blaß und dünner als sonst war, hatte Charlie wieder sein Lächeln und seine verschmitzten Augen. Er muß sich besser fühlen, dachte ich.

Mein Diener vergaß, mir ein Messer zu bringen, um das Fleisch zu schneiden. Ich suchte mein Deckmesser und zog es aus der Scheide. Die Klinge war ziemlich verrostet, und der hölzerne Griff war verkrustet, wahrscheinlich eingetrocknetes Blut und Fischschleim. Ich konnte mich nicht überwinden, das eklige Ding zum Essen zu verwenden, und da ich nicht im Besitz eines Hammers war, legte ich den Teller auf meinen Stuhl und ging nach unten, um mir ein Steakmesser zu holen.

Vier der Männer saßen am Kombüsentisch beim Essen und unterhielten sich, wobei *Lonesome Dove* den üblichen Hintergrund bildete. Ich öffnete eine Schublade und zog ein Steakmesser heraus. »Wo ist mein Kellner?« fragte ich, und mir wurde gesagt, daß Charlie in seine Koje gegangen sei, wo er die meiste Zeit des Tages verbracht hatte. Es war ihm nicht nach essen zumute, deshalb hatte Ringo sein Essen in Alufolie gepackt und in den Kühlschrank gelegt, damit Charlie es später essen konnte. Offensichtlich hatte Charlie klargemacht, daß er mich nicht beunruhigen wollte. »Mein Gott, ich dachte, er fühle sich besser. Er sieht doch besser aus, oder?« fragte ich in die Runde.

Die Männer starrten sich schweigend an. Schließlich sprach Carl. »Für mich sieht er verdammt schlecht aus. Für zwanzig Mäuse bist du dabei. Derjenige, der Charlies Exitus am genauesten rät, gewinnt den Jackpot. Ich tippe auf 15. September, Kenny auf den 22., und Ringo ist mit dem 1. Oktober optimistisch. Peter will nicht mitmachen.«

»Ich auch nicht«, sagte ich und ging zum Ruderhaus zurück. Ich gab der natürlichen Reaktion, mich über Charlies Jackpot aufzuregen, nicht nach. »Wir müssen mit dem Fischen anfangen. Diese Jungs haben zuviel Freizeit«, sagte ich zu mir selbst, als ich den Teller auf meinen Schoß stellte. Die Besatzung wettete um alles, wenn sie mit Langeweile kämpfte. Im allgemeinen wurde um Zigaretten und Abwaschpflichten gewettet. Die Verlierer bekommen Spülhände und die Gewinner Lungenkrebs. Auf dem Schiff ist ein Pokerspiel während der Fahrt nichts Ungewöhnliches, und ich rate den Männern immer davon ab, um Geld zu spielen, da dies Probleme hervorrufen kann. Zahnstocher und Schokoriegel sind gute Pokereinsätze und rufen nicht so viele Emotionen hervor wie Lohntüten.

Wir hatten einmal einen Regierungsbeobachter an Bord, der für den *National Marine Fisheries Service* (Nationale Meeresfischereibehörde) arbeitete, Luke, ein höflicher junger Mann, den die Besatzung und ich mochten. Als wir uns auf der Rückreise befanden, schloß sich Luke trotz meines gutgemeinten Rates einem Pokerspiel mit Peter und Carl an. In weniger als einer Stunde hatte Peter Luke alles abgenommen, was er besaß, und das meiste dessen, was er für seine Tage auf See bekommen würde. Carl hatte zum Schluß Lukes Armbanduhr, die er stolz trug, bis er sie Luke am Kai wiedergab, weil er angeblich keine Verwendung dafür hatte. Es war Lukes Pech, daß Peter sehr wohl Verwendung für sein Geld hatte.

Ich aß, während ich auf den Temperaturanzeiger starrte und geringfügige Änderungen des Autopiloten vornahm, um das Schiff im Bereich von 13 bis 14 Grad zu halten. Ich nahm meinen Teller und das Besteck zum Abwasch hinunter. Kenny stand an der Spüle und hatte seine Arme bis zu den Ellbogen im Spülwasser. »Leg es hier auf die Ablage, Ma« sagte Kenny.

»Ich bin heute nacht der erste. Wann willst du mit den Wachen beginnen?« fragte Ringo.

»Wahrscheinlich erst spät, wenn überhaupt. Ich umfahre das östliche Ende von *Eagle Eye*, dann beginne ich, die Gegend zu erkunden. Ich möchte den Vogel für die Unterwassertemperatur über Bord bringen, sobald wir an Johns Gerät vorbei sind. Ich hole zwei von euch hoch, wenn ich soweit bin. Und danke für das Abendessen. Es war köstlich.«

Als ich wieder nach oben kam, drehte ich die RDF lauter und wartete eine Minute auf das Signal von 1676. Als sie diesmal zu piepsen begann, pendelte die Richtungsnadel von der Position 9 Uhr auf 12.30 Uhr und blieb dort, bis die Übertragung aufhörte. 12 Uhr war direkt vor uns, also war Johns Boje nur leicht steuerbord von unserem Kurs, den ich halten wollte, bis wir ganz daran vorbei waren. Ich stellte den Radarbereich von 12 auf 24 Meilen um und sah ein kleines Objekt 18 Meilen vor uns. Dreißig Minuten später konnte ich die Lichter der *Eagle Eye* sehen und rief John über VHF.

»Hörst du mich, John? *Eagle Eye. Hannah Boden.*«

»Ich seh' dich in neun Meilen Entfernung, Linda. Ende.«

»Ich habe deine Endboje angepeilt, wie weit ist sie hinter dir?«

»Nun, etwa zwölf Meilen. Ende.«

»Okay. Ich schätze, daß ich noch zwei Stunden brauche, bis ich dort bin. Wie sieht das Ausbringen heute nacht aus? Ende.«

»Etwa genauso. Vor drei Nächten war dieser Streifen vier Meilen breit und heute nacht nur noch zwei, dort, wo ich begann. Das wärmste Wasser, das wir heute nacht hatten, war 19 Grad. Letzte Nacht hatte ich bis zu 20 Grad. Ich hoffe, daß wir noch ein paar Sets dort machen können, bevor er völlig verschwindet. Ende.«

»Ja, ich auch. Ich muß morgen nacht ausbringen. Meine Besatzung wird unruhig, die Fahrt dauert zu lange. Ende.« Ich haßte es, mich sagen zu hören, daß das Ausbringen ein Muß war, das die Besatzung diktierte, und nicht der Wunsch, den wir alle hatten, etwas zu tun, was wir liebten. Und ich hoffte, daß ich nicht ein Fanggebiet opferte, das produktiver war, nur um die freie Zeit der Besatzung zu verkürzen.

»Verstanden. Es sollte in Ordnung sein, wenn du von meinem östlichen Ende aus nach Osten gehst. Nun, viel Glück bei der Suche. Wir sprechen uns morgen. Ende.«

Kurz nachdem ich mit John gesprochen hatte, rief Bob mich über ESB. Ich informierte ihn über den neuesten Stand und versprach, mit ihm in der folgenden Nacht zu sprechen. Bob versäumte es nur selten, nachts Kontakt mit uns aufzunehmen. Es ist beruhigend zu wissen, daß dein Chef dich anruft, wenn du ein Problem hast und seinen Rat dazu brauchst, wie du es lösen kannst oder wie du etwas richten kannst, was kaputtgegangen ist. Bob hatte mich über Funk durch viele mechanische Probleme geführt; er kannte jede Anlage des Schiffes auswendig. Ich zog es vor, meine Besorgnis über Charlies Gesundheit und auch Carls abscheuliches Verhalten gegenüber Peter dem Chef nicht mitzuteilen, weil ich glaubte, daß sich beides erledigte, sobald wir nur noch Zeit zum Arbeiten hatten.

Um 22.30 Uhr waren wir schließlich östlich der 1676, und ich lenkte das Schiff hart steuerbord, um den Streifen zu überqueren. Als ich direkt nach Süden steuerte, beobachtete ich, wie die Oberflächentemperatur langsam von 15 auf 15,8 Grad stieg, wo sie fast eine Meile lang zwischen 15,6 und 15,8 schwankte. In der nächsten Viertelmeile raste der Anzeiger auf 19,3, wo er sich einpendelte und während einer weiteren Viertelmeile auf dieser Temperatur blieb. Während ich weiter nach Süden fuhr, fiel die Temperatur über eine Entfernung von zwei Meilen langsam wieder auf 14,5 Grad ab. Der Bruch mußte auf der Nordseite des wärmsten Wassers das größte Potential haben, da er dort am schärfsten war, das heißt die größte Temperaturänderung in der kürzesten Entfernung aufwies. In dem Gebiet, in dem die Temperatur auf der Nordseite des Streifens von 15,8 auf 19,3 Grad stieg, wollte ich mein Fischfanggerät plazieren. Aber diese Entscheidung betraf nur die Oberflächentemperatur, mehr wußte ich bisher nicht.

Als nächstes mußte ich die Oberflächenströmung an verschiedenen Stellen des Streifens durch eine Reihe von *Abdrifttests* prüfen. In einem Wasser von 14,5 Grad an der Südseite, der ablandigen Seite des Streifens, verlangsamte ich das Schiff und schaltete in den Leerlauf. Ich wartete, während sich die Vorwärtsbewegung der *Hannah Boden* verlangsamte und schließlich zum Stillstand kam. Ich plazierte auf dem Plotter eine Markierung, um unsere derzeitige Position mit einem kleinen blauen Kreuz zu markieren, und stellte den Brückenalarm auf 15 Minuten ein.

Während ich auf den Alarm wartete, schaltete ich die Nachtbeleuchtung für das Einholen ein, die am Steuerbordausleger befestigt ist; sie leuchtete direkt nach unten, in das Meer unter dem Schiffsrumpf. Ich konzentrierte mich einige Minuten lang auf den hellen Fleck im Wasser und hoffte, daß das Licht ein paar kleine Köderfische oder Tintenfische anzog: keine Beute, keine Räuber. Ich schaltete das Suchlicht ein, das außen am Dach des Ruderhauses befestigt ist, und betätigte den Steuerungshebel von meinem Podest im rückwärtigen Teil der Brücke aus. Ich suchte mit dem hellen Strahl die Oberfläche des Wassers um uns herum und den Himmel ab. An der Oberfläche des Wassers zeigten sich keinerlei springende Köderfische, und am Himmel waren keine Vögel zu sehen. Ich schaltete das Suchlicht aus und sah wieder in das beleuchtete Wasser unter der Einholstation: noch immer keine Reaktion, totes Wasser.

Der Alarm ertönte am Ende des 15-Minuten-Abdrifttests. Der

Plotter zeigte an, daß sich unsere Position um ein Zehntel einer Seemeile in östlicher Richtung verändert hatte. Die Strömung im 14,5 Grad warmen Wasser südlich des Streifens betrug etwa 0,5 Knoten nach Osten.

Ich legte den Gang wieder ein und fuhr geradewegs nach Norden in die Mitte des Streifens, wo ich den Abdrifttest und die Lichttests in 19,3 Grad warmem Wasser wiederholte. Das 15 Minuten lange Abdriften zeigte einen Knoten östlicher Strömung an. Die Lampen entdeckten wiederum keinerlei Lebenszeichen in diesem Gebiet. Enttäuscht, aber gleichzeitig entschlossen wiederholte ich die Routine in 15 Grad warmem Wasser nördlich des Streifens, aber wiederum gab es nichts Aufregendes zu entdecken. »Mein Gott, diese Jungs fangen Fische in einer Wüste«, seufzte ich.

Es war Zeit, die Unterwassertemperatur zu messen, deshalb lief ich nach unten, um die Jungs zu holen, die mir dabei helfen sollten, den Vogel für die Unterwassertemperatur ins Wasser zu bringen. Kenny, Ringo und Carl saßen am Kombüsentisch. »Warum seid ihr Jungs noch auf? Ich glaubte, ihr würdet um diese Zeit fest schlafen.«

»Wir haben auf dich gewartet, Ma«, sagte Kenny. »Bist du für die Unterwassertemperatur bereit?«

»Das bin ich.«

»Wie sieht es aus?«

»Nicht so toll. Keinerlei Lebenszeichen und sehr wenig Strömung. Aber John und David fangen einige Fische, also sollte es auch uns gelingen.«

»Wir werden ihnen in den Hintern treten«, sagte Carl.

»Ich mag euer Vertrauen. Laßt uns gehen!« Ich verließ die Kombüse und ging zum Ruderhaus zurück, wo ich aus dem rückwärtigen Fenster sah und darauf wartete, bis die Männer an Deck erschienen. Der gelbe Vogel aus Fiberglas für die Unterwassertemperatur ruhte in seiner Halterung an der Backbordseite des Hecks direkt innerhalb der Reling. Der Vogel hat etwa die Größe und die Form der stabilisierenden Vögel aus Stahl; obwohl er viel leichter ist, werden dennoch zwei Männer benötigt, um ihn aus seiner Halterung zu heben. An dem Vogel ist ein Kabel befestigt, das zwei Funktionen hat. Mit dem Kabel kann man den Vogel in verschiedenen Tiefen durchs Wasser ziehen, und es versorgt das Ruderhaus mit der Wassertemperatur und der Tiefe, gemessen in Faden. Der Zweck des Unterwassertemperaturanzeigers liegt darin, dem Kapitän die Wassertemperaturen unterhalb der Oberfläche anzuzeigen. Ich ziehe den Vogel gerne in zwölf Faden Tiefe, der gleichen Tiefe, in der meine Haken fischen werden. Oft hat ein Bruch, der an der Oberfläche gut aussieht, darunter Eiswasser, in dem sich Haie aufhalten können. Genauso kann flaches und uninteressantes Wasser an der Oberfläche über einem scharfen Bruch liegen, der nur mit dem Unterwassertemperaturanzeiger entdeckt wird.

Das Kabel läuft vom Vogel weg durch einen großen Block, der an einem kurzen, backbord am Heck befestigten Davit (Hebevorrichtung) hängt, hinauf zu einer hydraulischen Winsch (eine Winde) an Deck hinter dem Ruderhaus. Das Ventil, das die Winsch steuert, befindet sich auf dem Steuerpult achtern auf der Brücke, direkt vor mir, wo ich gerade stand und aus den rückwärtigen Fenstern sah. Carl und Kenny hoben den Vogel aus seiner Halterung und setzten ihn auf die Reling. Ich drückte den Handgriff, der die Winsch betätigt, und holte das durchhängende Kabel ein, bis der Vogel leicht von der Reling abhob. Als die Männer den Arm des Davits über Bord schwenkten, legte ich einen Gang ein und fuhr langsam vorwärts. Nachdem der Davit fixiert war, hing der Vogel über dem Wasser. Ich drückte den Handgriff des Ventils, um die Winsch zurückzusetzen, und ließ den Vogel langsam ins Wasser hinunter. Der Vogel tauchte hinab und zog das Kabel von der Winsch. Als das Meßgerät anzeigte, daß der Vogel achtzehn Faden tief schwamm, schloß ich das Ventil, und Ringo arretierte die Handbremse an der Winsch. Ich beschleunigte den Motor auf 1500 Umdrehungen, unsere normale Geschwindigkeit beim Ausbringen, und der Vogel kam auf zwölf Faden hoch, während er durchs Wasser gezogen wurde. Ich schrie den Jungs »*Danke*!« zu und ging zum vorderen Teil des Ruderhauses zurück, wo ich den Plotter und die Anzeiger für die Oberflächentemperatur und die Unterwassertemperatur sehen konnte, die 14,5 Grad für die Oberfläche und 14,5 Grad in zwölf Faden Tiefe meldeten. Ich fuhr nach Süden über den Streifen zurück. Die Oberflächentemperatur ging wie vorher nach oben und wieder nach unten, aber die Unterwassertemperatur änderte sich nicht. Flaches, 14,5 Grad warmes Wasser lag unter dem Streifen. Ich dachte, wenn ich nicht wüßte, daß John und David Schwertfische fingen, würde ich nicht im Traum daran denken, hier einen Haken auszubringen.

Ich hatte bei diesem Fanggebiet und der Tatsache, daß ich sechs Tage gefahren war, um es zu erreichen, kein gutes Gefühl. Aber mir blieb bis morgen nachmittag Zeit herauszufinden, wie ich das Beste daraus machen konnte. Während der nächsten fünf Stunden fuhr ich nach Osten, wobei ich langsam in sehr spitzen Winkeln den Streifen vorwärts und rückwärts abfuhr und dabei die Oberflächentemperatur beobachtete, die wärmer und kälter wurde, während die Unterwassertemperatur gleich blieb. Als ich 40 Meilen östlich der Stelle war, an der John angefangen hatte, markierte ich den Plotter mit einem anderen Kreuz, um zu markieren, wo wir eventuell unser erstes Set machen würden. Nun fuhr ich den Streifen in einem Winkel von 90 Grad von Norden nach Süden ab und bemerkte, daß das wärmste Wasser nur 18,8 Grad betrug und die Unterwassertemperatur auch auf 13,3 Grad abgefallen war. Der Streifen war hier auch schmäler, für mich ein weiteres schlechtes Zeichen. Ich fragte mich, ob ich den Doppler einschalten und nach einem positiven Signal suchen sollte. Oder ob ich von dem Streifen wegfahren sollte in der Hoffnung, ein anderes Wasserstück zu finden, um morgen abend zu fischen. Der Streifen zeigte Anzeichen zu verschwinden, aber wenn ich mich entschloß, auf die Jagd zu gehen, gab es keine Garantie dafür, etwas Besseres zu finden. Wie lange würde es dauern, bis wir mit dem Fischen beginnen konnten, wenn ich mich entschied, den Streifen zu verlassen? Welchen Ärger könnte sich die Besatzung ausdenken, wenn sie noch ein paar Tage Zeit zum Nachdenken hätte?

Ich studierte die Karte, auf der ich den Rest der Flotte eingetragen hatte, und dachte an die Möglichkeit, nach Süden zu fahren und auf den Hauptbruch nordöstlich des östlichsten Schiffes zu stoßen, um zwischen der Flotte und dem Streifen zu fischen. Obwohl der Hauptbruch nicht annähernd soviel produziert hatte wie der Streifen, konnte sich dies natürlich mit zunehmendem Mond ändern. Das passiert im allgemeinen, und der Hauptbruch löst sich nach einigen Sets nicht auf und läßt mich heimatlos und wieder auf der Jagd zurück.

Um 4.30 Uhr kämpfte ich mit einer harten Entscheidung: den Streifen zu verlassen auf der Suche nach etwas, was mich begeistern könnte, oder hier zu bleiben und mit der Arbeit zu beginnen. Der Aufbruch barg mehr Ungewißheit; wenn ich hier fischte, war ich ziemlich sicher, soviel wie die anderen zu fangen. Wenn ich nach einem Fleck suchte, der vielleicht produktiver war, nahm ich in Kauf, daß er vielleicht ganz schrecklich war. Schließlich entschied ich mich dafür, es zu riskieren und einen anderen Platz zu suchen. Ich schaltete den Autopiloten auf Süden und gab die Garantie auf, in der nächsten Nacht auszubringen. Ich setzte mich zurück und beobachtete die Meßgeräte, wohlwissend, daß ich auf diese Weise eventuell Hunderte endloser Meilen verbringen würde, und jede davon würde von der Besatzung genau beobachtet werden, während die Zahlen auf dem GPS hinauf- und hinuntergingen – unsere Art, die Zeit an Bord zu messen.

8

Aufwärmpause

Fischer, besonders die älteren Jahrgänge, sind abergläubisch. Wir haben unsere eigenen abergläubischen Regeln, nach denen wir leben. Einige Landratten werden bestimmte Rituale der Seeleute für verrückt halten und es seltsam finden, daß wir bestimmte, scheinbar harmlose Wörter, Handlungen und Dinge vermeiden. Wenn aber der Einsatz hoch ist und die drohenden Konsequenzen schwerwiegend sind, halten selbst die Vernünftigsten unter uns die Rituale ein – nur für den Fall, daß etwas Wahres dran ist.

An Bord der *Walter Leeman* war Schweinefleisch in jeglicher Form und schon das Aussprechen des Wortes *Schwein* strikt verboten. Kapitän Alden ging tatsächlich so weit, mir das Denken des Wortes zu verbieten, aber es gelang mir nicht, diesen Befehl zu befolgen. Die Sache mit dem Schwein ist vielleicht der größte Aberglaube bei Fischern. Schweine und Wasser passen einfach nicht zusammen. Ich kenne zwei verschiedene Meinungen dazu, warum Schweine tabu sind, und beide scheinen mir logisch zu sein. Die eine ist, daß Schweine nicht schwimmen können; sie drehen sich auf den Rükken und gehen unter. Die andere ist, daß Schweine tatsächlich schwimmen, aber wenn sie wie Hunde im Wasser paddeln, schneiden sie sich mit ihren Hufen selbst die Kehle durch und verbluten. Ich habe tatsächlich Leute getroffen, die behaupten, mit ihren eigenen Augen schwimmende Schweine gesehen zu haben. Aber da ich mit der Vorstellung groß geworden bin, daß Schweine schmutzige

Tiere sind, die sich nicht einmal waschen, glaube ich diesbezüglich an das, woran die meisten Leute glauben. Ich setze Schweinefleisch auf die Einkaufsliste, aber ich zucke zusammen, wenn jemand das Wort ausspricht. Ich spreche an Bord niemals das Wort *Schwein* aus, sondern sage *Tier mit Ringelschwanz*, wenn die Erwähnung absolut notwendig ist. Dafür sind Bananen bei mir strengstens verboten. Obwohl mir nie gesagt wurde, warum, bringen Bananen an Bord auf jeden Fall Unglück. Es ist akzeptabel, das Wort *Banane* an Bord auszusprechen, aber ich bestehe darauf, daß die Frucht selbst an Land bleibt, für den Fall, daß ich mein Glück mit den Schweinen zu sehr herausfordere.

Der Tag, an dem die Segel gesetzt werden und das Schiff tatsächlich den Hafen verläßt und in See sticht, wird von abergläubischen Fischern genauestens unter die Lupe genommen, um sicherzustellen, daß die Fahrt auf dem richtigen Fuß beginnt. Es ist absolut verboten, an einem Freitag die Segel zu setzen. Wenn irgend etwas während einer Fahrt schiefgeht, die an einem Freitag beginnt, wird dies als gerechte Strafe dafür betrachtet, daß der Aberglaube ignoriert wurde. Schiffe und Männer, die an einem Freitagmorgen bereit sind, die Segel zu setzen, warten oft bis eine Minute nach Mitternacht, damit die offizielle Abreise am Samstag stattfindet. Ich vermute, daß dieser Aberglaube vielleicht von einem Besatzungsmitglied erfunden wurde, der an einem Freitagabend nicht gewillt war, die Bar zu verlassen. Unabhängig von dessen Ursprung, können die meisten Fischer eine Reihe von Mißgeschicken aufzählen, für welche die Abreise an einem Freitag verantwortlich ist.

Ein anderer Aberglaube ist, einen Lukendeckel niemals umgedreht hinzulegen. Ich vermute, daß ein umgedrehter Laderaumdeckel als schlechtes Omen für ein umgedrehtes Schiff gesehen wird, was definitiv keine gute Sache ist. Was die Farbe betrifft, bringt Blau einem Schiff Unglück. Und auch Gelb ist, obwohl nicht so schlimm wie Blau, keine akzeptable Schiffsfarbe. Das Pfeifen an Bord eines Schiffes ist das schlimmste Vergehen und bedeutet, *den Wind hochzupfeifen*. Die Zahl 13 wird aus offensichtlichen Gründen immer *zwölf plus eins* ausgesprochen.

Obwohl ich mit vielen Varianten des Aberglaubens lebe, lehne ich einen davon rundweg ab, und zwar den, daß Frauen *Jonas* sind: Unglück an Bord. Siebzehn Jahre lang bin ich nach jeder Reise zum Hafen zurückgekehrt. Dies hat den Glauben zumindest einiger der abergläubischsten alten Seeleute erschüttert. Da denke ich besonders an einen alten Seebären: Er war von der Idee einer Kapitänin begeistert. Ich habe nie seinen Namen erfahren, aber acht Jahre lang schien er mein Kommen und Gehen zu dokumentieren und begrüßte mich am Hafen mit »Hallo, Jona«. Ich nannte ihn immer den *alten Seefahrer.*

Zuerst war mir der alte Mann lästig, weil er mir ständig Ratschläge gab, wie man die Leine aufspult oder ein Messer schärft. Aber mit der Zeit freute ich mich auf die Kritik des alten Mannes und den Blick in seinen Augen, der seine Überraschung verriet, wenn ich in den Hafen zurückkehrte. Oft hatte ich den Eindruck, er habe gerade eine Wette verloren. Ich begann, seine hochgezogenen Augenbrauen zu mögen. Ich bot dem alten Mann immer Fisch vom Besten unseres Fangs an, was er nie zurückwies, und ich war glücklich zu geben. Ich mochte es, in die verwitterten Hände, die jahrelang das, was das Meer anzubieten hatte, genommen hatten, aber jetzt nicht mehr nehmen konnten, Fisch zu legen. Es gab mir das Gefühl, etwas zurückzugeben. Vielleicht stand der geschenkte Fisch als konkreter Beweis dafür, daß tatsächlich eine Frau existiert, die an Bord eines Schiffes nicht weniger Glück bringt als manche Männer, und daß manch ein Aberglaube überholt ist.

Ein Freund hat mir einmal vorgeschlagen, mein eigenes Schiff blau zu streichen und es *Dreizehn pfeifende Schweine* zu nennen. Vielleicht bin ich nicht so abergläubisch wie andere, aber verrückt bin ich nicht.

9

Gerechtfertigte Täuschung

Der kritischste und härteste Teil der Arbeit eines Schwertfischkapitäns ist, ein produktives Wasserstück zu suchen und dieses vor Eindringlingen zu verteidigen. Die Konkurrenz um ein Fanggebiet ist hart, und nicht jeder ist bereit, die Spielregeln *Wer zuerst kommt, mahlt zuerst* und *Wer einen Platz findet, behält ihn* einzuhalten. Es gibt immer Kapitäne, die die Etikette des Schwertfischfangs ignorieren, die sich über Jahre hinweg entwickelt hat, seefahrende Machiavelli, die den Rest von uns in einem ständigen Zustand der Paranoia leben lassen, so daß wir selbst jene verdächtigen, die wir als Freunde betrachten.

Freund ist ein relativer Ausdruck, wenn er unter Kapitänen verwendet wird. Wir sind voneinander abhängig, wenn es um Hilfe in Notfällen geht, aber wir sind auch Räuber, die dieselbe Beute jagen. Wenn ein Konkurrent fragt: »Würden Sie Ihr Set bitte ein paar Meilen nach Westen verlegen, damit ich Platz habe, östlich von Ihnen auszubringen?«, möchte ich spontan darauf antworten: »Fahr zur Hölle, ich fische hier schon seit einer Woche und weiche keinen Zentimeter.« Aber im Hinterkopf ist mir bewußt, daß ich irgendwann etwas von diesem Mann brauchen könnte. Obwohl es unwahrscheinlich ist, könnte es sein, daß ich ihn bitten muß, meine Besatzung und mich vor einem Feuer oder dem Untergang zu bewahren. Wahrscheinlicher ist es, daß mein Anliegen einfach darin besteht, ihn um etwas Freon für die Eismaschine zu bitten, denn sonst wäre es nicht möglich, die Fahrt fortzusetzen. Wenn es also meine Produktivität nicht wesentlich beeinträchtigt, mein Fanggebiet etwas nach Westen zu verlagern, bin ich geneigt, meinem »Freund« entgegenzukommen.

In den vergangenen Jahren fanden die meisten Fischer es notwendig und vorteilhaft, zusammenzuarbeiten und Informationen offen und ehrlich zu teilen. Obwohl unter uns weiterhin eine friedliche Konkurrenz stattfindet – jeder möchte die meisten Fische fangen –, gibt es nicht die vorsätzliche Sabotage des Geräts oder von Absprachen, wie dies bei der Küstenfischerei oft vorkommt. Die nordamerikanische Flotte der Grand Banks ist eine fest zusammengeschweißte Gruppe von Fischern, wie ich es sonst nirgendwo erlebt habe. Wenn ich einem anderen Kapitän über Funk viel Glück wünsche und ihm sage, daß ich hoffe, er werde sein Schiff am nächsten Tag mit Fisch vollladen, bin ich aufrichtig und hoffe, daß nur ich ihn schlagen werde.

Freunde oder nicht, wir alle investieren in jede Fahrt 40000 Dollar und dreißig Tage unseres Lebens und des Lebens unserer Besatzung, beides Grund genug, skrupelloses Verhalten zu rechtfertigen. Wenn ein Kapitän nicht genug Fische fängt, um seine Ausgaben zu decken, ist der Druck groß genug, ihn zu motivieren, einen besseren Platz zu ergattern. Weil alle Kapitäne dem gleichen Druck unterliegen und wissen, wie weit wir alle gehen, mißtrauen wir uns allen. Schon zu diesem frühen Zeitpunkt unserer Fahrt wußte ich, wer sich wo befand, was sie fingen und von wem ich mich lieber fernhalten sollte. Mir war auch bewußt, daß ich erst ein Fanggebiet finden mußte, das es wert war, verteidigt zu werden, bevor ich mir zu viele Gedanken darüber machte, wer versuchte, in mein Fanggebiet einzudringen. Es war nicht nötig, hartnäckig darauf zu bestehen, die Konkurrenz fernzuhalten, bis ich mich tatsächlich festgelegt und der Platz sich als wertvoll erwiesen hatte. Die bevorstehende Aufgabe – und für mich die größte Herausforderung der Fahrt – war, ein Wasserstück zu finden, in dem wir unser erstes Set machen konnten.

Die Suche nach einem Wasserstück und der Schwertfischfang ganz allgemein hat sich erheblich geändert, seit ich in dem Sommer nach meinem Erstsemester am College mit Alden an Bord der *Walter Leeman* begann. Der technologische Fortschritt, der sich in der Marineelektronik manifestiert, ist verantwortlich für die Revolution, die in der Branche stattgefunden hat. Die *Walter Leeman* hatte kein GPS, keinen Vogel für Unterwassertemperaturen, keinen Doppler, keine Farblotröhre, keinen Videoplotter und keine Hupbojen. Wir hatten keine Monofil-Leine, sondern eine gedrehte Hauptleine aus drei geteerten Strängen. Die Schnappverschlüsse und die Haken wurden mit Knoten an den Leitwehren befestigt. Wir benötigten keine Crimps. Alden Leeman hatte einen siebten Sinn, was die Suche nach Fischen betraf, und benötigte nur minimalste Elektronik. Er konnte Fisch riechen und brachte oft in einem Wasserstück aus, weil er einfach das Gefühl hatte, daß es richtig war. Wieviel Zeit ich auch mit Alden verbrachte, um den Schwertfischfang zu erlernen, konnte die wichtigste Lektion doch nicht erteilt werden. Aldens Fischinstinkt färbte nie auf mich ab.

Die erfolgreichsten Fischer meiner Generation sind Pseudowissenschaftler, Ingenieure für Fischfanggerät und Elektronikfreaks. Statt nach dem Gefühl zu gehen, wie Alden es tat, prüfen wir Daten und gründen Entscheidungen auf Statistiken. Wir verlassen uns weitgehend auf die Technik und sind Perfektionisten, was Köder und Gerät betrifft. Ich fände nicht einmal aus einer Papiertüte heraus, aber aufgrund der neuesten Ausrüstung der *Hannah Boden* bin ich immer zuversichtlich, Aldens beste Leistungen während seiner vielen Jahre Langleinenfischfang zu übertreffen. Dennoch würde ich meine ganze Elektronik gegen Aldens natürliche Fähigkeit eintauschen, wenn dies möglich wäre.

Alden hatte auch eine einzigartige Methode, gelegentliche Streitereien und Probleme mit anderen Fischern zu handhaben. Die Entfernung zum nächsten Hafenaufseher, einer Marinepatrouille oder einem Anwalt macht es erforderlich, daß Hochseefischer das tun, wovor Richter warnen: das Gesetz in die eigene Hand zu nehmen. Während die meisten von uns ihre Differenzen über Funk austragen, erinnere ich mich an einen Vorfall, bei dem sich Alden für eine direkte Konfrontation entschied.

Nachdem wir zweimal beim Einholen dadurch aufgehalten worden waren, daß wir unsere Ausrüstung und die eines Kanadiers, der es fertiggebracht hatte, jede Nacht über uns hinweg auszubringen, auseinanderklauben mußten, und nach mehreren vergeblichen Versuchen Aldens, den kanadischen Kapitän über Funk zu kontaktieren, hatte Alden die Nase voll. Mitten im dritten aufeinanderfolgenden Einholen zog Alden sein Messer, weil er es leid war, sich mit den Verknotungen auseinanderzusetzen, die entstehen, wenn zwei Leinen mit Fischfanggerät denselben Platz belegen. Alden trennte unsere Hauptleine mit einem kräftigen Schnitt vom Schiff und schwor, das kanadische Schiff zu »besuchen«, das jetzt nur als Punkt achtern am Horizont erschien. Obwohl ich für Alden erst zwei Sommer lang gearbeitet hatte, kannte ich sein hitziges Temperament und wußte, daß er bei der Besatzung den Spitznamen *Schreihals Leeman* hatte. Ich hatte Aldens Wutanfälle erlebt. Und ich konnte mich nicht erinnern, ihn je so wütend gesehen zu haben. Einmal riß er in einem Anfall die Toilette aus der Naßzelle an Bord der *Walter Leeman* und warf sie über Bord, weil sie nicht richtig saubergemacht worden war. Als wir uns dem kanadischen Schiff näherten, fragte ich mich, ob diese Fischer für eine von Aldens Schimpftiraden erster Sahne fällig waren oder ob er tatsächlich vorhatte, an Bord ihres Schiffes zu gehen und sie alle k.o. zu schlagen. Sie hatten Glück, daß beides nicht passierte.

Alden steuerte die *Walter Leeman* mit voller Fahrt, und schließlich wurde aus dem kleinen Punkt ein zwanzig Meter langes Holzschiff namens *My Pal*. Aldens Gesicht war rot, und die Adern an seinem Hals traten hervor, während er die *Walter Leeman* längsseits von *My Pal* brachte. Das kanadische Schiff trieb dahin, während Besatzung und Kapitän sich an der Reling aufreihten und zum »Sprechen« bereit waren. Gerade als wir soweit waren, Reling an Reling mit *My Pal* zu liegen, explodierte im Vorschiff des kanadischen Schiffes etwas mit einem ohrenbetäubenden Knall, der beide Schiffe erschütterte. Der kanadische Kapitän und seine Besatzung waren nun nicht mehr an der Reling aufgereiht, sondern hatten sich so weit wie möglich in das Heck ihres Schiffs zurückgezogen. Die Flammen, die durch Bullaugen und Luken loderten, spiegelten sich in weit geöffneten Augen. Schwarzer Rauch stieg in Wolken empor.

»Haben Sie einen Feuerlöscher?« schrie Alden.

»Ja, dort unten«, antwortete einer der Fischer und zeigte auf das Vorschiff, das nun ganz in Schwarz und Rot gehüllt war.

Mein Schiffskamerad, Tim Bear, erschien mit einem riesigen Feuerlöscher, den er aus unserem Maschinenraum geholt hatte, an der Reling der *Walter Leeman*. Er sprang mit einem Satz über die Reling beider Schiffe, drückte auf den Griff des Feuerlöschers, trat mit dem Fuß die Tür des Vorschiffs ein und sprühte den Inhalt des Behälters in den Feuerherd. Danach packte Tim den Schlauch an Deck der *Walter Leeman* und marschierte mit dem fünf Zentimeter dicken Salzwasserstrahl in das Flammenmeer hinunter. Schließlich tauchte Tim wieder auf, vollkommen mit Ruß bedeckt. Hustend brachte er ein »Es ist gelöscht« heraus. Die Luft roch nach schwelendem Holz und Gummi, und das einzige Geräusch, das man vernahm, war das Gurgeln eines Stromes schwarzen Wassers, das von *My Pals* Pumpenauslaß im Kielraum ins Meer quoll.

My Pal drohte nicht unmittelbar zu sinken, aber sie war definitiv nicht mehr einsatzbereit. Der kanadische Kapitän benutzte unseren Funk, um einen Fischerkollegen aus Neuschottland zu rufen, der sich in der Nähe befand. Der Neuschotte war bereit, das restliche Fischfanggerät der *My Pal* einzuholen und sie zur Reparatur nach Hause zu schleppen. Als das zweite kanadische Schiff auftauchte, verließen wir die *My Pal* und fuhren zurück, um uns mit dem Rest des Knotengewirrs auseinanderzusetzen. Ich stand mit den anderen Besatzungsmitgliedern an Deck und sagte in die Runde: »Sie hatten Glück, daß wir dort waren.«

Mark Leeman antwortete, indem er uns allen aus der Seele sprach: »Sie hatten Glück, daß sie Feuer fingen. Ich habe den alten Herrn noch nie so wütend gesehen.«

Kapitäne stellen gerne ihre eigenen Entscheidungen nachträglich in Frage, und das tat ich, als die Sonne backbord am Horizont aus dem Wasser stieg. Minuten wurden zu Stunden, und je höher die Sonne stieg, um so größer wurden meine Zweifel darüber, den Streifen auf der Suche nach besseren Fischfanggründen verlassen zu haben. Ich fuhr Meile für Meile durch flaches, kaltes Meer direkt nach Süden, wobei ich mich so sehr auf die Temperaturanzeiger konzentrierte, daß ich sie mit meinem Willen allein hätte bewegen können. »Steig an, du blöder Hund«, verfluchte ich den Temperaturanzeiger, der sich beharrlich weigerte, über 14,7 Grad zu steigen.

Ich empfand zuerst Abscheu und schließlich extreme Abneigung gegenüber dem kleinen blauen Gehäuse mit seiner roten Digitalanzeige und hoffte, daß es zum Leben erwachte, bevor es mich zwang, es als eines meiner gehaßtesten Geräte einzustufen. Da Gegenständen meine Meinung gleichgültig ist, funktionieren Drohungen selten. Ich hatte mich einmal in einer verzweifelten Situation dazu herabgelassen, es mit Psychologie zu versuchen, und einem Generator, der nicht laufen wollte, Nettigkeiten zugeflüstert. Die Maschine machte mir als Antwort auf meine Komplimente nur eine lange Nase. Ich war so gedemütigt, daß ich schwor, dies nie wieder zu versuchen.

»Wenn man daneben steht, kocht das Wasser nie«, sagte ich und zwang mich, nicht mehr auf die rote 14,6 zu sehen, die an der Vorderseite des Meßgeräts aufleuchtete. Ich schaltete den Doppler an. Während er warmlief, studierte ich die neueste Wetterkarte. Ein schwaches Tiefdruckgebiet mit einer schleppenden kalten Zone kam auf uns zu und brachte etwas Regen mit sich, aber nicht soviel Wind, daß es beunruhigend gewesen wäre. Ich zerknüllte die Karte und warf sie in eine Schachtel, die ich für Abfall verwendete, um meine Aufmerksamkeit der Anzeigetafel des Dopplers zuzuwenden.

Der Doppler ist das am weitesten entwickelte Elektronikteil an Bord der *Hannah Boden*. Obwohl ich die Bedienungsanleitung mehrere Male gelesen hatte, wurde ich nie richtig vertraut damit und war mir nicht ganz sicher, ob ich seine Möglichkeiten voll ausschöpfte. Der Doppler wird dafür verwendet, unterschiedlich warme Wasserschichten zu entdecken und ihre Thermik zu definieren, da bestimmte Schichten fischreicher sind als andere. Die Schichten sind ziemlich deutlich. Man stelle sich Decken verschiedener Dicke vor, die auf einem Bett aufgetürmt sind. Nun stelle man sich aber vor, daß die Decken in Bewegung geraten. Jede einzelne Schicht hat ihre eigene Temperatur und Strömung. Sobald der Fischer bestimmt hat, welche Schicht am produktivsten ist, wird der Doppler dazu verwendet, sie im Auge zu behalten. Die Bedienungsanleitung war aus dem Japanischen übersetzt und ließ viele Wünsche übrig. Nur wenige andere Schiffe der Flotte besitzen Doppler, und die Kapitäne, die sie haben, teilen mein Gefühl der Unzulänglichkeit.

Was ich über den Doppler weiß, ist folgendes: Der Doppler arbeitet mit drei separaten Meßwandlern, einem elektronischen Kompaß und dem GPS, um die Geschwindigkeit und die Richtung der Strömung in drei verschiedenen, vom Anwender ausgewählten Tiefen zu messen. Die Ergebnisse werden in Zahlen und Kompaßpunkten relativ zur Bewegung der Oberflächenströmung angezeigt. Relative Bewegung ist verwirrend. Man denke an das Angst einflößende Gefühl, das man hat, wenn es scheint, daß das eigene geparkte Auto plötzlich und unerwartet vorwärts rollt, obwohl in Wirklichkeit das Auto daneben rollt, das im Rückwärtsgang aus dem Parkplatz fährt.

Erst als ich einen Radarlehrgang machte, um meine Lizenz für die Küstenwache zu bekommen, fing ich schließlich an, das Prinzip des Dopplers und das Konzept relativer Bewegung zu verstehen. Die Bewegung eines anderen Schiffes (Schiff Nummer 2), die Sie auf dem Radarschirm Ihres Schiffes beobachten, ist relativ zur Bewegung Ihres eigenen Schiffes. Wenn man die tatsächliche Bewegung des eigenen Schiffes kennt und die relative Bewegung des Schiffes Nummer 2, kann die tatsächliche Bewegung des Schiffes Nummer 2 durch eine Vektoranalyse mittels Papier und Bleistift bestimmt werden. Die gleichen Berechnungen können gemacht werden, um die Informationen des Dopplers umzusetzen. Ein 15minütiger Abdrifttest zeigt die tatsächliche Bewegung der Oberfläche an, also die erste Größe des Vektors. Die zweite Größe des Vektors, die vom Doppler geliefert wird, ist die relative Bewegung der Strömung in einer bestimmten Tiefe, sagen wir sieben Meter. Die letzte Größe des Vektors stellt die tatsächliche Bewegung der Strömung in sieben Metern dar. Die Geschwindigkeit und die Richtung der Strömung in der Tiefe, in der die Haken fischen, sind eine genauso wichtige Größe wie die Temperatur des Wassers in der gleichen Tiefe. Die Kompaßrosen auf meiner Karte der Grand Banks sind durch das Eintragen, Ausradieren und Neueintragen von Dopplerzahlen fast verschwunden.

Es ist nicht unbedingt erforderlich, die tatsächliche Bewegung der Strömung unterhalb der Oberfläche zu kennen, aber die Arbeit mit dem Vektor hat mir geholfen, den Doppler besser zu verstehen und zu verwenden. Im allgemeinen sind Messungen von weniger als 0,3 Knoten wünschenswert, da sie sehr wenig relative Bewegung anzeigen, sich also das Wasser in der spezifizierten Tiefe etwa mit der gleichen Geschwindigkeit und in der gleichen Richtung fortbewegt wie das an der Oberfläche. Normalerweise passe ich die drei Tiefen so an: 10 Meter, wo die Hauptleine liegt; 24 Meter, wo die Haken hängen, und 30 Meter. Wenn ich diese drei Tiefen verwende und Geschwindigkeitsmessungen von weniger als 0,3 Knoten für jede erhalte, weiß ich, daß die Strömung, in der ich fische, mindestens 30 Meter tief ist. Hohe Meßergebnisse in 24 und 30 Metern zeigen eine langsame Bewegung und kaltes Wasser direkt unter der Oberfläche an, und im allgemeinen wird dies durch die Messung der Unterwassertemperatur bestätigt. Wenn aber die Tide flach und die thermische Schicht dünn ist, hängen meine Haken vielleicht im kalten, sich langsamer bewegenden Wasser, während sich die Hauptleine in einem Wasser befindet, das sich fast einen Knoten schneller bewegt und dabei die Leitwehren mit sich zieht, so daß sich diese um die Hauptleine wickeln und somit keine Chance haben, irgend etwas zu fangen.

Die Elektronik ist nicht idiotensicher, aber sie kann mir helfen, einige katastrophale Sets zu vermeiden. Die frustrierendsten Sets sind jene, die perfekt aussehen: ein fester Bruch an der Oberfläche und darunter eine tiefe Tide, blaues Wasser, Vögel und Köderfische, aber kein Schwertfisch beim Einholen. Ganz gleich, welche Elektronik und wieviel Know-how ein Kapitän besitzt: »Du kannst sie nicht fangen, wenn sie nicht da sind.« Und die einzige Möglichkeit, herauszufinden, ob die Fische zu Hause sind, besteht darin, das Fischfanggerät ins Wasser zu bringen. Ich schätze, deshalb nennt man das, was ich mache, *fischen*. Wenn es leicht wäre, würde man es *fangen* nennen, und dann täten es viel mehr Leute. Dann gäbe es vielleicht einen Grund für die Umweltschützer und Schwertfisch-Aktivisten, dafür zu plädieren, dem kommerziellen Fischfang ein Ende zu bereiten. Alden sagte mir einmal, er glaube, daß Fischer niemals irgendeine Fischart ausrotten könnten, die sich durch Laichen vermehren, wie zum Beispiel Schwertfische, wenn sie nur Haken und Harpunen verwenden. Und im Laufe von siebzehn Jahren Schwertfischfang habe ich keine Anzeichen des Rückgangs bemerkt.

Die potentiellen Fischgründe östlich der Grand Banks von Neufundland sind weiträumig und die nordamerikanische Schwertfischflotte relativ klein. Ich kann jedes Schiff und jeden Kapitän der kleinen Gruppe benennen. Es ist nicht nur eine kleine Anzahl von Schiffen, sie sind auch klein, was ihre Größe betrifft. Vor 1984 fand der Schwertfischfang zum größten Teil auf Schiffen aus Neuengland auf Georges Bank statt, das auf hoher See direkt vor dem Golf von Maine liegt. Im Oktober 1984 wurde ein weltweiter Gerichtsbeschluß zur Beilegung eines schwelenden Streits zwischen Kanada und den USA über die Handhabung des Fischfangs und des Naturschutzes erzielt. Der Gerichtsbeschluß legte eine Grenzlinie, die *Haager Linie*, fest, die Georges Bank zwischen den beiden Ländern aufteilte, wobei der Teil mit den meisten Schwertfischen an Kanada fiel. Deshalb sind viele relativ kleine amerikanische Schiffe gezwungen, zu den Grand Banks zu fahren, um in internationalen Gewässern zu fischen, 1000 Meilen weiter östlich und von ihren Heimathäfen entfernt, damit sie vom Fischfang leben können.

Ich habe mich immer gern an die Vorschriften gehalten, die von den besten Wissenschaftlern unseres Landes und Bürokraten erarbeitet worden sind, und die Grenzen beachtet, weil ich glaube, daß die Gesetze die Zukunft der Schwertfische und des Schwertfischfangs sicherstellen. Was mich ärgert, sind Aktionen von Gruppen wie zum Beispiel den Chefs feiner Restaurants, die Schwertfisch boykottieren, indem sie diesen in der Kampagne *Laßt Schwertfische in Ruhe* von der Speisekarte nehmen. Laßt mich damit in Ruhe! Ich frage mich, wie sich diese Chefs über den Stand des Fischfangs auf dem laufenden halten und wie sie so anmaßend sein können zu glauben, es besser zu wissen als die Fischer und Wissenschaftler, die seit Jahren zusammenarbeiten, um die Bestände gesund zu halten. Meiner Meinung nach sollte Chef Boyardee daran arbeiten, seine

Crème brulée zu perfektionieren, und die Handhabung des Fischfangs denen überlassen, die mehr über Schwertfische wissen als nur soviel, wie man ihn am besten zubereitet.

Die nordamerikanischen Fischer sind keine Piraten. Wir gehören zu den Fischern mit den meisten Vorschriften weltweit, und die Strafen für Zuwiderhandlungen sind hart. Die Fischer meiner Generation sind naturschutzorientiert. Wir sind auch frustriert, daß ein Teil der Öffentlichkeit von einer Gruppe Wohltätern durch falsche Informationen einer Art Gehirnwäsche unterzogen wird. Wenn sich tatsächlich ein Problem der Überfischung entwickelt, sollten nicht die amerikanischen Fischer bestraft werden, sondern vielleicht die Fischer von Ländern, die derzeit keine Vorschriften haben und ständig die erlaubten Fischquoten überschreiten. Fischfang als Lebensunterhalt ist unser Erbe. Verbraucher und Liebhaber von Meeresfrüchten sollten die Früchte der Arbeit von den Fischern genießen, die das Gesetz und den Naturschutz achten, ohne sich schuldig fühlen zu müssen. Essen Sie Schwertfisch, der von Nordamerikanern gefangen worden ist. Es ist legal.

Um 6.30 Uhr kamen die Zahlen auf dem Doppler, auf dem Unterwassertemperaturanzeiger und auf dem Oberflächentemperaturanzeiger in Bewegung. Die Oberflächentemperatur stieg von 14,5 auf 17 Grad. Die Unterwassertemperatur schnellte auf 20 Grad, und die Messungen des Dopplers pendelten sich bei 0,1, 0,1 und 0,1 ein. Ich fuhr weiterhin auf einem südlichen Kurs und markierte auf der Karte unsere Position mit 46° 15′ N und 42° 30′ W. Der Oberflächenanzeiger stieg langsam auf 18,6 Grad, während die Unterwassertemperatur weiterhin um 20 Grad blieb und der Doppler gleichbleibende Messungen von weniger als 0,3 Knoten verzeichnete. Der Himmel war voller Vögel. Sturmvögel und Sturmtaucher glitten zum Wasser hinunter und suchten die Oberfläche nach etwas Eßbarem ab. Mein Herz schlug schneller, und ich atmete tief durch, um meine erwartungsvolle Aufregung zu dämpfen. »Das sieht gut aus«, flüsterte ich.

Ich drehte die *Hannah Boden* um 180 Grad und ging von warm nach kalt über den Streifen zurück, und die Zahlen der elektronischen Geräte reagierten schnell. Wieder drehte ich das Schiff, und als ich die Mitte des Bruchs erreichte, wo sich die Zahlen am schnellsten änderten, schaltete ich den Hauptmotor in den Leerlauf und machte einen 15minütigen Abdrifttest. Die Ergebnisse sagten mir, daß sich die Mitte des Bruchs in dreißig Metern Tiefe mit 2,6 Knoten genau nach Osten bewegte. Ich ging zum Kartentisch zurück und maß die Entfernung zwischen meiner jetzigen Position und der Stelle, wo das Gros der Flotte fischte, fast 200 Meilen südwestlich. Ich war weiter im Osten als normalerweise, um mit dem Fischfang zu beginnen. Der Tag war noch jung, deshalb beschloß ich, diesem neuen Bruch nach Westen zu folgen, bis es an der Zeit wäre auszubringen oder bis er eine Biegung machte, um an einer Ecke fischen zu können. Nach einer Fahrt von sechs Tagen und sechs Nächten und mehr als 1200 Meilen von Gloucester entfernt würden wir heute nacht endlich fischen. Wir würden allein fischen, auf unserer eigenen kleinen Scheibe des Nordatlantiks.

Wie gewöhnlich nahmen am Morgen um zehn Uhr die Kapitäne der meisten Schiffe der Flotte abwechselnd über den ESB-Funk Kontakt miteinander auf. Die meisten berichteten über eine leichte Steigerung des Fischfangs und gingen dann an Deck zurück, um das Einholen zu beenden. Für einige Sekunden war der Funk still, dann rief mich Larry von der *Sea Lion VIII.*

»Hallo, L.T. Wie ist es dir bis jetzt im ersten Viertel ergangen? Ende«, antwortete ich.

»Etwas besser als gestern. Wir haben mehr als 700 Kilogramm an Bord und noch zwei Abschnitte einzuholen. Wo bist du jetzt? Hast du letzte Nacht gefischt? Ende.«

»Wir machen unser erstes Set heute nacht. Ich bin am Hauptbruch, 42 40 in westlicher Richtung. Es sieht nicht wirklich toll aus, aber wir müssen anfangen«, sagte ich und klang dabei so emotionslos wie möglich, was das Wasserstück betraf, in dem ich mich befand, um nicht das Interesse von irgend jemandem zu wecken, mir folgen zu wollen.

»Okay. Nun, ich hoffe für dich, daß es klappt. Ich sollte an Deck zurückgehen. Wir sprechen uns später. Viel Glück heute nacht. Ende.«

»Viel Glück bei den letzten beiden Abschnitten. Tschüs. Whisky

Romeo Charlie fünf zwei vier fünf.« Als ich das Mikrofon des ESB-Funks einhängte, durchbrach Johns Stimme das Stimmengewirr des VHF-Funks.

»Hallo, Linda. Bist du das? *Hannah Boden, Eagle Eye.*«

»Guten Morgen, John. Wie läuft's? Ende.«

»Oh, es läuft gut. Sieht so aus, als hätten wir heute ungefähr 900 Kilogramm. Klingt so, als hättest du beschlossen, den Streifen nicht zu versuchen. Ende.«

»Das stimmt. Ich bin ihm bis 42 30 gefolgt. Östlich von dir wird er schmal, und es ist nicht viel Leben drin. Wenn dieser Bruch genau nach Westen verläuft, werde ich heute nacht genau südlich von dir und David ausbringen. Ende.«

»Ja, wir dachten, daß der Hauptbruch in der Nähe sein müßte, aber bis sich dieser Streifen vollkommen auflöst, werden wir wahrscheinlich hier bleiben. Die Fische sind wirklich schön, nur gibt es nicht viele von ihnen. Ende.«

»Gut. Ich hoffe, ihr habt noch ein paar mehr davon, bevor die Schlußboje kommt. Da, wo ich jetzt bin, sieht es wirklich nicht so aus, als ob man in Ekstase verfallen müßte. Wahrscheinlich wird es mir leid tun, den Streifen verlassen zu haben, ohne es versucht zu haben, aber jetzt ist es zu spät. Ich lass' dich wieder an die Arbeit gehen und melde mich bei dir und Dave, bevor ich heute nacht ausbringe. Ende.«

»Verstanden, Linda. Wir sprechen uns später. Aus.«

Ich legte das VHF-Mikrofon zurück und sah auf die verschiedenen Meßgeräte im Ruderhaus und auf den Radarschirm. Ich hatte mich bewußt angestrengt, alles andere als enthusiastisch über meine Aussichten für unser erstes Set zu klingen. Wenn dieser Fangplatz so gut sein sollte, wie er aussah, war es ein Luxus, sich keine Gedanken über die Konkurrenz machen zu müssen. Zufrieden, daß wir immer noch in dem Bruch waren, rannte ich nach unten und fand Kenny und Carl am Kombüsentisch. Kenny zeigte Carl etwas mit einem Stück Bindfaden. Carl konzentrierte sich auf die Lektion, indem er den Faden um die Schmalseite seiner Hand wickelte, das Ende festhielt und in die andere Richtung drehte. »Hallo, Jungs. Was gibt es?«

»Hallo, Ma. Kenny bringt mir bei, wie man einen Palstek knüpft. Ich werde ein paar kleine davon für Schlüsselketten machen. Möchtest du eine?« fragte Carl.

»Sicher, ich nehme eine«, sagte ich und öffnete den Kühlschrank. Ich nahm eine Packung Salami, etwas Käse und ein Glas Senf heraus und legte alles auf den Tisch.

»Er hat mir auch beigebracht, so eine zu knüpfen«, sagte Carl und hielt eine kleine Schlinge hoch. »Man kann nie wissen, vielleicht müssen wir jemand lynchen, bevor die Fahrt zu Ende ist.«

»Das ist nicht lustig, Carl.«

»Es sollte nicht lustig sein.«

Ich spürte, wie meine Ader am Hals hervortrat. Ich atmete tief durch und entschloß mich, Carl für den Augenblick zu ignorieren. »Kenny, hol die anderen hoch, und nehmt die Köder für heute nacht heraus.«

»Okay.« Kenny sprang von seinem Sitz hinter dem Tisch auf. »Wieviel willst du aufgetaut haben?«

»Das Wetter sieht gut aus, wir bringen die ganze Leine aus.«

»Zehn Abschnitte, richtig?«

»Richtig.«

Beide Männer verschwanden, während ich auf einer Papierserviette schnell ein Sandwich machte. Ich warf Wurst, Käse und Senf wieder in den Kühlschrank und knallte die Tür zu. »Dieser kleine Scheißkerl wird unsere Fahrt nicht versauen«, schwor ich mir mit geballten Fäusten. Von heute nacht an hatte Carl weder Zeit noch Energie für so ein verhängnisvolles Gebaren und würde mit Peter und dem Rest der Besatzung friedlich zusammenarbeiten. Und ich hätte keine Zeit, über irgend etwas anderes als den Fischfang nachzudenken. Ich ging zum Ruderhaus zurück und verschlang mein Sandwich, wobei ich weiter den Doppler und die Meßgeräte beobachtete, während ich den Bruch im Zickzack überquerte. Langsam kamen wir nach Westen vorwärts. Kenny betrat hinter mir die Brücke.

»Der Köder liegt in der Sonne und sollte bis heute nachmittag aufgetaut sein. Wann möchtest du anfangen?«

»Etwa um fünf Uhr. Bitte doch Ringo, das Abendessen um halb fünf fertig zu haben, damit wir danach anfangen können.«

»Wie sieht es denn aus? Sind wir dran?«

»Ich lasse es euch morgen wissen.«

»Schätze, daß wir es bis dahin alle wissen. Welche Lichter und Farben möchtest du verwenden?«

»Mische die Leuchtstäbe, vor allem grün und blau. Was den Köder betrifft, färbe 25 Prozent rot und 25 Prozent blau, und laß den Rest so, wie er ist.«

»Keine grüne oder gelbe Farbe?«

»Nein, heute nacht nicht«, sagte ich.

»Ist es in Ordnung, wenn ich die *Northern Venture* eine Nacht nach dem ersten Set anrufe, um Loren hallo zu sagen? Normalerweise hat er dort die erste Wache.«

Ich zögerte, bevor ich Kenny antwortete. »Nun, ich denke schon. Wenn David ihn nicht am Funk haben möchte, bekommst du vielleicht keine Antwort. Einige Kapitäne nehmen es mit der Funkstille für die Besatzung wirklich genau.«

»Ich möchte mit ihm eine Minute plaudern. Möchte nur wissen, ob er Neuigkeiten von zu Hause hat.« Kenny war schon lange bevor ich an Bord der *Hannah Boden* kam, Teil der Besatzung, und manchmal hatte ich das Gefühl, daß er dachte, er sollte der Kapitän sein und nicht ich. Obwohl Kenny für sein Alter erfahren und sehr fähig war, war er dennoch nicht soweit, die Führung zu übernehmen. Es war wider mein besseres Wissen, einem Besatzungsmitglied zu erlauben, den Funk zum Plaudern zu benutzen, aber ich sah keine wirkliche Gefahr darin, Kenny mit einem Kameraden aus Neufundland Neuigkeiten austauschen zu lassen. Loren hatte für mich am Anfang der Saison gearbeitet, und weder er noch Kenny waren in den letzten Monaten zu Hause gewesen. Ich dachte mir, daß sie Heimweh haben würden.

»Ich möchte nur, daß das Gespräch kurz und leise ist«, warnte ich. »Wenn ich schon etwas Schlaf bekomme, möchte ich nicht dadurch geweckt werden, daß du und Loren in Erinnerungen schwelgt.« Irgendwo im Hinterkopf war mir nicht wohl dabei, Kenny die Benutzung des Funks zu erlauben, und erst Tage später erfuhr ich, daß dieses ungute Gefühl begründet war. Aber da war es zu spät.

Um 15.30 Uhr an diesem Nachmittag befanden wir uns 46° 13′ N und 43° 35′ W. Ich beendete das tägliche Ritual, mein unbewiesenes Talent für mentale Telepathie auszuprobieren, wobei ich die ausgetretenen Kommunikationswege, die nur in eine Richtung gehen, zwischen mir und den vielen Göttern und Schutzheiligen des Wetters und der Schwertfische benutzte. Genau südlich des Punktes, an dem die *Eagle Eye* letzte Nacht angefangen hatte auszubringen, schaltete ich das Schiff in den Leerlauf, um an dem Bruch entlangzutreiben, und betete, daß dieses Wasserstück das hervorbrächte, wozu es fähig zu sein schien. Ich hörte zu, als sich die anderen Kapitäne über Funk meldeten. Alle waren mit dem Einholen fertig und versuchten nun, sich für das Ausbringen dieser Nacht gut zu plazieren. Die Fischberichte variierten von 700 bis 900 Kilogramm, und die Stimmen klangen optimistisch, daß die Zahlen mit zunehmendem Mond stiegen.

Wenn wir im Durchschnitt 900 Kilogramm pro Nacht machten, müßten wir zwanzig Nächte fischen, um einen annehmbaren Lohn zu erhalten. Die Chance, zu dieser Jahreszeit zwanzig Nächte hintereinander Fischwetter zu haben, war gleich Null. Bis dato hatte ich nie mehr als 15 Sets während irgendeiner Fahrt gemacht, und ich fragte mich, ob ich die Ausdauer für die zusätzlichen Nächte hätte. »Nun«, seufzte ich, »wir müssen einfach Glück haben und dieses alte Mädchen in fünfzehn Nächten bis zum Laderaumdeckel füllen.« Ich stellte meine Ohren wieder auf den Funk ein und hörte zu, wie die Kapitäne um eine oder zwei zusätzliche Meilen des Bruches feilschten. Manche diskutierten, wann mit dem Ausbringen begonnen werden sollte, wobei die schnelleren Schiffe, die schneller als die anderen Schiffe Meilen, die sie an die Tide verloren hatten, wettmachen konnten, einen früheren Beginn befürworteten. Alles geschah relativ friedlich. Die Kapitäne waren zuvorkommender als sonst, wenn größere Mengen Fisch auf dem Spiel standen.

Das Essen kam genau um 16.30 Uhr, und um 17 Uhr war ich fertig und meldete mich bei der *Eagle Eye* und der *Northern Venture*, die sich zwölf Meilen nördlich von mir befand und sich darauf vorbereitete, in dem übriggebliebenen Streifen auszubringen, der sich langsam aufzulösen schien. Ich stand im rückwärtigen Teil des Ruderhauses, wo ich alle elektronischen Geräte, den Horizont über dem Bug und das rückwärtige Deck überschauen konnte, auf dem die Männer arbeiteten. Sie trugen komplettes Ölzeug und warteten auf mein Signal, um mit dem Ausbringen zu beginnen. Der Regen, nicht viel stärker als Nebel, kam senkrecht herunter, und die einzelnen Tropfen waren so fein, daß sie die spiegelglatte Oberfläche des Meeres nicht im mindesten störten. Der Ozean absorbierte den Regen ohne ein Kräuseln, wie ein trockener Schwamm.

Kenny stand mit der ersten Hupboje steuerbord im Heck. Die Hupe war am äußersten Ende der Hauptleine befestigt, welche vom oberen Ende der Spule hinter dem Ruderhaus durch ein kleines Loch im vorderen Schott der Schlupfkajüte geführt wurde. Von der Vorderseite der Schlupfkajüte wurde die Hauptleine durch einen Stahlring geführt, der über den Querbalken am Heck geschweißt war. Die Funktion des Rings besteht darin, die Hauptleine in der Mitte des Hecks zu halten, während sie über Bord geht, damit die Männer der Leine nicht von einer Seite zur anderen nachjagen müssen, wenn sich das Schiff scharf dreht.

Durch die Fenster der Schlupfkajüte konnte ich Peter und Carl beobachten, die sich gegenüberstanden, zwischen ihnen ein Plastiktablett mit Tintenfischen, das auf dem hüfthohen Ausbringtisch lag. Die Hauptleine hing zwischen ihnen auf Brusthöhe. Beide Männer hatten neben sich einen Karton mit Leitwehren. Ringo hatte die beiden Bestücker mit Tintenfischen versorgt, wovon einige rot und andere blau gefärbt worden waren, und andere hatte er laut meiner Anweisung so belassen, wie sie waren. Ein Sortiment Leuchtstäbe lag mit den Ködern auf dem Tisch. Ringo arbeitete in der Mitte des Decks über seine Bottiche mit gefärbtem Salzwasser gebeugt und bereitete das nächste Tablett mit Ködern vor. Charlie stand an der Spule mit den Kugelhängern backbord im Heck und hatte den ersten Schwimmer bereit.

Ich streckte meinen Kopf aus dem rückwärtigen Fenster und hielt einen Zeigefinger hoch, womit ich Kenny anzeigte, daß ich noch nicht ganz bereit war. Kenny nickte zurück. Ich hatte vor, die erste Hupe direkt in der Mitte des Bruches auszubringen, im wärmsten Wasser, das ich mit dem Unterwassertemperaturanzeiger finden konnte. Da weder am östlichen noch am westlichen Ende Schiffe waren, konnte ich es mir leisten, geduldig zu sein. Wir waren alle begierig anzufangen, aber die Erfahrung hatte mich gelehrt, daß der größte Fehler, den ich machen konnte, der war, am falschen Ort zu beginnen. Mir standen vierzig Meilen zur Verfügung, auf denen ich Fehler machen konnte, so daß zumindest einige Haken dort waren, wo ich glaubte, daß sie hingehörten. Die Unterwassertemperatur betrug 16,6 Grad und stieg langsam an, als ich ins wärmere Wasser fuhr. Als die Unterwassertemperatur auf 20,3 Grad stieg, schrie ich zum rückwärtigen Fenster hinaus: »Laß sie los!« Kenny prüfte den Schalter an der Oberseite des Hupenbehälters, um sicherzustellen, daß er wirklich eingeschaltet war, hob die Boje über den Querbalken und ließ sie ins Wasser hinter dem Schiff fallen.

Als sich das Schiff von der Hupe entfernte, fing die Spule hinter dem Ruderhaus an, sich zu drehen. Die Hauptleine wurde von der Spule gerollt und in unser Kielwasser abgegeben. Ich kritzelte einige Zahlen auf die erste Seite meines Fischfangbuches und stellte die erste Boje auf der RDF ein: *1695*. Nun bestand mein Job darin, das zu tun, was ich schon den ganzen Tag gemacht hatte: dem Bruch nach Westen zu folgen und ihn in sehr spitzen Winkeln zu kreuzen, von warm nach kalt nach warm und so weiter. Bis wir wieder einholten, würde ich nicht wissen, welcher Temperaturbereich der ertragreichste ist, deshalb wollte ich heute nacht alle Basisbereiche abdecken. Sollte ich mich entscheiden, das Set in den folgenden Nächten zu wiederholen, erlaubte mir das Wissen über das erste Einholen eine Feinabstimmung und dort, wo die meisten Fische gefangen würden, mehr Fischfanggerät einzusetzen. Ich rief David auf der *Northern Venture* und ließ ihn wissen, wo ich angefangen hatte und daß ich mich bei ihm und John um zehn Uhr am nächsten Morgen melden wollte, um Fischberichte auszutauschen. Wir wünschten uns gegenseitig alles Gute und gingen wieder an die Arbeit.

Carl und Peter arbeiteten schnell, um die Leitwehren in den richtigen Abständen zu setzen. Carl zog einen Haken aus seinem Karton und köderte ihn mit einem blutroten, etwa 25 Zentimeter langen Tintenfisch, der so dick war wie die Papprolle im Inneren der Küchentuchrolle. Carl legte den geköderten Haken auf den Ausbringtisch, während er den Leuchtstab am Monofil befestigte, zwei Meter oberhalb des Hakens. Er brach den zehn Zentimeter langen Plastikstab, um die zwei darin befindlichen Chemikalien freizusetzen und zu mischen, so daß er hellgrün leuchtete.

Carl stieß den geköderten Haken und den Leuchtstab sanft in das Kielwasser und ließ den Rest der Leitwehr durch seine Hände und ins Wasser gleiten. Nachdem sich alle acht Faden aus dem Leitwehrkarton abgespult hatten, klinkte Carl den Schnappverschluß in die Hauptleine ein, als diese an ihm vorbeiglitt, wobei er darauf achtete, daß der Tintenfisch nicht durchs Wasser gezogen wurde, sobald die Leitwehr nicht mehr durchhing. Während Carl seinen nächsten Haken vorbereitete, brachte Peter eine Leitwehr aus seinem Karton aus. Nachdem beide Männer eine Leitwehr gesetzt hatten, trat Charlie hinter Peter und klinkte den ersten Schwimmer mit seinem fünf Faden langen Hänger in die Hauptleine ein. Und so ging es weiter, zwei Leitwehren, ein Schwimmer, zwei Leitwehren, ein Schwimmer, bis 50 Schwimmer, 100 Leitwehren und vier Meilen Hauptleine ausgebracht waren. Nachdem der hundertste Haken gesetzt war, schubste Kenny die nächste Hupe ins Wasser, während Carl den Schnappverschluß in die Hauptleine einklinkte. Als *1827* in das Kielwasser platschte, schrie Kenny zu mir hinauf und winkte mir, um mich wissen zu lassen, daß der erste Abschnitt fertig sei. Ich kontrollierte die Zeit, dreißig Minuten, perfekt, und gab Kenny ein Zeichen mit dem Daumen nach oben, um ihn wissen zu lassen, daß die Geschwindigkeit des Sets richtig sei. Ich trug die zweite Zeile in mein Fischfangbuch ein und stellte *1827* auf der RDF ein.

Fünf Stunden, zehn Abschnitte, tausend Haken, elf Hupbojen und vierzig Meilen Hauptleine später beendete die Besatzung unser erstes Set, indem sie die Hauptleine vom Schiff trennte, nachdem die letzte Hupe über Bord gegangen war. Ringo schaute vom Deck herauf und bewegte seine rechte Hand, als mache er einen Fisch nach, der an der Oberfläche des Wassers entlangspringt. Das war sein Signal, um mir zu bedeuten, daß er während des Ausbringens Köderfische um das Schiff herum gesehen hatte, und ich lächelte und nickte. Ich hatte sie mit dem Suchlicht und auf der Farblotröhre gesehen, einer Art Tiefenanzeiger, der auf seinem Monitor Fischschwärme abbildet, die unter dem Schiff durchziehen. Wenn die Sonne untergeht und die Dunkelheit hereinbricht, steigen Schwärme von Köderfischen und Planktonwolken aus der Tiefe auf und erscheinen auf dem Monitor wie Blasen in einer Lavalampe. Verschiedene Arten der Nahrung und Schwärme unterschiedlicher Dichte erscheinen in unterschiedlichen Farben, wobei die dichtesten Schwärme als orange oder rote Kleckse erscheinen und die weniger dichten hellgrün oder himmelblau. An diesem Abend war in der Hälfte des Sets der obere Teil des Bildschirms ziegelrot, darunter eine dünne gelbe Linie, und der untere Teil des Bildschirms war mit einer schneeartigen grünlichblauen Masse bedeckt. Der Reichtum an Köderfischen in diesem Gebiet machte es wahrscheinlich, daß es auch einige Raubfische gab, wie zum Beispiel Schwertfische.

Kenny startete die elektrische Hydraulikpumpe mit einem Knopfdruck, und Carl löste die Bremse an der Winsch für den Unterwassertemperaturanzeiger. Ich bremste das Schiff ab und öffnete das Ventil, um die Winsch zu drehen und das Kabel langsam durch den Block am Ende des Davits backbord im Heck an Bord zu kurbeln. Kenny und Peter lehnten sich über die Reling und hielten Ausschau nach dem gelben Vogel, der gleich an die Oberfläche kam. Als Kenny winkte, um mich wissen zu lassen, daß er den Vogel sehen konnte, verlangsamte ich die Winsch und hob den Vogel zentimeterweise aus dem Wasser, bis er gerade über der Reling hing. Ich hielt die Winsch an, und Kenny und Peter packten den Vogel und zogen ihn an Bord, während ich das Ventil zurücksetzte. Die Männer legten den Vogel in seine Halterung, wo er blieb, bis das Fischfanggerät wieder eingeholt war, und Carl zog die Bremse der Winsch an.

Als die Besatzung das Deck säuberte, sicherte und zum Einholen vorbereitete, drehte ich das Schiff herum und begann, zum östlichen Ende des Fischfanggeräts zurückzufahren, wobei ich auf *1695* lauschte. Ich blieb eine Meile südlich der Leine, um sie nicht mit den stabilisierenden Vögeln durchzutrennen. Ich fuhr im wärmeren Oberflächenwasser und hoffte, eine zusätzliche günstige Strömung nach Osten zu erwischen. Wenn ich geradeaus fahre, kann ich normalerweise das 5-Stunden-Set in vier Stunden oder weniger einholen. Ich lehnte mich in meinem Stuhl zurück, legte meine Füße auf das Steuerpult und betrachtete die erste Seite des Fischfangbuchs dieser Fahrt.

Set Nr. 1

5. SEPTEMBER		AUSBRINGZEIT 17.00 UHR		
HUPE	POSITION	TEMP.	UNTER WASSER	DOPPLER
1695	46 13 N, 43 30 W	15,6	20,3	0,1; 0,1; 0,1
1827	46 12 N, 43 34 W	14,9	15,0	0,0; 0,1; 0,4
1649	46 13 N, 43 39 W	17,0	18,2	0,1; 0,2; 0,2
1920	46 13 N, 43 43 W	16,1	14,8	0,1; 0,3; 0,8
1612	46 14 N, 43 46 W	15,7	18,7	0,0; 0,1; 0,1
1725	46 14 N, 43 50 W	15,3	20,0	0,0; 0,0; 0,1
1790	46 15 N, 43 53 W	15,3	20,3	0,1; 0,2; 0,1
1690	46 14 N, 43 57 W	16,9	16,8	0,1; 0,2; 0,3
1970	46 13 N, 44 01 W	16,8	16,4	0,1; 0,3; 0,4
1625	46 12 N, 44 05 W	15,9	19,7	0,1; 0,2; 0,1
1611	46 11 N, 44 10 W	16,0	20,0	0,0; 0,0; 0,1

BEENDIGUNG DES SETS 22.15 UHR

Ich war mit unserem ersten Set zufrieden. Der Bruch hielt keine Überraschungen bereit, und es gab keinen Grund für die Angstattacken, die mich befallen, wenn ich plötzlich in einen unerwarteten kalten Wasserstreifen gerate und mich frage, in welche Richtung ich fahren soll, um zum Bruch zurückzukehren und gleichzeitig kein Fischfanggerät zu verschwenden. Ich war mit keinen Überraschungen konfrontiert worden. Wir waren auf keine anderen Schiffe gestoßen, die »durch die Hintertür« oder auf mich zu in meinem Fanggebiet ausbrachten und behaupteten, nicht gewußt zu haben, daß ich dort sei. *Kapitän Arschloch* erscheint normalerweise, wenn ich etwa die Hälfte meines Geräts im Wasser habe, wodurch ich gezwungen bin, mein Set zwanzig Meilen früher zu beenden oder meine restliche Leine eine Meile innerhalb oder außerhalb seines Geräts auszubringen. Ganz gleich ob ich glaube, daß *Käpt'n Arschloch* versehentlich gehandelt oder absichtlich 50 Prozent meines Fanggebietes gestohlen hat, tue ich alles, um sicherzustellen, daß er in der nächsten Nacht weit weg von mir ist. Aufgrund guter Funkverbindungen kommt diese Situation nicht häufig vor. Die wenigen Vorkommnisse, die ich erlebt habe, waren ärgerlich und nicht schnell vergessen. Jedes unerwartete Licht am Horizont oder nicht identifizierte Objekt auf dem Radarschirm ist Grund zur Panik. Zumindest für den Augenblick waren wir allein.

Eine Meile südlich des Fischfanggeräts stieg die Oberflächentemperatur auf 20,3 Grad, und ich fragte mich, welche Temperatur in einer Tiefe von 24 Metern war. Ich war ziemlich sicher, daß diese warme Oberflächentemperatur vorher nicht da war. Ich hoffte, daß ich unser erstes Set nicht vermasselt hatte, weil ich mich nicht weit genug nach Süden gewagt hatte. Das Set, das ich gemacht hatte, sah gut aus, aber dieses hier ebenfalls, das so nahe war, nur eine Meile entfernt. »Zu spät«, gähnte ich. Ich sah aus den rückwärtigen Fenstern und auf das Deck, wo gerade das letzte Besatzungsmitglied sein Ölzeug ablegte und zum Vorschiff strebte. Überall waren Sturmvögel. Die kleinen schwarzen Vögel schossen zwischen den weißen Lampen in der Takelage hin und her, die den Arbeitsbereich beleuchteten. Einige hockten auf den Toppstagen, während andere an der Oberfläche entlangflatterten auf der Jagd nach Tintenfischstücken, die vielleicht durch ein Speigatt, eine Wasserpforte, die das Wasser an Deck über Bord abfließen läßt, von Deck gespült wurden. Ich schaltete den Suchscheinwerfer an und tastete den Horizont jenseits der Steuerbordseite ab. Die Oberfläche war voll von Köderfischen, die emporschnellten, sprangen und hüpften. »Mein Gott, das sieht wirklich gut aus.«

»Klingt, als seien sie da!«

»Hallo, Ringo.« Ich schaltete das Licht aus und ging zum Stuhl zurück.

»Nun, wie sah es aus?«

»Es sah gut aus, aber hier, wo unser Gerät nicht ist, sieht es besser aus.«

»Zumindest müssen wir nicht weit fahren, um zu einem neuen Platz zu kommen, falls es morgen nicht so läuft.«

»Du bist zuversichtlich, oder?« kicherte ich.

»Das bin ich, Mr. Sonnenschein. Ich bin bereit, ans andere Ende zu fahren, wenn du etwas Schlaf bekommen möchtest.«

»Mann, ich bin bereit. Aber ich glaube, daß es besser ist, wenn ich aufbleibe und dieses Wasser näher untersuche, solange ich Gelegenheit dazu habe. Wahrscheinlich werde ich morgen keine Zeit dafür haben. Du legst dich besser selbst hin. Ich habe vor, dich morgen mit dem Säubern der Fische zu beschäftigen.«

»Schaff sie her. Wir sind bereit.«

»Gute Nacht, Ringo.«

»Nacht, Ma.« Und schon war Mr. Sonnenschein mit einem strahlenden Lächeln weg, hinunter in die Kombüse, wo er sicher eine letzte Zigarette rauchte, während die andern sich mit Eis vollstopften und entspannten, bevor sie in ihre Kojen kletterten. Wenn sie sich beeilten, ins Bett zu kommen, bekäme die Besatzung fast vier volle Stunden Schlaf, bevor ich an ihre Kabinentüren klopfte und sie zum Einholen an Deck riefe. Morgen nacht wäre ich mit einem Schläfchen von drei bis vier Stunden an der Reihe, während Ringo oder Kenny das Schiff am Set entlang zurücksteuerten. Die beiden Männer und ich wechselten uns nachts ab und blieben jede dritte Nacht auf, um das Schiff zu fahren, während die anderen schliefen. In den Nächten, in denen ich schlief, bekam derjenige eine Pause, der das Schiff nach dem Ausbringen zum östlichen Ende des Geräts zurückfuhr, während das Gerät ins Wasser gebracht wurde, da nicht alle fünf Männer während des Ausbringens an Deck benötigt werden.

Und so ginge es nächtelang weiter, bis wir genug Fisch gefangen hatten, um zum Hafen zurückzukehren. Bald würden den Männern vor Erschöpfung die Augen tränen, wenn Tag und Nacht ineinander überging in dieser riesigen Zeitspanne, die wir mit Fischfang bezeichnen. Gegen Ende des Fischfangs litte ich so an Schlafmangel, daß ich mich erwischte, auf das Achterdeck zu sehen, um festzustellen, ob wir ausbrachten oder einholten. Aber es gab noch viele Meilen Leine zu bearbeiten, ins Wasser zu lassen und wieder einzuholen, bevor wir alle den Punkt erreicht hatten, wo wir fast aufgaben. Im Moment konnte ich nur auf das Beste hoffen: zwei Wochen Fischfang, gefolgt von fast einer Woche Fahrt.

Meine Augen sind die Körperteile, die am anfälligsten für Schläfrigkeit sind, und während ich mich auf die Temperaturmesser konzentrierte, zwang ich meine Lider offenzubleiben, die sich unbedingt schließen wollten. Wenn es nicht geregnet hätte, wäre ich vor das Ruderhaus getreten, um mein Gesicht mit etwas kalter Salzluft zu erfrischen, aber da ich nicht naß werden wollte, solange es nicht unbedingt nötig war, und da ich noch nie in aufrechter Position eingeschlafen bin, entschied ich mich dafür, eine Weile zu stehen. Es war beruhigend zu wissen, daß ich in 24 Stunden für kurze Zeit tief schlafen würde; selbst ein kurzes Nickerchen genügte mir normalerweise, um meine Batterien für ein weiteres Einholen und Ausbringen aufzuladen.

Das Piepsen von *1695* wurde mit jeder Übertragung lauter und klarer, und um 2.30 Uhr wußte ich, daß ich die Boje innerhalb der nächsten dreißig Minuten erreichte. Um 3.30 Uhr würde es hell genug sein, um mit dem Einholen zu beginnen, also wollte ich die Mannschaft um 3.15 Uhr wecken. Diese sechzig Minuten vor der Dämmerung sind für mich immer die längsten. Das Leben nach diesem Zeitplan konnte während all der Jahre meine biologische Uhr nicht ändern. Mein Körper wollte sich unbedingt hinlegen. Das Bedürfnis nach Schlaf würde jeden Tag stärker werden und mindestens zwei Wochen lang nicht vollständig befriedigt werden. Die durchschnittlich drei bis vier Stunden Schlaf, die die Besatzung jede Nacht bekam, sind nicht annähernd ausreichend für die 18 bis 20 Stunden Knochenarbeit, die jeder von ihnen zwischen den Sonnenuntergängen erbringt, aber ich würde von ihnen keine Klage hören. Müdigkeit wird unter erfahrenen Langleinern selten diskutiert oder gar erwähnt. Es war klar, daß jeder von uns kaputt und erschöpft sein würde, und während der nächsten zwei Wochen würden wir über alles außer Schlaf sprechen.

Die Nadel der RDF schlug hart nach backbord, als eine Reihe von Piepsern in meinen Ohren schallte. Ich drehte die *Hannah Boden* backbord, bis die Nadel direkt nach oben ging und damit anzeigte, daß die Boje direkt vor uns war. Durch die Fenster steuerbord sah ich den Schimmer der Morgendämmerung als schmalen grauen Streifen zwischen der Dunkelheit des Wassers und des Himmels. Ich beobachtete, wie sich der schwere schwarze Vorhang gleichmäßig von der Oberfläche des Ozeans emporhob und das graue Band breiter und heller wurde. Innerhalb weniger Minuten hatte der ganze Himmel von Horizont zu Horizont die verschiedensten Grauschattierungen angenommen, schiefergraue Wolken vor einem aschfahlen Hintergrund. Es schien, als könne ich meine Welt an diesem Morgen besser in den Griff bekommen, die niedrigen schützenden Wolken bildeten eine Kuppel über meiner privaten Meerespfütze. Die leuchtendweiße Peitschenantenne von *1695* hob sich scharf gegen die dunkleren Töne des Himmels und des Wassers ab, wie der Spiegel eines Rotwilds, das durch die Pinienwälder in Isle Au Haut jagt.

Als ich auf den Plotter sah, bemerkte ich, daß dieses Ende des Fanggeräts seit 17 Uhr letzter Nacht 24 Meilen nach Osten abgetrieben war. Wir würden uns nicht beeilen müssen und einen Tag lang nicht die typischen Probleme haben, die sich ergeben können, wenn man das Gerät wieder an Bord holt und 24 Meilen nach Westen fährt, um rechtzeitig um 17 Uhr wieder auszubringen. Nun genoß ich es wirklich, daß wir auf diesem Teil des Bruches allein waren. Es war kein Druck da, zu einem bestimmten Ausgangspunkt zurückzueilen; statt dessen würde ich völlig frei sein, um 17 Uhr zu beginnen, ganz gleich, wieviel Boden ich im Osten verlor. Heute nacht gäbe es kein Planen und Leiten eines Sets, an dem mehrere Schiffe beteiligt sind, kein Organisieren von Positionen und Anfangszeiten, um allen Nachbarn die Gelegenheit zu einem gleichen 40-Meilen-Stück der Aktion zu geben. Heute nacht konnte ich nach Osten, Westen oder ablandig kreuzen, um mein Set zu verbessern, ohne mir Gedanken zu machen, wie meine Bewegungen einen anderen beeinträchtigen könnten. Die Ausübung der freien Entscheidung war eine egoistische Hingabe, die man in diesem Geschäft selten genießt, und es tat gut. Wenn es Fisch gab, wollte ich die Nachricht so lange wie möglich für mich behalten.

Als das Schiff weniger als 70 Meter von der Hupboje entfernt war, konnte ich den gelben Schwimmkragen und etwas rote Farbe auf der Oberseite des Stahlbehälters sehen; der Rest der Boje war unter der Oberfläche versteckt. Ich schaltete in den Leerlauf und lief hinunter, um die Besatzung zu wecken. Das Tageslicht wirkte immer, auch wenn es noch so schwach war, wie ein intravenöser Adrenalinstoß.

Mein Körper erkennt die Dämmerung als den Zeitpunkt aufzuwachen, und ich spürte neue Energien, als ich die Stufen der Gangway leichtfüßig hinuntersprang. Ich klopfte kräftig auf die Kabinentüren steuerbord und backbord und rief fröhlich: »Guten Morgen, Jungs. Es ist Zeit, einzuholen.« Sofort antworteten mir Stimmen hinter beiden Türen. Ich näherte mich der *Falle*, in der Carl, Kenny und Charlie in der kühlen Dunkelheit unterhalb der Wasserlinie des Schiffes schliefen. Ich rief die Stufen hinunter und wartete auf Antwort. Innerhalb von Sekunden ging ein Licht an, und jemand rief hinauf, daß sie wach seien und in fünf Minuten kämen. Als ich durch die Kombüse ging, schaltete ich die Kaffeemaschine ein, die in der Nacht vorher vorsorglich aufgefüllt worden war, und ging zum Ruderhaus zurück, um mich auf einen Job an Bord vorzubereiten, der mich wahrscheinlich die nächsten zehn Stunden beschäftigte. Ich sah aus den Fenstern. Die Endboje hüpfte immer noch friedlich im ruhigen grauen Meer steuerbord auf und ab.

Ich betrat meine Naßzelle und putzte mir die Zähne, eines der wenigen Rituale persönlicher Hygiene, das ich während des Fischfangs täglich vollzog. Die ganze Eitelkeit einer Frau ließ ich an dem Morgen, an dem wir die Leinen losmachten, in Gloucester zurück. Es kam nur selten vor, daß ich meine Haare bürstete oder mir die Zeit zum Duschen und Umziehen nahm, da die zwanzig Minuten dafür eben zwanzig Minuten weniger Schlaf waren. Obwohl ich mir auf hoher See nicht viele Gedanken um mein Äußeres machte, vermied ich es, in den kleinen Spiegel über dem Waschbecken zu sehen.

Im rückwärtigen Teil des Ruderhauses durchwühlte ich einen Karton mit Stiefeln und Ölkleidung, um etwas Passendes für diesen warmen Regentag zu finden. Ich zog ein Paar niedrige weiße Gummistiefel an und zwängte sie durch die Beine einer leichten gelben Überziehhose. Als Jacke wählte ich ein blaues, pulloverartiges Hemd, das man zum Kajakfahren auf dem Meer benutzt, mit enganliegendem Kragen und Bündchen aus Neopren. Dieser Anzug war leicht, und man konnte gut in ihm arbeiten, im Gegensatz zu den einengenden traditionellen Schlechtwetterlatzoveralls und Mützenjacken aus dickerem und schwererem Gummi, die ich nur an Tagen mit extremen Wetterbedingungen anzog. Eine Baseballkappe sollte meine Haare daran hindern, mir ins Gesicht und in die Augen zu wehen. Ich entschied mich für eine, die ich als Glücksbringer auserkoren hatte. Die Kappe wurde eng genug angepaßt, damit sie nicht wegflog wie so viele, die das Meer in den letzten Jahren gestohlen hatte. Schließlich schnappte ich mir noch ein neues Paar Handschuhe. Die Hersteller von Fischfanggerät produzieren keine Handschuhe, die klein genug für Frauen wären, deshalb verwende ich Gartenhandschuhe für Frauen. Die Handschuhe, die ich für das erste Einholen ausgewählt hatte, waren weiß mit kleinen schwarzen Kühen darauf. Am Ende des Tages würde die Handfläche des rechten Handschuhs durchgewetzt sein. Am Ende der Fahrt würde ich 15 linke Handschuhe haben, und 15 abgewetzte rechte würden im Müll gelandet sein.

Bevor ich die Brücke verließ, stellte ich die RDF ab, markierte auf dem Plotter unsere derzeitige Position, stellte den Autopiloten auf

Fernsteuerung, um vom Steuerpult an Deck aus steuern zu können, und drückte den Knopf, um von Deck aus Kupplung und Gas betätigen zu können. Dann traf ich Kenny am Fuß der Treppe zum Ruderhaus. Er war auf dem Weg nach unten, um das Öl des Hauptmotors zu prüfen. Ich trat auf das Deck hinaus und stellte mich an die Steuerbordreling, um auf die Besatzung zu warten, während ich gleichzeitig die Peitschenantenne in der Ferne im Auge behielt.

Peter kam als erster durch die Tür des Vorschiffs. Er breitete seine Arme aus und begann, wie vor jedem Einholen, zu singen: »Was für ein schöner Morgen, was für ein schöner Tag. Ich habe keine Sorgen, daß er uns Schwertfische bringen mag.« Sein tiefer Bariton, der schwerer war als die feuchte, salzige Luft, drang langsam bis zu meinen Ohren, legte sich schließlich auf das Deck und entschwand durch das Speigatt, bis ihn das Meer verstummen ließ. Es war ein dummes, kindisches Liedchen, aber es war Teil der täglichen Routine an Bord der *Hannah Boden* geworden, und Peter wußte, daß ich mich weigerte, mit dem Einholen zu beginnen, solange er nicht gesungen hatte.

»Hallo, Peter. Laß das bißchen Regen dir nicht die gute Laune verderben!« rief ich und applaudierte dem Liedchen, das Glück bringen sollte.

Dann kam Charlie an Deck. »Guten Morgen, Linda. Du siehst heute wirklich strahlend aus.« (Ein weiterer Teil des Rituals.) »Konntest du Bob wegen meiner Gehaltserhöhung fragen?« scherzte er.

»Ich werde es bei der nächsten Vorstandssitzung behandeln«, antwortete ich.

»Danke, meine Schöne.«

»Eine Mordserhöhung, Charlie, wirklich riesig.« Wir lachten alle drei. Dann gingen Peter und Charlie zum Heck, wo sie die nächsten zehn bis zwölf Stunden im Schatten der Schlupfkajüte verbrachten, um die tausend Leitwehren, die wieder an Bord kamen, aufzuwickeln und zu reparieren.

Kenny war vom Maschinenraum aus auf das Deck über mir und hinter das Ruderhaus gegangen. Er hob den Vogel steuerbord aus dem Wasser und befestigte ihn am Ende des Auslegers, wo er bis zum Ende des Einholens hängenblieb. Ich stand an der Einholstation an Deck, und mein rechter Oberschenkel drückte gegen die Oberkante der Steuerbordreling. Mit meiner linken Hand drückte ich auf den Kupplungshebel und legte den Vorwärtsgang ein. Dann beschleunigte ich leicht und steuerte die *Hannah Boden* mit der Fernsteuerung, einem zehn Zentimeter langen rostfreien Stahlknüppel, der auf einer elektronischen Sendeeinheit montiert ist, auf die *1695* zu. Die Fernbedienung ist mit dem Autopiloten des Schiffes gekoppelt, der den Winkel des Ruders hydraulisch ändert. Wenn man den Knüppel nach backbord drückt, wird das Schiff nach backbord gesteuert und umgekehrt. Das Ruder, die Maschinensteuerung und das hydraulische Ventil für die Hauptleinenspule befinden sich alle nahe beieinander auf dem vorderen Schott, so daß ich alle drei mit meiner linken Hand erreichen kann und meine rechte Hand frei ist, um *die Leine zu fühlen* und *die Schnappverschlüsse zu packen.*

Als wir uns der Antenne näherten, kamen Kenny, Carl und Ringo zu mir an Deck. Kenny schärfte sein Schleimmesser. Carl entfernte einen kleinen Teil der Steuerbordreling, indem er sie aus der Verankerung hob, wodurch eine ein Meter breite Aussparung, eine sogenannte Tür, in der Reling entstand. Die Fische werden durch die Tür an Deck gezogen, damit sich die Männer nicht den Rücken verletzen und große Fische nicht über die Reling aus dem Wasser und an Bord ziehen müssen. Carl nahm seinen Platz neben mir an der Reling ein und paßte die Position der Spule für die Kugelhänger an, die sich direkt hinter ihm befand.

Dann stupste er mich leicht mit einem Ellbogen an, um meine Aufmerksamkeit zu erregen, und deutete auf die Mitte des Decks, wo Ringo sich dehnte und strecke, um sich zu lockern. »He, alter Ficker!« schrie er zu Ringo hinauf. »Das wird nicht helfen. Du wirst am Ende des Tages krumm sein. Du bist für diese Art von Arbeit einfach zu alt. Ma wird dich und Kenny im Fisch beerdigen.«

Ringo richtete sich nun auf und schrie zurück: »Ich bin nicht zu alt, um es mit einem naseweisen Jüngling wie dir aufzunehmen! Wie wirst du es schaffen, den ganzen Tag zu arbeiten, ohne die Windeln zu wechseln und ein Nickerchen zu halten?«

»Fick dich, Opa.«

Ich arbeite schon lange genug mit Männern zusammen, um zu wissen, daß viele von ihnen auf diese Weise kommunizieren und weder Ringo noch Carl es ernst meinten. Die beiden mochten sich, sonst würden sie gar nicht miteinander sprechen. Ich verlangsamte das Schiff und nahm den Gang heraus, als die Boje am Schiffskörper entlangtrieb. Als die Boje zu meinen Füßen war, legte ich den Rückwärtsgang ein und setzte zurück, bis das Schiff bewegungslos im Wasser lag. Carl packte die Antenne mit seiner linken Hand, um zu verhindern, daß sie ihn verletzte. Dann lehnte er sich über die Reling, um mit seiner rechten Hand den Stahlgriff an der Oberseite des Behälters zu packen. Mit einer einzigen Bewegung hob Carl die Boje aus dem Wasser über die Reling und stellte sie sanft zwischen uns auf das Deck. Ich packte die Hauptleine, die über die Reling ins Wasser hing, und zog ein paar Faden davon an Deck, damit die Männer damit arbeiten konnten. Ringo löste den Schnappverschluß der Boje vom äußersten Ende der Hauptleine und fädelte das Ende des Monofils in einen Block ein, der über der Reling neben meiner rechten Schulter hing. Ringo zog die lose Leine durch den Block und ging mit dem Ende nach achtern zur Vorderseite der Schlupfkajüte, wo das freie Ende, das von der Spule kam, durch einen Block lief, der am Dach der Schlupfkajüte befestigt war. Ringo knüpfte die beiden Enden mit einem Kreuzknoten zusammen, zog den Knoten fest, ließ die Leine auf das Deck fallen und gab mir ein Handzeichen. Als Kenny die Boje sicherte, indem er sie abschaltete und im Regal verstaute, begann ich mit dem Einholen.

Ich drehte am Griff der Ventilsteuerung für die Spule, um sie ein wenig zu öffnen. Die Spule drehte sich langsam und wickelte die durchhängende Hauptleine auf, bis sie etwas Spannung hatte und in einem 30-Grad-Winkel aus dem Wasser kam. Sieben Meter vor mir und zwei Meter seitlich vom Bug wurde die Leine aus dem Wasser in den Block über meiner Schulter durch den Block an der Schlupfkajüte gezogen und auf die sich drehende Trommel gewickelt. Ich legte den Gang ein und erhöhte die Geschwindigkeit des Schiffes und der Spule, damit dieser Winkel und die Spannung der Leine beibehalten wurden. Auf diese Weise fuhr ich parallel am Fischfanggerät entlang. Ich folgte den orangen Schwimmern gen Westen wie bei einem riesigen Spiel, bei dem man einzelne Punkte zu einem Bild verbindet.

Meine rechte Hand hing über der Leine direkt vor dem Block neben meiner Schulter, und meine Finger fühlten die Spannung der Leine, während diese an ihnen entlangglitt. Der erste Schnappverschluß einer Leitwehr durchbrach die Wasseroberfläche vor mir. Sie hing lose, kein Fisch hing daran. Als der Schnappverschluß meine rechte Hand berührte, packte ich ihn, damit er nicht mit der Leine den Block passieren konnte, schnappte ihn auf und löste ihn von der Leine. Ich arbeitete schnell mit beiden Händen und wickelte das obere Teil der Leitwehr um die »Wäscheleine«, die von der Einholstation zum Heck führte. Ich klinkte den Schnappverschluß in den Mono derselben Leitwehr ein und bildete eine Schlaufe um die Wäscheleine, und dann nahm die Bewegung des Schiffes im Wasser die Leitwehr zum Heck mit, wo Peter schon darauf wartete. Als die Leitwehr das Heck steuerbord erreichte, löste Peter den Schnappverschluß und ging mit der Leitwehr um die Ecke der Schlupfkajüte, wo er sie über den Querbalken hinweg Charlie reichte. Charlie stand backbord am Heck und spulte die Leitwehr schnell in seinen Karton, wobei er rechts und links zog, bis alle sieben Faden aus dem Wasser waren. Dann hielt er an, riß den Leuchtstab ab und warf ihn in einen Eimer. Anschließend zog er den Tintenfisch vom Haken und warf ihn ins Meer. Auf diese Weise wickelten Charlie und Peter den ganzen Tag lang auf und beeilten sich dabei, um mit der Geschwindigkeit des Einholens Schritt zu halten.

Ich packte den zweiten Schnappverschluß und schickte ihn auf der Wäscheleine zu Peter. Der dritte Schnappverschluß war ein Kugelhänger, den ich Carl reichte, der neben mir an der Reling stand. Carl drehte sich zur Spule für die Kugelhänger um und klinkte den Schnappverschluß des Hängers in die Schlaufe des Monos ein, der von der kleinen Aluminiumtrommel hing. Carl drehte an der Handkurbel und wickelte den Hänger auf die Spule, bis der Schwimmer über die Reling kam. Als der Schwimmer bei ihm angelangt war, hörte Carl zu kurbeln auf, löste den Schwimmer vom Hänger, hängte den Schwimmer auf die Kugelleine und kam an meine Seite zurück.

Ich fuhr mit dem Einholen fort, und bald vergrößerte sich der Winkel, in dem die Leine aus dem Wasser kam. Ich spürte, wie die Spannung der Leine größer wurde, als sie durch meine Hand glitt, und in dem Maß, in dem der Winkel spitzer und die Leine straffer wurde, wuchs meine Aufregung. Ich hatte diese Spannung schon Tausende Male erlebt, Tausende Fische eingeholt, und jedesmal war es so aufregend wie das erste Mal. Bereits die Andeutung eines Gewichts an der Hauptleine genügte, um mich unter Hochspannung zu setzen.

Ich verlangsamte das Schiff und nahm mit meiner linken Hand den Gang heraus, während ich weiterhin die Leine einholte, die jetzt stocksteif war. Ich legte den Rückwärtsgang ein und setzte langsam zurück, wodurch die Leine aus dem Wasser herausgezogen wurde. Ich stoppte das Schiff, bevor wir an der nächsten Leitwehr vorbeifuhren, an der wahrscheinlich ein Fisch hing. Wenn das Schiff an einem Fisch vorbeifährt, kann der Haken aus dem Fleisch des Fisches reißen, und er schwimmt weg. Wartet man, bis der Fisch am Heck angekommen ist, kann der Fisch auch durch die Schraube zerhackt werden. Wenn ein Fisch und Stahlklingen, die sich mit tausend Umdrehungen bewegen, aufeinandertreffen, verliert der Fisch und damit wir. Das, was danach von einem Fisch übrig ist, reicht selten für ein Essen.

Ich verlangsamte die Spule und holte die Hauptleine an Bord, bis ein Schnappverschluß die Oberfläche durchbrach. Die Hauptleine wurde durch das Gewicht der Leitwehr zu einem L geformt. Als das Schiff langsam zum Stehen kam, nickte ich Carl zu, der sich über die Reling beugte und die Leitwehr direkt unterhalb des Schnappverschlusses packte. Dann stellte sich Carl aufrecht hin, stemmte sich mit seinen Oberschenkeln in die Reling und holte die Leitwehr Hand für Hand ein, wobei er seinen Oberkörper drehte, um mit seinem Rücken und den Schultern zu ziehen. Kenny und Ringo erschienen an Carls Seite, bewaffnet mit je einem Gaff von drei

Metern Länge. Die Gaffstangen waren fünf Zentimeter dicke Eichenpflöcke, und jede hatte an ihrem Ende einen großen glänzenden Haken. Die Einholer starrten ins Wasser und hielten nach dem Fisch Ausschau, auf den wir alle warteten. Carl zog mit seiner rechten Hand gleichmäßig an, und der Fisch erschien etwa einen Meter unterhalb der Oberfläche. Es war ein Schwertfisch. Er war riesig. Und er lebte. Mein Puls ging hoch. Schwertfische sind die herrlichsten Geschöpfe des Meeres. Der Schwertfisch ist ein stromlinienförmiges muskulöses Geschoß mit einem Bajonett: stark, schnell und wendig. Der Fisch kreiste und schwamm unter das Schiff, wie so oft. Carl hielt die Leitwehr und wartete ab, ohne weiter daran zu ziehen. Als der Fisch unter uns herausschwamm, zog Carl noch einen Faden der Leitwehr herein. Eine Rückenflosse durchbrach die Oberfläche; dann brach die Hölle los, als der Fisch mit seinem ein Meter langen Schwert wild um sich schlug. Schnabel und Rücken des Fisches waren blau und purpurn, seine Seiten leuchteten silbern und rosa. Mit zwei kurzen Bewegungen versenkten Ringo und Kenny ihre Gaffhaken im Kopf des Fisches und zogen ihn zur Tür in der Reling. Der Fisch schlug um sich, und das Wasser spritzte. Ich griff einen stählernen 24-Zoll-Fleischerhaken, lehnte mich durch die Türöffnung und versenkte den Haken in einer der Augenhöhlen des Fisches. Peter kam vom Heck mit einem zweiten Fleischerhaken und versenkte ihn ebenfalls in der Augenhöhle. Ringo packte den Schnabel, um ihn am Schlagen zu hindern, während wir gemeinsam zogen, um den Fisch an Deck zu schleifen. Der Fisch schlüpfte leicht durch die Tür, und ich stand eine Minute lang da, um ihn zu bewundern. »Ein schöner Anfang, etwa eins fünfzig«, sagte Kenny, während er den Schnabel mit einer Bewegung der Fleischsäge vom Fisch trennte.

»Einhundertdreißig«, sagte ich und ging zur Einholstation zurück. Ich verwendete eine alte Bleistifthälfte, um meine Zählung auf dem weißgestrichenen Schott vor mir zu beginnen, und schrieb *130* in zwei Zentimeter großen Zahlen. Ich löste die Leitwehr, die den Fisch gefangen hatte, von der Hauptleine, warf den Schnappverschluß auf das Deck und begann wieder mit dem Einholen. Kenny säuberte den Fisch, während Ringo die Leitwehr aufwickelte, den Haken vom Unterkiefer des Fisches entfernte und ihn nach achtern zu Peter brachte. Einige leere Leitwehren gingen die Wäscheleine hinunter, und ein weiterer lebender *Marker* wurde durch die Tür gezogen. Als ich das Schiff das nächste Mal zurücksetzte, gab es ein Fischpärchen an zwei Leitwehren, die sich in einem Knäuel der Hauptleine verheddert hatten, ein *Doppelköpfer* netter *Pups* mit je 35 bis 40 Kilogramm. Beide Fische gaben kaum noch Lebenszeichen von sich und schlugen nur ein- oder zweimal mit ihrer Rückenflosse. Carl und ich holten je eine Leitwehr ein, während Charlie und Peter vom Heck kamen, um die *Pups* durch die Tür und an Deck zu gaffen, wo Ringo und Kenny sie bearbeiteten.

Ich schnitt die verdrehten Leitwehren mit einer Monoschere aus dem Knäuel, reichte Peter die Schnappverschlüsse und warf den Rest der Leitwehren in einen Mülleimer backbord. Carl und ich arbeiteten daran, das Knäuel an der Hauptleine zu entwirren und wieder auf die Trommel zu wickeln. Wenn wir in Zeitdruck wären, würden wir dieses Knäuel einfach aus der Leine schneiden und die beiden freien Enden zusammenknoten, um innerhalb von Sekunden wieder einzuholen. Alle abgeschnittenen Knäuel würden verstaut werden, um sie zu entwirren, wenn die Besatzung Zeit hätte. Ich zog es vor, die Knäuel zu entfernen, wenn sie an Bord kamen, statt die Hauptleine zu zerschneiden. Wenn man in einem Wettlauf gegen die Uhr in der Flotte fischt, wird das Einholen zum täglichen zehnstündigen Panikszenario, und Knäuel werden schnell herausgeschnitten und auf die Seite geworfen. Schließlich nimmt die Länge der Leine auf der Spule beträchtlich ab, während der Berg abgelegter Knäuel wächst. Die Leine auf der Trommel ist dann voller Knoten, die unerwünscht sind. Diese Knoten verhindern, daß Leitwehren, an denen Fische hängen, an der Hauptleine entlanggleiten. Ein Schnappverschluß, der gegen einen Knoten gedrückt wird, führt oft dazu, daß ein lose eingehakter Fisch sich losreißt und verloren ist. Während Carl und ich das Monoknäuel schüttelten, auseinanderzogen und entwirrten, säuberten die Metzger je einen Fisch, und die Aufwickler fertigten neue Leitwehren als Ersatz für jene, die ich nicht entwirren konnte und aus dem Knäuel geschnitten hatte.

Ringo hat im Lauf der Jahre so viele Schwertfische gesäubert, daß er aus der Prozedur eine Wissenschaft gemacht hat. Seine Technik ist geschmeidige Routine. Er verschwendet weder Zeit noch Kraft. Die Fleischsäge wird je einmal angesetzt, um Schnabel, Flossen und den Kopf abzutrennen. Sobald diese Teile vom Fisch abgeschnitten sind, wirft er sie über Bord; die zweite Flosse ist in der Luft, bevor die erste Flosse auf dem Wasser auftrifft, und die dritte ist in der Luft, bevor die zweite aufprallt. Der Bauch des Fisches wird dann mit einem langen geschmeidigen Schnitt des Schleimmessers geöffnet, vom After bis zu der Stelle, wo sich die Brustflossen befanden. Zwei Messerstöße trennen die Kiemenplatten vom Nacken. Alle Innereien werden als eine einzige blutige Masse aus der Körperhöhle gezogen und über Deck zum nächsten Speigatt hinausgeschoben, wobei sie eine schmierige rote Spur hinterlassen. Als nächstes wird die Körperhöhle von dem dicken, zähen Schleim befreit, der an den Innenwänden klebt. Die runde Klinge des Schleimmessers wird extra dafür hergestellt. Zwei flache Schnitte an beiden Seiten des Rückgrats legen die *Blutader* im Inneren des Fisches frei, so daß diese als brauner, schlangenähnlicher Strick aus dem Fisch herausgezogen werden kann. Über Bord geworfen, tut sich oft ein Schwarm Vögel daran gütlich. Zum Schluß wird der restliche Körper mit dem Salzwasserschlauch an Deck gründlich abgespült.

Kenny, der auch zu den besten Metzgern gehört, spülte seinen Fisch ab und sah sich automatisch an Deck nach dem nächsten Fisch um. Als er keinen ungesäuberten Fisch sah, richtete er sich auf und entlastete seinen Rücken, den er während der Säuberung des Fisches gebeugt hatte. »Auf diese Weise werden sie uns nie überholen, Ringo«, sagte er laut genug, damit wir es alle hören konnten.

»Ja. Nun, was erwartest du von einem Mädchen und einem naseweisen Jüngling? Wir könnten genausogut zu Mittag essen, während sie dieses Knäuel entwirren. Mein Gott, sie sehen wie Kätzchen aus, die mit einem Garnknäuel spielen. He, Carl, du solltest das entwirren«, neckte Ringo.

»Fick dich, Opa.« Ich übernahm Carls Part. »Warum bringt ihr beiden diese Fische nicht in den Laderaum hinunter, bevor sie hier zu verwesen beginnen. Oder vielleicht können Naseweis und ich es für euch erledigen, während ihr euch erholt, schließlich habt ihr zwei ganze Fische am Stück gesäubert.«

»Ja, überanstrenge dich nicht, Alter«, fiel Carl ein, während wir die Reste des Knäuels auseinanderschüttelten und auf die Trommel wickelten. Ich begann wieder mit dem Einholen, während Carl Ringo half, die abgetrennten Schwerter zu Kenny hinunterzureichen, der die Leiter zum Fischladeraum hinuntergeklettert war.

Bevor wir zu der letzten Hupe des ersten Abschnitts kamen, holten wir ein weiteres »Schwert« herein, einen kleinen *Marker* von ungefähr 50 Kilogramm, der ziemlich verrückt spielte, den Carls Hartnäckigkeit und Kennys scharfes Gaff in seinen Hinterkopf aber schnell bändigten. Als der Fisch an Deck war, legte er sich auf die Seite und schlug mit Kopf und Schwanz, peitschte das Deck wieder und wieder. Das Peitschen wurde langsamer und schwächer, die Auf-und-ab-Bewegung funktionierte wie eine Pumpe und trieb das Leben aus dem Fisch heraus, der Strom wurde innerhalb von Minuten zum Rinnsal. Die Farben schwanden aus dem Fisch auf die gleiche Weise, wie sich ein Polaroidbild entwickelt, nur umgekehrt. Scharfe, blitzende silberne Linien und kräftige Farben wurden zu verschwommenen Abgrenzungen zwischen vermengten Schattierungen von blau und purpur, die gesprenkelten grauen, schwarzen und weißen Feldern wichen, als der letzte Lebenshauch aus dem besiegten Fisch entwich.

Nicht jeder Fisch wird so leicht besiegt. Es gibt Fische, die durch die Hand eines Menschen niemals sterben. Ich erinnere mich an einen gigantischen Schwertkrieger, der den Fehler machte, den Köder zu nehmen, es aber ablehnte, daraus einen fatalen Fehler werden zu lassen. Geschichten über *den einen, der davongekommen ist* schließen immer einen Fisch unglaublicher Ausmaße ein, und meine Geschichte ist keine Ausnahme. Ich kämpfte gegen dieses Monster mit einem dreißig Meter langen Schiff aus Stahl und der hydraulischen Spule 40 Minuten lang, ohne auch nur den Schnappverschluß der

Leitwehr zu sehen, die ihn hielt. Sorgfältig brachte ich Hunderte Faden der Hauptleine aus der Tiefe ein, wohin der Fisch abgetaucht war. Die Schwimmer tauchten langsam einer nach dem anderen wie fußballgroße, fluoreszierende, orange, runzlige Rosinen aus der Tiefe auf, die ihnen jeglichen Auftrieb genommen hatte. Als der schwere Schnappverschluß schließlich auftauchte, dachte ich, daß der Kampf vorüber sei, und das war er auch, aber der Krieg hatte erst begonnen. Ich kämpfte gegen den Fisch mit Armen, Beinen, Rücken, Schultern, allem, was ich hatte, aber ich gewann nie mehr als zwei Faden, bevor das Monster sie mir gierig wieder abnahm. Nach ein paar Minuten des Tauziehens erlaubte ich einem Besatzungsmitglied, für mich zu übernehmen, und ein weiterer Mann löste ihn ab, der dann auch erschöpft war, ohne daß wir den Fisch gesehen hatten. Wir bekämpften den Fisch zu dritt wie eine Seilmannschaft bis zum Ende der dritten Runde, wo ich schließlich die Leitwehr ohne große Anstrengung einholen konnte. Ich dachte, der Fisch habe schließlich aufgegeben und befinde sich direkt unter der Wasseroberfläche. Ich wartete ungeduldig darauf, daß die Gaffs tief in den massiven Kopf des weitaus größten Schwertfischs, den ich je gesehen hatte, getrieben wurden. Mein Blut geriet vor Aufregung ins Wallen, und die Größe des Fisches, der nun in Reichweite war, berauschte mich. Den Bruchteil einer Sekunde später senkte der Fisch seinen Kopf, und mit einer kräftigen Schwanzbewegung hatte er sich wieder um die Länge einer Leitwehr von mir entfernt, 15 Meter tief und weit außerhalb meiner Sicht.

Wir durften diesen Fisch nicht verlieren. Es war der, von dem alle Fischer träumen, und nun, da ich ihn gesehen hatte, mußte ich ihn haben. Wieder vereinigten die beiden Männer und ich unsere Kräfte gegen die Bestie und kämpften gegen ihn eine Ewigkeit. Die Muskeln meiner Arme, meiner Beine und meines Rückens schmerzten. Ich dachte, daß es der Fisch nicht mehr lange machen würde. Schwertfische sind nicht für ihre Ausdauer bekannt. Meiner Erfahrung nach ist der Mensch immer ausdauernder als der Fisch, besonders, wenn sich drei zu eins gegenüberstehen und einer der Männer eine Frau ist. Meine Kraft war fast am Ende, als ich den

Fisch zum zweiten Mal an die Oberfläche lockte. Wie vorher sah mich der Fisch mit seinen grapefruitgroßen Augen an, senkte den Kopf und begann zu tauchen. Nachdem der erste Faden des Monos durch meine schmerzenden Hände gerutscht war, bog ich die Leitwehr törichterweise über die Stahlreling, um den Fisch davon abzuhalten abzutauchen. Nun mußte das ruhelose Biest gegen das ganze Schiff schwimmen. Einen Herzschlag später schnappte die Leitwehr auf und hing durch. Der Fisch hatte den Mono direkt über dem Haken durchtrennt.

Die Enttäuschung bei der Besatzung und mir war groß. Ich hatte den Willen des monströsen Schwertfisches unterschätzt und ruhte mich nun gegen die Reling gelehnt aus. Ich starrte ins Wasser, wo noch vor wenigen Sekunden ein 2000-Dollar-Fisch schwamm. Nur die fünf Männer, die mich Kapitän nannten, konnten mich davon abhalten, Tränen der Frustration zu weinen. Niemand sagte ein Wort. Plötzlich und völlig unerwartet schoß der riesige Fisch unter dem Schiff hervor und schwamm durch das Wasser, in das wir alle starrten. Der Fisch schwamm auf der Seite, starrte uns mit einem Auge an und blieb nahe an der Oberfläche, bis er die Ehrenrunde beendet hatte und wieder außerhalb unserer Sicht war. Ich fühlte, wie der Fisch seine Freiheit feierte und mir den Kopf wusch, weil ich besiegt war. Der Mann neben mir sprang auf die Reling, reckte zwei Mittelfinger in die Luft und brüllte in die Richtung, in welcher der Fisch verschwunden war: »Fick dich!« Es schien die einzige angebrachte Verabschiedung, und wir schrien alle mit erhobenen Zeigefingern: »Fick dich!« Ich schrie, bis ich heiser war.

Die meisten Leute, die Geschichten vom Mensch gegen die Natur erzählen, philosophieren, wenn die Natur triumphiert, und stellen oft Mensch und Bestie als ein wenig ritterlich dar. Ich fürchte, daß ich nie viel von diesem *Free Willy*-Geist besessen habe, und gebe zu, daß ich nur Bitterkeit über *den einen, der davonkam* fühle. Jahre sind seither vergangen, und bei der Erinnerung, diesen Fisch verloren zu haben, denke ich an zwei Dinge.

Als ich den zweiten Abschnitt des Fischfanggeräts einholte, dachte ich, daß wir sicher einige Fische während dieser Fahrt verlieren werden, meistens deshalb, weil der Fisch nur leicht eingehakt ist. Wenn die Haken nur Haut und Fleisch durchbohren, werden sie beim Einholen leicht aus dem Fisch gerissen. Kenny kletterte aus dem Fischladeraum und schob zusammen mit Ringo den Isolierdeckel über die Luke. »He, habe ich euch Jungs schon einmal von dem Monsterschwert erzählt?« fragte ich.

»Die Geschichte mit der Lektion darüber, daß man die Leitwehr nicht über die Reling biegt, um den Fisch vom Tauchen abzuhalten?« fragte Kenny.

»Ja.«

»Nur etwa ein dutzendmal.«

»Oh, na gut. He, Ringo, ist es nicht Zeit fürs Frühstück?«

»Ich will gerade reingehen, um den Herd anzuschalten«, antwortete Ringo, während er seine Handschuhe auszog und zum Vorschiff ging. Eine lose Leitwehr nach der anderen ging die Wäscheleine hinunter zum Heck, bevor ich schließlich das Schiff für einen sehr kleinen Schwertfisch zurücksetzte. Der 15 Kilogramm schwere *Puppy* wand sich an der Oberfläche, während ich überlegte, ob ich ihn an Bord gaffen oder freilassen sollte. Der Fisch war ziemlich lebhaft und verlor kein Blut, da der Haken um den Schnabel saß. Es war uns gesetzlich erlaubt, 15 Prozent unserer Kopfzahlen mit Fischen unter 20 Kilogramm zu machen. Wir versuchten, die kleinsten und jene, die überleben würden, freizulassen, um den erlaubten Prozentsatz nur mit den toten, schwachen oder tödlich verwundeten zu machen.

»Freilassen«, sagte ich, und Carl zog den Fisch durch die Tür, wobei er die Leitwehr wie eine Leine verwendete. Er hielt den Fisch fest, während Kenny den Mono um seinen Schnabel löste. Carl schob den Fisch mit dem Kopf voran sachte ins Wasser zurück und sah zu, wie er schnell wegschwamm. An der nächsten Leitwehr war ein blauer Hai, ebenso an der nächsten und übernächsten. »Scheiße, blaue Hunde«, seufzte ich, während ich Hai Nummer vier an die Oberfläche holte. Carl und Kenny waren damit beschäftigt, die Haken von den Schnauzen der Haie zu schneiden, die Reste der Leitwehren wegzuräumen und die Haie wieder über Bord zu werfen. Ringo kam von der Kombüse zurück, als ich gerade einen Hai über die Reling zog und in Wurfmanier auf das Deck brachte. Ringo packte sein Messer und kümmerte sich um den Haken, während ich weiter einholte. Ein Hai nach dem anderen kam über die Reling, eine Parade von Dämonen, die das Fanggerät und die Zeit auffraßen. Carl holte fast jeden Hai hoch. Während ich das Schiff steuerte, schnitten Ringo und Kenny die Haken ab und ließen die nutzlosen blauen Hunde frei, während Peter und Charlie im Heck kämpften, um mit der Reparatur der böse zugerichteten Leitwehren Schritt zu halten.

Das hintere Deck füllte sich mit Haien, die sich wanden und umherrollten. Ich schaltete in den Leerlauf, um den Männern Zeit zu geben, das Deck zu räumen und mit der Reparatur der Leitwehren nachzukommen, und war wieder dankbar, daß wir auf diesem Teil des Bruches allein fischten. Wenn die Zeit drängt, werden Haie abgeschnitten, ohne sie an Bord zu holen, und schwimmen mit einem 1-Dollar-Lippenring weg. Schließlich werden Haken und Mono rar, und deren Mangel kann den Erfolg einer Fahrt drastisch beeinträchtigen. Ohne direkte Nachbarn konnten wir uns Zeit lassen, alle Haken und so viele Leitwehren wie möglich zu retten.

Während die Besatzung arbeitete, trieb das Schiff, und ich ging nach oben, um die Wassertemperatur zu prüfen. Ich war nicht überrascht, daß der Oberflächenmesser 13,8 Grad anzeigte. »Ich schätze, daß ich heute nacht den kalten Teil meiden werde«, sagte ich zu mir selbst und sah auf mein Notizbuch, das auf der Seite geöffnet war, wo ich dieses Set eingetragen hatte. Die Hupe, mit der dieser Abschnitt begann, war im kältesten Wasser ausgebracht worden, das ich während der ganzen Nacht gefunden hatte. Am Ende dieses Abschnitts sollten wir aus diesem kalten Wasser und den Haien heraussein, da die nächste Hupe in warmem Wasser ausgebracht worden war. Ich ging an Deck zurück, während Kenny einen über ein Meter langen Hai über die Reling schob.

»Voller Hunde!« rief Ringo, während er einen großen Hai durch die Tür stieß.

»Kaltes Wasser. Ich habe gerade die Eintragungen geprüft. Am

Ende dieses Abschnitts sollten wir wieder auf Fisch stoßen.« Ich drehte mich zur Reling, legte den Gang ein und fuhr auf den nächsten orangen Schwimmer zu. Bald darauf servierte uns Ringo das übliche Frühstück, das aus ofenwarmer Pizza bestand. Wir aßen während des Einholens. Carl brachte zwischen den einzelnen Bissen einen Hai an Bord. Als das letzte Stück verspeist war, waren wir aus dem Haigebiet heraus und bewegten uns schnell an einem leeren Strang entlang. Die Abschlußhupe, die diesen Abschnitt beendete, kam an Bord, und ich hatte keinen einzigen Fisch verzeichnet. Ich malte neben der Nummer 2 eine Null auf das Schott und begann mit dem dritten Abschnitt. Als die *1920* am Ende des dritten Abschnitts an Bord kam, zählte ich für diesen Abschnitt acht Markierungen und stieß einen Seufzer der Erleichterung aus. Abschnitt vier begann mit vielen Haien, aber wir verzeichneten auch zwei Schwertfische, so daß unser Gesamtergebnis 15 Fische für vier Abschnitte war. Nicht schlecht.

Abschnitte fünf und sechs waren besser, als ich erwartet hatte, mit je vier Fischen. Um 10 Uhr hatten wir 23 Fische mit fast 900 Kilogramm, und es blieben noch vier Abschnitte einzuholen. Ich schaltete in den Leerlauf und rannte nach oben, um den Fischberichten der Flotte zuzuhören. Ich bat die Besatzung, etwas Köder für heute nacht aufzutauen und dann mit dem Einholen weiterzumachen, während ich mich bei David und John meldete und die Wetterkarten von heute morgen anschaute.

Beide Funkgeräte quakten, als ich das Ruderhaus betrat. Zwei Kapitäne stritten sich auf ESB darüber, daß das Fanggerät offensichtlich ineinandergeraten sei, weil die Startposition des westlichen Schiffes mißverstanden oder falsch angegeben worden war. Als das Problem damit gelöst wurde, daß der Kapitän des westlichen Schiffes zustimmte, fünf Meilen weiter westlich zu beginnen, argumentierte eine dritte Stimme, daß die fünf zusätzlichen Meilen Teil seines Fanggebietes seien und daß die beiden anderen Männer östlich gehen müßten, um mehr Platz zu haben. Natürlich war im Osten ein Schiff, und dessen Kapitän ließ wissen, daß es nicht möglich sei, nach Osten zu gehen, da er die besten Fänge am westlichen Ende seines

Stranges gemacht habe und er in der Tat nicht gewillt sei, nach Osten zu weichen. Danach folgte der immerwährende Streit darüber, wer seine Position schon am längsten hielt, wer das erste Set auf diesem Bruch gemacht habe und wer die Kontrolle über das nächste Set haben sollte, wobei die längste Zeit Vorrang habe. Ich hatte diese Diskussion schon so oft gehört und war ein Teil davon gewesen, so daß ich jeden Satz auswendig kannte.

David und John auf dem Streifen über mir verglichen ihre Aufzeichnungen über VHF. Beide Männer hatten noch zwei Abschnitte einzuholen, und David hatte 16 Fische, während es bei John 19 waren. Als sie zu Ende gesprochen hatten, rief David mich an und fragte, wie es bei uns liefe. Ich erklärte, daß unser Vorankommen langsam gewesen sei aufgrund von blauen Haien. Mit dem Gequiekse des ESB im Hintergrund, das mich daran erinnerte, wieviel Glück ich hatte, den Bruch für mich zu haben, log ich und sagte, daß ich bis jetzt nur 14 Fische gefangen habe. Als man mir Einzelheiten über die Zahl der Haie abverlangte, übertrieb ich ein wenig, um weiterhin jeden davon abzuhalten, mir Gesellschaft zu leisten. Danach wiederholte ich jemandem, der über ESB rief und offensichtlich ein weniger dicht besetztes Fischgebiet suchte, meinen falschen Fischbericht. Bevor man mich nach mehr Einzelheiten ausfragen konnte und ich gezwungen gewesen wäre, die Lügen auszubauen, mit denen ich mich immer unwohl fühlte, behauptete ich, an Deck zurückzumüssen, und meldete mich ab. Als ich wieder an Deck ging, dachte ich, daß in der Mitte mehrerer Schiffe eingeklemmt zu sein und mein Set in keiner Weise anpassen zu können, das einzige war, was ich noch mehr haßte, als zu lügen. Letztendlich konnte jeder lügen; das war meine Rechtfertigung der Täuschung.

Zwei kleine *Marker* lagen nebeneinander auf dem Deck, und Kenny schleppte einen *Puppy* durch die Tür, als ich in den Regen hinaustrat. Ich zog meine nassen Handschuhe an und löste Ringo bei der Einholarbeit ab, damit er den Fisch säubern konnte. »Mein Gott, du hast nicht lange gebraucht, um drei Fische an Bord zu bringen«, sagte ich.

»Wir verschwenden nie Zeit, Ma. Was erzählt der Rest der Flotte Gutes?«

»Nun, John und David machen etwa soviel wie gestern. Sie sollten heute ein paar Große haben. Die Jungs im Westen machen es auch gut. Es ist ein ziemliches Gedränge.«

»Wir müssen jetzt schon mehr als 900 Kilogramm haben, und es sind noch dreieinhalb Abschnitte im Wasser. Wenn irgend jemand das wüßte, wäre er sofort hier.«

»Ja, da hast du recht. Was sie nicht wissen, wird uns nicht weh tun«, sagte ich und legte den Gang ein. Ich begann, die Leine auf die Trommel zu spulen, und bevor ich mich umsah, fingen wir mit dem letzten Abschnitt an. Ich hatte ein gutes Gefühl bei 35 Schwertfischen und einem Großaugenthun auf den ersten 900 Haken und hoffte, auf den letzten 100 noch ein paar heraufzuziehen. Der Himmel verdunkelte sich, und der Regen, der den ganzen Tag leicht gewesen war, kam nun in Strömen herunter. Es machte keinen Sinn, nach meiner wetterfesten Kapuzenjacke zu laufen; ich war schon den ganzen Tag naß gewesen und machte während des Regengusses mit dem Einholen weiter, weil ich endlich die letzte Boje an Bord holen und mit dem Set für heute nacht beginnen wollte.

Es schien, als setzte ich die *Hannah Boden* jedesmal, wenn ich sie ein wenig vorangebracht hatte, wieder zurück. Es waren meistens schwere *Puppies*, aber auch ein paar mittlere *Marker*, die an Deck gezogen und aufgereiht wurden. Sie lagen da wie tote Soldaten vor der Beerdigung. Carl und ich lächelten uns jedesmal zu, wenn ein weiterer Fisch die Reihen der Toten erweiterte. Kenny und Ringo, die sich beeilten, Schritt zu halten, hatten keine Chance, von ihrer Arbeit aufzusehen; jedesmal, wenn sie mit einem Fisch fertig waren, wurde ein anderer durch die Tür gezogen, um dessen Platz einzunehmen. Als die letzte Hupe an Bord kam, zählte ich 15 Markierungen auf dem Schott neben der Nummer 10 und machte schnell die Gesamtsumme für den Tag. »Ich habe 50 für den Tag, Kenny!« schrie ich durch den Regen hindurch, der auf alle horizontalen Flächen der *Hannah Boden* trommelte. »Laß mich wissen, wie viele du zählst, wenn du sie heute nacht schichtest. Carl, ich werde dir aus dem Fenster zuschreien, wenn ich bereit bin, den Unterwassertemperaturmesser einzusetzen. He, Peter, wieviel hat das Fischfanggerät von der Haiattacke abbekommen?«

»Charlie und ich werden die Kartons bis zum Ausbringen wieder gefüllt haben.« Peters Stimme und Akzent machten aus seiner einfachen Antwort eine Melodie. Er sprang zur Schlupfkajüte zurück, um weiter an den beschädigten Leitwehren zu arbeiten.

»Abendessen um halb fünf, in Ordnung, Ringo?« schrie ich dem Koch zu, der über den letzten Schwertfisch, der an Deck war, gebeugt stand.

»Stimmt.«

Ich ließ die Besatzung zurück, um sich um den Fisch zu kümmern und das Deck zum Ausbringen vorzubereiten, und stieg schnell die Stufen zum Ruderhaus hinauf, warf den Autopiloten an, schaltete die Maschinensteuerung zur Brücke zurück und begann, mit nahezu voller Kraft nach Westen zu fahren. Ich prüfte den Plotter, während ich meine nassen Sachen auszog, hängte sie zum Trocknen über eine Reling und zog meine Gummistiefel aus. Es war 14.30 Uhr, und wir mußten 14 Meilen fahren, um zu unserem Ausgangspunkt zurückzukehren. Beide Funkgeräte waren still, und ich wußte, daß sich das ändern würde, wenn die Zeit zum Ausbringen herankam. Ich schaltete die elektrische Heizung am Heckschott an und betrat meine Kabine, um mir trockene Sachen anzuziehen. Ich schälte das nasse Sweatshirt von meiner klammen Haut und warf es auf den Boden meiner Duschkabine, wobei ich hoffte, daß es trocknete, bevor es zu stocken und zu riechen anfinge.

Als ich trocken war und mich warm und wohlig fühlte, schob ich eines der hinteren Fenster auf und schrie zu Carl hinaus, daß ich bereit sei, den Unterwassertemperaturmesser einzusetzen. Während die Männer weiter in heftigem kaltem Regen arbeiteten, flossen kleine Bäche von den Rändern ihrer Kapuzen und ihrer Ärmel. Obwohl die Wetterkarte das Ende des Regens anzeigte, war mir klar, daß meine Besatzung erst sehr spät heute nacht trocken und warm in ihren Kojen läge, selbst wenn es sofort zu regnen aufhörte. Die Feuchtigkeit nach mehreren Stunden Arbeit im kalten Seeregen durchdringt jede Hautpore, und man friert bis auf die Knochen. Ein Körper braucht Zeit zum Trocknen, wie ein altes hölzernes Schiff, das mit Salzwasser getränkt ist. Es würde Stunden dauern, bis die Männer nicht mehr vor Kälte zitterten. Mir war auch klar, daß die Besatzung ungeachtet des Wetters arbeitete, ganz gleich wie schlecht es würde, solange der Fisch in dieser Geschwindigkeit an Bord kam. Sie waren glücklich über unser erstes Set, genau wie ich.

Ich zog den Unterwassertemperaturanzeiger durchs Wasser und beobachtete den Doppler, während ich dem Bruch nach Westen zurück folgte und bemerkte, daß er ein paar Meilen nach Norden gewandert war. Das wärmste Oberflächenwasser war immer noch eine Meile südlich des schnellen Bruches. Ich beschloß, das Fischfanggerät nicht heute nacht auszubringen, sondern hielt an dem fest, was ich letzte Nacht gemacht hatte, unter Umgehung des kältesten Wassers und hoffentlich der Haie. Man sah es als gutes Zeichen, wenn der Bruch sich nach Norden bewegte, *nach oben drückte*, im Gegensatz zum *Zurückgehen*, also der Bewegung nach Süden. Wenn der Bruch anfängt zurückzugehen, geht häufig der Fang drastisch zurück. Solange der Bruch weiterhin nach oben drückte und seine Position hielt, sah ich den nächsten Sets optimistisch entgegen. Ich beendete die erste Seite meines Fischfangbuches mit *50 Schwerter + 1 Großaugenthun = 2200 Kilogramm.*

Die Kapitäne der *Northern Venture* und der *Eagle Eye* diskutierten über VHF ihre Startpositionen. David hatte an seinem westlichen Ende alles abgegrast und wollte zehn Meilen nach Osten ziehen, aber John war es an seinem westlichen Ende gut ergangen, und er zögerte, Platz zu machen. David erinnerte John, daß er zwei Nächte auf dem Streifen gefischt hatte, bevor John in das Gebiet gekommen war, und deshalb das Privileg haben sollte, einen vertretbaren Ausgangspunkt zu wählen. Die beiden Männer erzielten einen Kompromiß, je fünf Meilen nach Osten zu ziehen, und waren sich einig, daß der produktive Teile des Streifens tatsächlich schrumpfte. Ich markierte die Startpositionen der beiden Männer auf dem Plotter. Sie waren auch ein paar Meilen nach Norden gezogen und ließen zwischen sich und uns einen gesunden Abstand.

Um 17 Uhr hatten wir gegessen, und die Besatzung hatte auf dem hinteren Deck Stellung bezogen, wo sie im Regen auf das Signal wartete, die Endboje zu werfen. Wir waren jetzt sieben Meilen nördlich der Stelle, wo wir 24 Stunden vorher gewesen waren, und ich war noch nicht ganz an der Linie 43° 30′ W angelangt. Da niemand östlich von mir fischte, stand es mir frei, vor der Markierung zu beginnen, was ich mit einer Handbewegung und einem Ruf aus dem rückwärtigen Fenster tat. Die mit *1695* markierte Boje platschte ins Kielwasser, und sofort begann die Spule, Meile für Meile der Hauptleine abzurollen, die wir den ganzen Tag aufgespult hatten. Zwei Zentimeter über der weißen Linie auf dem Plotter, die unser erstes Set markierte, erschien der blinkende Punkt parallel zu unserem vorherigen Weg.

Wir hatten einen Abschnitt und ein Stück des nächsten im Wasser, als Kenny die Stufen zu mir heraufrief, daß er damit fertig sei, den heutigen Fang in Salzwassereis zu packen, und 54 Schwerter und einen Thun gezählt habe. Ich bat Kenny, Ringo an Deck abzulösen, damit Ringo während des restlichen Sets schlafen und mich für einige Stunden vor Tagesanbruch ablösen konnte. Nachdem der Himmel ganz schwarz geworden war, überkam mich schließlich die Müdigkeit, die mich den ganzen Tag verfolgt hatte, wie ein Nebelschleier und reduzierte meine Wahrnehmung und meine Aktivität im Ruderhaus. Ringo kam hoch, um mir eine gute Nacht zu wünschen und eine Tasse Kaffee zu bringen, die ich dringend brauchte. »Oh, vielen Dank, Mann. Du legst dich besser schlafen. Ich werde dich in etwa vier Stunden wach rütteln, damit du für mich zurückfährst.«

»Ich gehe. Wie sieht es heute nacht aus? Sind sie da?«

»Bis jetzt ist es gutgegangen. Wir haben etwa 2200 Kilogramm; schöner Start.«

»Ja, für ein Mädchen nicht schlecht. Nacht, Ma.« Ringo ging, und ich kämpfte damit, meine ganze Aufmerksamkeit darauf zu richten, ein gutes Set zu machen und meine Augen offenzuhalten. Bob Brown rief mich über ESB, und sobald wir uns abgemeldet hatten, drehte ich die Lautstärke so weit herunter, daß ich den Ruf eines anderen nicht hören konnte, wodurch ich bis morgen vermied, wieder lügen zu müssen. Nach einigen Sekunden rief mich David über VHF, um mir mitzuteilen, daß jemand mich über ESB rief.

»Danke, David. Ich habe es heruntergeschaltet, nachdem ich mit dem Chef gesprochen habe. Die Statik macht mich verrückt, wenn ich mich konzentrieren muß. Ich hoffe, daß mir die verdammten blauen Hunde heute nacht nicht in die Quere kommen. Ende.«

»Wir hatten hier oben nicht viele Probleme mit Haien, aber der Fang ist heute nach unten gegangen. Wir hatten schließlich 800 Kilogramm, und John hatte etwas mehr. Wenn sich dieses Wasser weiter zurückzieht, werden wir uns neu orientieren. Wie war dein Tag? Ende.«

»Oh, ich schätze etwa 850, aber die Haie haben uns ziemlich zu schaffen gemacht und eine Menge brandneuer Leitwehren beschädigt. Ende.«

»Verstanden. Nun, wahrscheinlich machst du heute nacht die Feinabstimmung des Sets, und morgen hast du 50 Fische. Ende.«

»Ja, in meinen Träumen. Okay, Dave, ich muß aufpassen, was ich hier oben mache. Ich spreche dich morgen. Viel Glück. Tschüs.«

»Viel Glück, mein Mädchen. Tschüs.«

Davids Stimme echote in meinem Kopf: »Wir werden uns neu orientieren, neu orientieren, orientieren.« Ich erkannte, daß selbst eine filmreife Leistung, die den Hauptbruch schlechtmachte und die Zahl der blauen Haie erhöhte, nicht genügte, die Konkurrenz in Schach zu halten, wenn der Streifen sich plötzlich so weit reduzierte, daß man nicht mehr fischen konnte. David und John waren Freunde. Ich arbeitete lieber mit ihnen als mit vielen anderen in der Flotte. Obwohl ich oft Täuschungen hingenommen hatte, mochte ich keine Lügen. Es war nicht so, daß ich David und John nicht vergönnt hätte, einen guten Fang zu machen. Ich vergönnte es ihnen. Aber ich mußte nie daran erinnert werden, warum ich den Großteil der letzten 15 Jahre auf einem kleinen Schiff weit weg von zu Hause auf See verbracht habe. Ich log für den Lebensunterhalt meiner Besatzung, meines Chefs und meines eigenen, aber hauptsächlich log ich, weil ich lange und hart gearbeitet hatte, um der Beste zu werden, und es tat gut, die Nummer eins zu sein. Es war ein dorniger Weg, an die Spitze des Haufens zu gelangen, und ich hatte vor, dort zu bleiben. Als ich David heute eine gute Nacht wünschte, hoffte ich ehrlich, daß er Erfolg haben würde, weil sein Erfolg den Status quo zumindest für eine weitere Nacht sicherte.

Aus einer Nacht wurden vier, und David und John hielten immer noch an dem Streifen fest, der täglich zu verschwinden drohte. Sie berichteten, schwere *Marker* zu fangen, Fische mit einem Gewicht von je 70 bis 90 Kilogramm. Große Fische können verführerisch sein, und ich war zuversichtlich, daß beide Männer bei ihren Sets blieben, bis sie den letzten *Marker*, der sich zu dem Zeitpunkt in diesem wertvollen Stück warmen Wassers aufhielt, gefangen hatten. Solange ich weiterhin die Zahl unserer täglichen Fänge den ihren anpaßte, was ich auch tat, konnten wir die Freiheit genießen, allein zu fischen. Nach vier Fangtagen hatten wir fast 8000 Kilogramm Schwertfisch an Bord, und da der beste Teil des Mondes noch vor uns lag, hatten wir allen Grund zu glauben, daß diese Fahrt die ertragreichste der Saison würde. Die Flotte wußte nur, daß wir durchschnittlich 900 Kilogramm pro Set hatten, nicht genug, um irgend jemand dazu zu bringen, zu den vakanten Fangplätzen an unseren Seiten zu eilen.

Meine Besatzung ließ nie nach. Als wir Set Nummer 5 machten, fand ich es bemerkenswert, daß sie mit nur drei Stunden Schlaf täglich genauso frisch und ihre Bewegungen genauso schnell und sicher zu sein schienen wie vier Nächte zuvor. Die Besatzung war am glücklichsten, wenn sie keine Zeit hatte, über die nächste zu erledigende Arbeit hinauszudenken. Carl hatte keine Zeit, Peter oder Ringo zu ärgern, und Charlie keine Zeit, krank zu sein. Die Männer arbeiteten wie gutprogrammierte Roboter. Ich hatte in vier Tagen keinen einzigen Befehl erteilt. Ein Nicken, ein Blick oder eine hochgezogene Augenbraue genügten, da die Männer alle von ihnen erwarteten Aufgaben erledigten. Das Abendessen wurde immer um Punkt 16.30 Uhr serviert, und wenn ich den letzten Bissen hinunterschlang und aus dem hinteren Fenster sah, stand Kenny schon im Heck mit der startbereiten Hupe und wartete auf mein Nicken, um das Set zu beginnen. Ohne ein Wort von mir wurden die Köder jeden Tag um zehn Uhr aus dem Gefrierschrank geholt, und beim Einholen kam auf den gesamten 40 Meilen beständig Fisch an Bord. Mein Adrenalinpegel stieg, und jeder Fisch, der auf unserem Deck landete, ließ ihn weiter ansteigen und brachte uns unserer Rückkehr nach Gloucester einen Schritt näher.

Als wir zwei Abschnitte unseres fünften Sets gemacht hatten, kam Kenny zum Ruderhaus hoch, um gute Nacht zu sagen und zu seiner Koje zu eilen. Heute nacht war Kenny an der Reihe, die *Hannah Boden* nach Osten zu fahren, während ich schlief. Ich freute mich auf einen tiefen, festen Schlaf, weil ich wußte, daß dies der beste Start war, den ich je gehabt hatte. Fast die Hälfte dessen, was wir für den Monat benötigten, lag in Salzwassereis verpackt. Die Sterne kamen zum ersten Mal in fünf Nächten hervor. Als der Mond sich unter einer Wolke hervorschob, warf er einen hellen breiten Strahl auf das Meer, ein Gleißen wie von Perlen, das weite Flächen des Wassers und Himmels erhellte, in dem sich unsere treuen Vögel tummelten. Meine Meereswelt öffnete und weitete sich zu ihrer üblichen unfaßbaren Größe. Morgen würde die Sonne auf uns herabscheinen.

Das warme Wasser an der Oberfläche, das bis jetzt gezögert hatte, sich mit dem restlichen Bruch zu vermischen, drückte schließlich fest dagegen und eliminierte die eine Meile des kalten Wassers, das bis jetzt den Bruch in zwei Stücke geteilt hatte. Ich bebte vor Aufregung in Erwartung dessen, was uns der morgige Tag an Schwertfischen einbrachte. Eine mondhelle Nacht und eine etwas höhere Wassertemperatur versprachen eine deutliche Verbesserung unseres bereits ausgezeichneten Fangs. Alles war perfekt bis auf ein gelegentliches kräftiges Schuldgefühl wegen der Täuschung meiner Freunde.

Ich markierte die Zeit bis zum Ende des Sets mit jedem Leuchtstab, der in unserem Kielwasser entschwand, während mein Körper nach Schlaf schrie. Ich konnte die Matratze unter meinem Rücken und die Entspannung jedes angespannten Muskels spüren und freute mich auf den Schlaf, der mich bald in ein kurzes Koma führte. Schließlich ging die Endboje über das Heck, der Unterwassertemperaturanzeiger hing wieder in seiner Halterung, und Kenny stand abrufbereit neben mir, um zu übernehmen. Ich strengte mich an, um die verschwommenen Zeiger der Uhr zu lesen, und freute mich im stillen, als ich entdeckte, daß ich heute nacht vielleicht dreieinhalb Stunden Schlaf bekäme. Ich stolperte zu meiner Kabine und fiel in die Koje, und meine Augen fielen zu, bevor mein Kopf auf dem Kissen lag. Zwei oder drei tiefe Züge später befand ich mich in diesem Zustand zwischen Eindösen und dem ersten tiefen Schlaf, als ich hörte, wie Kenny seinen Freund Loren über VHF rief. Die Tatsache, daß ich ihn hören konnte, irritierte mich, aber ich war zu müde, um ihm zuzurufen, den Mund zu halten. Bald würde er still sein.

Immer am Rande des Schlafes, streifte die Konversation der Männer mein Gehirn, es waren eher Töne als richtige Worte. Lorens undeutliche Stimme quoll aus dem Lautsprecher, und sein Tonfall deutete eine Frage an. Kennys Antwort kam in klaren und deutlichen Silben, die mich wie einen Stromschlag trafen. Kenny prahlte: »Wir hatten bei jedem Set über fünfzig Fische. Ich habe schon 7500 Kilogramm gepackt.« Ich schoß aus meiner Koje ins Ruderhaus, wo ich mich aufbaute und mein rothaariges Besatzungsmitglied anstarrte. Kenny erkannte meine Stimmung sofort, meldete sich bei Loren ab und entschuldigte sich dafür, mich aufgeweckt zu haben.

»Du Idiot.« Ich kochte. »Welcher Teufel hat dich geritten, über Funk zu verbreiten, was wir gefangen haben?«

»Ach, es war nur Loren«, sagte Kenny nervös.

Obwohl er natürlich seine Grenzen überschritten hatte, dachte ich nicht daran, Kenny zu feuern. Er war viel zu wertvoll, und ich mochte ihn zu sehr. Ich dachte: Wenn ich ein Mann wäre, würde ich ihn für seine Dummheit mitten ins Gesicht schlagen. Aber ich fühlte, daß Kenny etwas Dauerhafteres verdiente als eine blutige Nase oder eine geschwollene Lippe. Ich konnte nur ein verbales Feuer auf ihn abschießen. Meine Zunge war meine Waffe, und ich zog sie.

»Nur Loren! Loren, dessen Kapitän, meinen Freund, ich belogen habe und glauben ließ, daß wir nur 3500 Kilogramm an Bord hätten? Und was ist mit den anderen, die ich angelogen habe? Kannst du dir vorstellen, daß einer von ihnen zufällig sein VHF auf diesen Kanal eingestellt hat?« Kenny war verlegen. Er war schon lange genug auf Fischfängern, um zu wissen, daß es ein Privileg des Kapitäns ist, und nur des Kapitäns, mit anderen die Fischfangzahlen oder andere Details der Fahrt zu diskutieren. Er ließ seine Schultern hängen. »Du bist ein Schwachkopf! ›Nur Loren‹. Laß mich in Frieden. Wir werden morgen wissen, wie viele andere du mit der Wahrheit beglückt hast. Dieses Gebiet wird nun der Angelpunkt der ganzen Flotte sein. Fischen im Bienenstock und die *Hannah Boden* direkt in der Mitte.« Ich wartete auf eine Antwort.

»Es tut mir leid, Linda« war alles, was er hervorbringen konnte.

»Ja, natürlich, und wenn du noch einmal näher als zwei Meter an diesen Funk kommst, wird es dir noch mehr leid tun.« Ich marschierte zu meiner Kabine und stampfte mit den Füßen auf. »Sollte ich einschlafen, was unwahrscheinlich ist, weck mich um drei Uhr.«

Ich warf mich auf den Rücken und starrte an die Decke. Der Ärger hatte meine Müdigkeit weggepeitscht. Ich schloß meine Augen und rieb mir die Schläfen, die zu explodieren drohten. Ich war nicht sicher, was schlimmer für mich war, die Gewißheit, daß wir dieses produktive Wasserstück nun mit der Konkurrenz teilen mußten, oder die Tatsache, als Lügner entlarvt zu werden. Ich hatte die Konsequenzen in beiden Fällen sehr bald zu tragen. Ich war zwar wütend auf Kenny, gleichzeitig schämte ich mich aber, daß ich gelogen hatte. Der Fehler war passiert, und ich hatte ihn möglich gemacht, weil ich Kenny erlaubt hatte, den Funk zu benutzen. Ich war so wütend, daß ich zitterte und einen weiteren Schuß auf Kenny abfeuerte, bevor ich ihn bis zum Tagesanbruch in Ruhe ließ. Ich schrie von meiner Kabine aus: »Du hast kein einziges wahres Wort gesagt, seit ich dich getroffen habe! Warum mußtest du jetzt damit anfangen?«

10

Aufwärmpause

Als ich fünfzehn Jahre alt war, glaubte ich, genügend über die Gezeiten und Strömungen der Meere zu wissen, um im Salzwasser nicht in Schwierigkeiten zu kommen. Obwohl ich die Hydrodynamik nicht wirklich studiert habe, war ich mit den Grundlagen schon zu einem sehr frühen Zeitpunkt in meinem Leben vertraut. Ich kannte die sechsstündige Zeitenfolge von Ebbe und Flut und die Differenz von vier Metern zwischen Höchst- und Tiefststand. Ich hatte die Kraft einer Unterströmung gespürt, als ich am Strand entlangwatete und der Sand unter meinen nackten Füßen weggesaugt wurde. Ich wußte, daß die Ebbe zum Sammeln der Muscheln nötig war und die Flut die beste Zeit, um von den Riffen in die kalte kleine Bucht zu tauchen.

Obwohl man mir in der Schule beigebracht hatte, daß der Mond letztlich für die Gezeiten verantwortlich ist, wurde meiner Erfahrung nach die Ebbe dadurch verursacht, daß eine bestimmte Anzahl Pakete mit einem beträchtlichen Gewicht vom Skiff – einem kleinen Boot – aus über den Strand oder über die Rampe, die den Kai mit der Schwimmplattform verband, hinaufgestemmt werden mußte. Die Tide ist immer am niedrigsten und die Rampe am steilsten, wenn die größte Anzahl von großen Kartons vom Schiff zum Lkw gebracht werden muß. Erst im Sommer meines fünfzehnten Lebensjahres lernte ich die Komplexität der Meeresströmungen kennen, und mir wurde bewußt, daß vielleicht etwas anderes als der Mond sie lenkte.

Ich war eine typische Fünfzehnjährige, viel schlauer als meine Eltern und viel begabter als meine Geschwister, und im allgemeinen gelang es mir immer, meine Pflichten leichter und schneller zu erledigen, als irgend jemand dies für möglich gehalten hätte. Wir verbrachten jeden Sommer im Leuchtturm. Es gab kein fließendes Wasser, und ich hatte das Glück, mit der Entleerung des Familienlokus beauftragt worden zu sein. Alle sieben bis zehn Tage hatten wir sechs den Trichter gefüllt, so daß meine absolut ungewollte Pflicht notwendig wurde. Das Los für diese Arbeit fiel natürlich und logischerweise auf mich, da sie für meine beiden siebenjährigen Zwillinge körperlich zu anstrengend und für den schwachen Magen meiner heiklen älteren Schwester zu ekelhaft war.

Die Aufgabe an sich war überhaupt nicht schwierig. Man brauchte nur einen starken Rücken und etwas Kontrolle über den Impuls, sich zu übergeben, um sich als Lokusreiniger zu qualifizieren. Zuerst wird im Wald ein Loch gegraben. Nachdem man den Plastikbeutel, der den Eimer auskleidet, gut verschlossen hat, schleppt man Eimer und Inhalt zum frisch gegrabenen Loch. Dann wird der Inhalt mitsamt dem Beutel in das Loch geschüttet und vollständig mit Erde zugedeckt. Schließlich wird der Eimer mit einem neuen Beutel ausgekleidet und unter das Loch im Sitz der Holztoilette gestellt, um vom ersten, der ein Bedürfnis verspürt, eingeweiht zu werden.

Das Graben des Loches war der anstrengende Teil. Die Insel besteht zum Großteil aus wenigen Zentimetern Moos über festem Felsen, der sich meiner Schaufel widersetzte, wie fest ich auch grub. Eines schönen Tages hatte ich eine bessere Idee, nachdem ich mehrmals auf Felsen gestoßen war. Vielleicht inspirierte mich der Schwarm Fliegen um meinen Kopf, vielleicht auch die Tatsache, daß ich zum nächtlichen Softballspiel im Kennedy-Stadion zu spät käme. Vergiß das Loch. Ich könnte den vollen Jaucheeimer einfach über die Klippen in das Meer schütten, und niemand würde es wissen. Warum hatte ich nicht schon vorher daran gedacht?

Es war viel einfacher, den Jaucheeimer an den Rand des Meeres zu schleppen, als durch Felsen zu graben. Auf der höchsten Klippe oben angekommen, war ich von meinem Genius überzeugt. Ich kippte den Eimer um und sah zu, wie es plumpste und spritzte. Ich schien die Stärke des Beutels unterschätzt zu haben, der mit einem *Platsch* unter mir landete. Überraschenderweise blieb der Beutel intakt, eine perfekte Zielscheibe inmitten der Wellen, die der Aufprall ausgelöst hatte.

Ich hatte angenommen, daß der Beutel durch die Höhe des Falls bis zur Unkenntlichkeit zerfetzt würde. Ich hatte mich geirrt. Der Plastikbehälter mit menschlichen Fäkalien, sprich Scheiße, hatte den Aufprall unbeschädigt überstanden. Meine zweite Hoffnung, daß der Beutel untergehen würde, erfüllte sich auch nicht. Eine weitere Fehleinschätzung. Tatsächlich war der Beutel zur Hälfte mit Luft gefüllt und schwamm stolz wie ein Vogel mit einem riesigen Hinterteil. Ich warf einen Stein und traf den Beutel, so daß er nicht mehr die Form eines Vogels, sondern eines Seehundes hatte. Der Beutel trieb von der Küste weg und entfernte sich, so daß ich ihn nicht mehr mit einem großen Stein erreichen konnte, um etwas auszurichten. Verdammte Tide. Dennoch warf ich weiter. Dann kam ein Krebsfänger vorbei. Ich betete, daß der Kapitän den Beutel nicht sehen oder anhalten möge, um nachzufragen. Meine Gebete wurden erhört, da das Boot um die Ecke der kleinen Bucht und aus meiner Sicht fuhr. Das Kielwasser des Bootes ließ den Beutel auf und ab tanzen wie ein Baby auf einem Knie. Ich stellte mir vor, wie der Beutel rülpste und einen ekligen Duft aufsteigen ließ, der zum offenen Küchenfenster schwebte, aus dem ich meine Mutter glücklich singen hörte, da sie von meiner Not nichts wußte.

Jetzt hatte offensichtlich irgendeine Strömung den Beutel gepackt und trieb ihn über die Öffnung der kleinen Bucht hinweg zur Stadt. Gottverdammte Tide. Ich geriet in Panik. Ich jagte dem Beutel bis zur Sackgasse hinterher und bewarf ihn während der ganzen Zeit mit Steinen, Stöcken, allem, was mir in die Hände kam. Meine Anstrengungen, ihn zum Platzen zu bringen, blieben erfolglos. Es wurde schon dunkel, und der Beutel näherte sich im Sog einer gemeinen Strömung dem Haupthafen der Stadt. Man durfte mich hier nicht sehen. Ich konnte das Risiko, erwischt zu werden, nicht eingehen. Meine Eltern brächten mich um. Ich kehrte dem Beutel meinen Rücken zu und ging langsam nach Hause. In meinem Kopf war das Bild eines freundlichen Seglers, der den Beutel unschuldig auffischte, um seinen Teil dazu beizutragen, »Amerika schön zu halten«. Welche Überraschung ihn erwartete!

In dieser Nacht schlief ich schlecht. Ich stellte mir vor, daß verärgerte Leute aus der Stadt an die Tür klopften und Wissenschaftler mich besuchten, die Tests gemacht hatten und den Inhalt des Beutel einwandfrei den Greenlaws zuordneten. Ich fragte mich, ob der Beutel an unsere Küste zurückkehrte wie eine heimkehrende Brieftaube und wie ich meiner Familie sein Erscheinen erklären sollte. Die folgenden Tage nach dem Vorfall war ich von Ängsten gequält. Ich untersuchte Seegrasballen und Treibholzstücke, die mit der Tide herein- und herausgeschwemmt wurden. Und obwohl ich zuversichtlich war, nun über die Gezeiten Bescheid zu wissen, grub ich ein Loch, als ich das nächste Mal den Lokus entleerte.

11

Das goldene Hufeisen

Unter Langleinern macht sich eine besondere Geisteshaltung breit, die ich *die Fischermentalität* nenne. Die Crux der Fischermentalität ist, das Glück in Frage zu stellen und es nie als gegeben hinzunehmen, sei es in Form längerer Zeiten des Sonnenscheins oder großer Mengen Fisch. Eine Periode unverhältnismäßig guten Wetters wird oft mit Skepsis betrachtet und verbal vielleicht so ausgedrückt: »Später werden wir dafür zahlen.«

Fischer wissen, daß die höheren Mächte das Gute und das Schlechte etwas seltsam verteilen, deshalb mißtrauen wir jeglicher Situation, die uns den geringsten Vorteil verschafft. Der Kapitän und die Besatzung gehen oft auf Zehenspitzen herum, als wanderten sie auf einem schmalen Grat und hätten Angst, etwas zu tun, was das prekäre Gleichgewicht ins Wanken bringen und die Waage von der Stabilität zum Verhängnis umschlagen lassen könnte. Die meisten Fischer haben am eigenen Leib erlebt, daß man nicht prahlt, sich nicht brüstet oder auch nur eine angenehme Situation erwähnt aus Angst, sich selbst zu verhexen und eine Unglücksserie herbeizurufen. Mein alter Freund Alden ging einen Schritt weiter. Er duschte oder rasierte sich nie während guten Fischwetters und verbat dies auch seiner Besatzung. Seiner Meinung nach tat er alles in seiner Macht Stehende, um den Status quo aufrechtzuerhalten. Aus der Entfernung sieht dies nach einem Verrückten aus, aber wenn man mit Menschen zusammen ist, deren Leben und Lebensunterhalt von den Launen des Schicksals abhängt, nimmt man diese Mentalität wie einen religiösen Glauben an. Ich habe einmal das gleiche purpurfarbene T-Shirt 22 Tage hintereinander angezogen und schlief sogar darin, weil es sich als glückbringend erwiesen hatte. Am Ende dieser Fahrt wusch ich das vor Salz steife T-Shirt versehentlich falsch, und es wurde lappig und dünn. Salz und Wohlstand wurden mit dem Waschpulver in den Abfluß gespült.

Natürlich trifft das Gegenteil zu. Wenn ein Fischer von einem unglaublichen Unglück mit Schleudern und Pfeilen beschossen wird, wird er alles tun, um eine Änderung herbeizuführen. Mancher Versuch, sein Schicksal zu ändern, mag als befremdlich oder sogar grausam angesehen werden, aber jene, welche die Unbeständigkeit des Schicksals kennen, verstehen, daß es keine zu wunderliche Handlung gibt. Vor Jahren war ich Zeuge eines Exorzismus inmitten einer See, die vor Haien wimmelte und unsere Haken und den Mono schwinden ließ, bis fast nichts mehr da war. Eigentlich war es mehr das Opfern eines blauen Haies. Meine übereifrige Besatzung hatte vor, die Population der bedrohlichen Räuber von dem, was von unserem geliebten Fanggerät übrig war, mit Voodoo und Hokuspokus und Schlägen wegzujagen und zu erschrecken. Ein mehr als zwei Meter langer blauer Hai wurde mit einer Schlinge in der Takelage der *Hannah Boden* aufgehängt, wo er wild um sich schlug. Dann wurde der Hai in Lumpen gehüllt, die mit Benzin getränkt waren, und man stach mit Messern und Gaffs auf ihn ein, bis ein Streichholz ihn in Brand setzte. Langsam ging das Schlagen in ein schmerzvolles Krümmen und schließlich in ein leichtes Zucken über. Der Rauch verkohlten Fleisches, ein eigenartig befriedigender Geruch, brachte den Männern, die durch die Abwesenheit der Schwerter und die Übermacht der Zähne entmutigt waren, Hoffnung. Die Hoffnung der Mannschaft starb mit den Flammen, da noch mehr Haie aus dem Wasser und an Deck geholt wurden. Aber die Hoffnung flammte wieder auf, als der nächste 2-Meter-Hai herausgeholt und gevierteilt wurde, um das Schicksal freundlich zu stimmen.

Bei unserer jetzigen Fahrt geschahen die Dinge so schnell, daß ich nicht die Zeit gehabt hatte, die Fischermentalität zum Zuge kommen zu lassen. Nicht nur der Fang und das Wetter, sondern jeder Aspekt der Fahrt war außerordentlich gut gewesen. Aber irgendwo ganz hinten in meinem Kopf war *die Mentalität* da.

Kenny blies an dem Morgen, der seiner Indiskretion über Funk folgte, an Deck Trübsal wie ein gescholtenes Hündchen. Ich schäumte immer noch und schoß bei jeder Gelegenheit messerscharfe Kommentare auf Kenny ab. Er zuckte ständig zusammen und sah unglücklich aus. Ich war während des Morgens so sehr beschäftigt sicherzustellen, daß Kenny sich miserabel fühlte, daß ich überrascht war zu erfahren, daß wir um neun Uhr bereits 46 Schwertfische an Bord gebracht hatten, obwohl erst die Hälfte des Fanggeräts eingeholt war. Der erfolgreiche Morgen konnte jedoch wenig dazu beitragen, das ungute Gefühl in meiner Magengegend zu beruhigen, sondern schien das Feuer, das mit jeder Minute stärker brannte, nur noch anzufachen. Jede Sekunde erinnerte mich daran, wie wenig Zeit mir bis zehn Uhr blieb, wenn der Rest der Flotte Funkkontakt aufnahm.

Meine Sorge über die mögliche und verdiente Konfrontation, die wahrscheinlich anstand, nachdem nun meine Fischerkollegen mit ziemlicher Sicherheit wußten, daß ich sie in die Irre geführt hatte, erreichte genau um zehn Uhr ihren Höhepunkt, als ich den Leerlauf einlegte und schrie: »He, Kenny, es wird Zeit für dich, zum Funk zu gehen und anzukündigen, daß wir den besten Tag haben, den wir jemals hatten! Sie sollten sich lieber beeilen, hierher zu kommen, bevor wir sie alle fangen!« Ich wrang das Wasser aus meinen Handschuhen mit roten und weißen Blümchen, warf sie aufs Deck und warf Kenny einen letzten heimtückischen Blick zu, bevor ich mich zur Tür des Vorschiffs und dem nun gefürchteten Funk wandte.

»Was hat Kenny getan, daß du so sauer auf ihn bist, Ma?« fragte Carl, als ich an der Reling an ihm vorbeirauschte.

Außer Kenny hörten alle zu arbeiten auf und spitzten die Ohren, um die Ursache zu erfahren, warum ich ihren Schiffskameraden und Freund schalt. Ich hielt einen Moment inne, um Kenny die Gelegenheit zu geben, selbst auf Carls Frage zu antworten. Als Kenny es ablehnte, von seiner Arbeit aufzusehen, beschloß ich, daß es mir noch einmal Genugtuung verschaffen würde, ihn zu demütigen, bevor ich selbst gedemütigt würde. »Er hat jedem im Funkbereich gedruckte Einladungen geschickt und sie aufgefordert, zu diesem Wasserstück zu kommen und am Fest teilzunehmen«, knurrte ich.

»Nun«, sagte Ringo, als er seinen Rücken streckte, der seit Tagesanbruch gebeugt war, »sieht nach einer Party aus.« Er zeigte nach Nordwesten, und alle Augen sahen in die Richtung, in der zwei Schiffe aus der Entfernung auf uns zufuhren. Die ersten Schiffe, die wir nach fast einer Woche sahen, waren kein willkommener Anblick. Ich erkannte an ihrer Größe und Form und weil sie immer zusammen reisten, daß es sich um die Schwesterschiffe *Maryanne P.* und *Leslie Lisa* aus Ocean City, Maryland, handelte. Ihre Kapitäne, George und Tommy, repräsentierten die Rüpel in unserer ansonsten ganz respektablen Gruppe von Schwertfischern. Die Schiffe waren offensichtlich nie richtig gewartet worden, sie waren verrostet, und ihre Takelage war derb. Man sagte über das Paar, daß das Ende ihrer Fahrten nie durch das Füllen ihres Fischladeraums bestimmt werde, sondern weil ihre Bestände an Budweiser erschöpft seien. Der Stand der Schiffslager war oft Gegenstand der Gespräche zwischen den beiden, wobei sie Bier als *Dosenware* bezeichneten.

»O mein Gott, hier kommt die Nachbarschaft.« Meine Sorge änderte sich plötzlich und betraf nicht mehr meinen Verlust an Glaubwürdigkeit und die Zahl der Schiffe, die eventuell zu uns stießen, sondern die Qualität der Gesellschaft, die wir in den nächsten Tagen hätten. Diese beiden Männer schienen vom Pech verfolgt, das meiner Meinung nach oft zuschlug.

»Wir müssen uns wegen dieser beiden Clowns keine Sorgen machen«, warf Ringo ein, »keiner von den beiden könnte Kacke in einem Klärbehälter fangen.«

»Nein, sie werden uns nur im Weg und lästig sein.« Die Frustration über die Ereignisse der letzten zwölf Stunden erstickte jegliche Aufregung, die ich sonst vielleicht darüber gespürt hätte, daß dies der beste Fischfangtag zu werden schien, den ich je gehabt hatte. Wenn es eine Möglichkeit gegeben hätte zu wissen, daß dieser Tag ein Höhepunkt meiner Fischfangkarriere würde, hätte ich ihn vielleicht genießen können. Ich hätte Mutter Natur für die Schönwetterperiode gelobt, die bald zu Ende ginge. Ich hätte den Fischgöttern für ihre Großzügigkeit gedankt und den Reichtum, den ich wahrscheinlich nie mehr empfing. Und ich hätte die Begeisterung und gute Laune der Besatzung gewürdigt und genährt.

Ich stellte mir die vielen Möglichkeiten der beiden Kapitäne vor, unseren Fischfang zu behindern, allein deswegen, weil sie es waren und sie in der Gegend waren. Ich warf meinen Kopf zurück, schloß meine Augen und lachte in völliger Resignation. Als ich meine Augen wieder öffnete, hatte Ringo meinen Platz an der Reling eingenommen, um das Gerät einzuholen, so wie er es an jedem Morgen um diese Zeit gemacht hatte. Die anderen Männer waren damit beschäftigt, aufzuwickeln, zu ziehen, zu gaffen und zu säubern, während ich mich die Stufen zum Ruderhaus hinaufquälte, um falsche Nettigkeiten auszutauschen und hartnäckig zu versuchen, mein 40-Meilen-Gebiet vor den beiden zu verteidigen, die östlich von Cape Hatteras den größten Mist bauten.

Der Funk blieb ungewöhnlich ruhig, abgesehen von den allgegenwärtigen atmosphärischen Störungen des ESB, die jeden, der nicht an das Geräusch gewöhnt war, irritierten. Ich beschloß, es zuerst mit den Schiffen aufzunehmen, die nun auf uns zukamen, und rief über VHF *Maryanne P.* Ich war erstaunt, daß Kapitän George nach nur einem Läuten in seiner schläfrigen Stimme antwortete. Kapitän George erklärte, wenn er nicht gerade gähnte, daß er und Tommy an diesem Abend ihr erstes Set dieser Fahrt machten und sie vorhatten, beiderseits von mir zu fischen. George wollte westlich von mir und Tommy östlich von mir fischen und, wie er im Spaß sagte, *ein Linda-Sandwich* machen. Als er nach dem heutigen Einholen fragte, antwortete ich wahrheitsgemäß und berichtete, 62 Schwertfische an Bord gebracht zu haben, wobei noch mehr als drei Abschnitte einzubringen waren. George sandte daraufhin einen Mischmasch an Ausrufen der Begeisterung, gefolgt von einer längeren Pause, einem tiefen Einatmen und einem lauten und keuchenden Ausatmen sowie einem trockenen Husten. Als ich fortfuhr, gab ich George eine voraussichtliche Startposition für das Ausbringen heute nacht und erklärte ihm, daß er nach Westen fahren müsse, in die Richtung, aus der er gerade kam, 35 Meilen jenseits meiner Startposition, bevor er selbst nach Westen ausbringen könnte, um Platz für mein Fischfanggerät zu lassen. Nach einem Moment des Schweigens kam ein pfeifendes Husten, gefolgt von naß klingendem Prusten, dann ein: »Scheiße, ich mach' mich lieber auf die Socken.« Und schon machte er sich auf den Weg, und eine Wolke schwarzen Rauchs hing über seinem verrosteten Heck.

Ein ähnliches Gespräch mit Tommy bestätigte, daß er tatsächlich östlich von mir fischen und dort starten wollte, wo ich es vorhatte, um in die andere Richtung auszubringen. Ich hängte das Mikrofon ein und beobachtete die abgewrackten Schiffe, die wie häßliche Buchstützen aussahen, die sich davonschlichen.

Kaum hatte ich das Mikrofon eingehängt, bekam ich meinen ersten Schlag über ESB. Es war L.T. von der *Sea Lion VIII,* und seine laute, klare Stimme durchdrang problemlos die atmosphärischen Störungen. »*Hannah Boden.* Melde dich, Kapitän Schützengraben.«

Ich fühlte meine Wangen erröten, als ich zögerlich nach dem Mikrofon griff. Ich hätte vorgeben können, ihn nicht zu hören, aber ich wußte, daß ich irgendwann meinen Freunden eine Antwort auf die Täuschung geben mußte. Ich zuckte mit den Schultern und antwortete: »Kapitän Schützengraben meldet sich zurück. Was gibt es, L.T.? Ende.«

»Ach, nicht viel. Wir sind hier drüben und fangen unsere mageren 900 Kilogramm am Tag. Weißt du, du scheinst ein Problem mit deinem Funk zu haben. Es scheint die Zahl der gefangenen Fische zu halbieren. Ende.«

»Ja, ich weiß. Mach dir keine Sorgen, mein Ingenieur hat den Fischfilter aus dem Sender genommen, so daß er jetzt in Ordnung ist. Wir hatten mit dem Set heute nacht wirklich Glück.« Ich wechselte schnell das Thema und hoffte, daß L.T. es auch auf sich beruhen ließ. »Bis jetzt 62 Fische heute morgen. Heute nacht bekommen wir jedoch Gesellschaft, George und Tommy. Ich hoffe, daß der Fisch weiterhin anbeißt. Ende.«

»Ja, wenn es irgend jemand verdient, dann du. Ende.«

Ich war mir nicht sicher, ob L.T. mit *es* den phantastischen Fischfang meinte, in dem wir schwelgten, oder meine neuen Begleiter als Belohnung für meine Lügen. Nichtsdestotrotz dankte ich ihm, wünschte ihm Glück und meldete mich ab. Bevor ich das Ruderhaus verließ, um an Deck zu gehen, hörte ich interessiert dem nächsten Gespräch zu, dessen Gegenstand ich war. Die zwei entfernten Stimmen sangen mein Loblied in Anerkennung der Erfolge, die ich im Laufe der vergangenen Jahre errungen hatte. Als ich die *Hannah Boden* das erste Mal befehligte, wurde mein erster Erfolg mit »Nicht schlecht für ein Mädchen« kommentiert. Aber nun schien es, als sei ich *der Kapitän, der geschlagen werden muß* – und nicht viele erreichten meine Leistung.

Ich genoß ihre Lobeshymnen und aalte mich förmlich in den Komplimenten, bis ich glaubte, mein Kopf würde platzen. Das Lob ging weiter, und immer mehr Kapitäne fielen ein. Ich klebte an dem Funk, den ich so nachdrücklich gemieden hatte, und brachte es nicht fertig, mich von den engelsgleichen Stimmen zu lösen, um an meine Arbeit an Deck zurückzukehren. Die Worte waren wie Medizin und heilten meine wunden Hände und meinen erschöpften Körper. Ich war frisch und neu, bereit, es mit der Welt oder zumindest mit George und Tommy aufzunehmen. Ein letztes Bravo, und ich kehrte an Deck zurück. »Ja, sie hat das goldene Hufeisen, das ist sicher.« Da war sie, kalt und hart: die Fischfangtheorie des goldenen Hufeisens – diese Realität mußte ich schlucken.

Der Kapitän, der zu irgendeiner Zeit die größte Menge Fisch an Bord holt, hat *das goldene Hufeisen*. Ich weiß nicht, wann oder durch wen diese Bezeichnung entstand, aber ich kenne sie, seit ich zu fischen begann. Im Lauf der Jahre und aufgrund der rauhen Natur der Fischer wurde die Bezeichnung ein wenig geändert. Man sagte nun dem Skipper mit dem besten Fang nach, das goldene Hufeisen an seinem Arsch zu haben. Seit ich selbst in den Besitz des goldenen Hufeisens gekommen bin, bevorzuge ich zu denken, es sei unter meinem Kopfkissen; sei es drum. Die Theorie basiert auf dem Prinzip *Was hoch fliegt, muß auch wieder landen*. Es war das Landen, das schnell meinen Kopf und Geist auf den Boden der Tatsachen holte. Die Erwähnung des Hufeisens erinnerte mich daran, daß eine lange Zeit verstrich, bevor ich es bekam, und daß es plötzlich und ohne Vorankündigung an einen anderen gehen konnte. Ohne das Hufeisen wäre ich mit L.T. und den anderen in einer mittelmäßigen Fangkategorie und kratzte täglich eine magere Tonne Fisch zusammen. Der Gedanke daran machte mich schaudern. Die Fischermentalität hatte zugeschlagen.

Ich gähnte, rieb mir die Augen mit dem Rücken meiner zitternden Hände und ging an Deck zurück. Ich quetschte meine schmerzenden Finger in nasse Handschuhe, klopfte Ringo auf die Schulter und übernahm seinen Posten an der Reling. Ich brachte die *Hannah Boden* kaum voran, bevor ich sie für den nächsten Fisch wieder zurücksetzen mußte. Ich erwartete gespannt das abrupte Ende der Fischflut. Ich sah sehnsüchtig nach Westen auf die schwarzen Wolken und das Meer, über das der Wind fegte, die bald das Gebiet beherrschen würden. Mein Ärger war verflogen und Kenny keine Zielscheibe mehr. Meine Sprachlosigkeit machte nun der Beschäftigung mit dem zu erwartenden Pech Platz. Ich war sicher, die Klimpermusik zu hören, die während meiner Kindheit jeden Samstagmorgen den Auftritt der Fee überschattete. Bald würde die Fee vor mir auftauchen und mit ihrem Zauberstab das Wort *Ende* über den Himmel schreiben und diese Geschichte beenden. Ich wartete. Aber heute hörte ich die Musik nicht. Die Sonne schien weiterhin, und der Fisch schien kein Ende zu nehmen.

Als nur noch ein halber Abschnitt einzuholen war, kritzelte ich den hundertsten Bleistiftstrich der täglichen Fischzählung. Der Druck des Bleistifts, mit dem ich den Punkt des Ausrufezeichens markierte, unterstrich mein Gefühl bevorstehenden Unheils. Um bei der Fischermentalität zu bleiben: Je besser die guten Zeiten, desto schlimmer die schlechten Zeiten. Die Männer schlürften Coca-Cola, um den herausragenden dreistelligen Zugang zu unserem Fischfang zu feiern. Charlie bot mir eine Dose Pepsi light an. Ich lehnte mehr als unhöflich ab. Ich unterbrach die Ovationen und erwähnte die Tatsache, daß sie unser Set heute nacht sicherlich verhexten, indem sie das Schicksal herausforderten, das nur darauf wartete, den Teppich unter unseren Füßen wegzuziehen. »Kommt, laßt uns das restliche Fischfanggerät aus dem Wasser bringen. An die Arbeit zurück. Wir müssen fahren. Ich muß den Funk überwachen, um diese beiden Idioten davon abzuhalten, unsere Fahrt zu vermasseln.«

»Warum siehst du so schwarz, Linda?« fragte Charlie. Seine blauen Augen waren wieder etwas lebhafter und sein Bart nicht mehr strubbelig. »Wir haben über 12 000 Kilogramm an Bord. Wir fahren bald nach Hause, wenn der Fisch weiterhin anbeißt.«

»Das ist ein großes *wenn*. Erinnerst du dich an das Heilbuttdesaster?«

»Wie könnte ich das vergessen? Was für ein Alptraum.« Charlie sah mich böse an und ging zur Schlupfkajüte zurück, wo er die letzten Leitwehren aufwickelte, während wir die letzten zwei Meilen Gerät einholten.

Man sagt oft über Fischer und diejenigen, die sich zu einem Leben auf dem Wasser hingezogen fühlen, daß wir »vom Floh gebissen worden sind« oder an einer Krankheit leiden, die »Seefieber« genannt wird. Im Falle des Heilbuttdesasters muß der Floh, der mich gebissen hatte, eine Tsetsefliege oder ein anderes Insekt mit einem Krankheitserreger gewesen sein. Wir verließen den eisigen Hafen von Gloucester Ende Februar mit großen Hoffnungen und neuer Begeisterung für einen Fischfang, den wir noch ausbeuten konnten. Geschichten aus der Vergangenheit, in denen Bob Brown die *Hannah Boden* bis zur Oberkante mit den riesigen und teuren Plattfischen vollgeladen hatte, spukten in unseren Köpfen wie die legendären »Visionen von Süßigkeiten«. Ich war genauso aufgeregt wie die Besatzung, etwas Neues auszuprobieren, und hatte keine Ahnung von der Odyssee, die uns erwartete.

Die fünftägige Fahrt zum westlichen Teil der Grand Banks lief ohne Zwischenfälle ab. Die ersten Heilbutt-Sets, die nur sechs Meilen lang sind und zwei- oder dreimal täglich gemacht werden können, waren wie ein trockener, irritierender Husten, ein Symptom für eine ernstere Krankheit. Die Krankheit hielt zwei Wochen an, und der Fang war enttäuschender, als ich es mir je hätte vorstellen können. Die westliche Seite und die Südspitze der Bank wurden als chronisch diagnostiziert. Die dritte Woche der Fahrt, die wir eigentlich für die Heimfahrt mit reicher Beute vorgesehen hatten, verbrachten wir statt dessen mit der Erprobung der Ostküste der Bank und der Umrundung des Flemish Cap, wobei beide Gebiete sich als tödlich erwiesen. Tagelang brachten wir aus, holten ein, fuhren weiter, brachten aus, holten ein und fuhren weiter. Jede Weiterfahrt zu einem neuen Gebiet bot Hoffnung auf eine Besserung, aber unsere Hoffnungen blieben unerfüllt.

Die Fahrt schleppte sich schon seit fast dreißig Tagen hin, und die leeren Haken nagten an den Wunden. Als der Marlboro-Bestand völlig aufgebraucht war, erfuhr die Besatzung eine neue Belastung, da alle starke Raucher waren. Das Essen mußte als Ersatz für die Zigaretten herhalten, und am 33. Tag waren die Schiffsbestände auf Kaffee, Dosenrüben und getrocknete Bohnen reduziert. Von den Rüben und den Bohnen war genug vorhanden, da sie auf jeder Fahrt gekauft und selten gegessen werden. Es stellte sich heraus, daß niemand an Bord Dosenrüben oder getrocknete Bohnen mochte. Schlechte Laune breitete sich aus, als die Besatzung mit Nikotinentzug und nagendem Hunger kämpfte. Als man entdeckte, daß jemand eine Dose Schokoladenguß verschlungen hatte, die zum Süßen des Kaffees aufgehoben worden war, gab es einen Faustkampf. Der Ahornsirup war schon lange weg, nachdem der Vorrat an braunem und weißem Zucker erschöpft war.

Etwa am 38. Tag tauchte ein Mann mit einer Zigarette, die er im Kielraum gefunden hatte, aus dem Maschinenraum auf. Er hielt die Zigarette vorsichtig wie ein Fabergé-Ei und schrie: »Ich weiß nicht, ob ich sie rauchen oder essen soll!« Jemand holte ein Feuerzeug, und jeder genoß ein paar Züge, was die Laune nur vorübergehend hob.

Wir hatten 500 Meilen abgegrast, und jede Meile war ohne Leben gewesen. Wir fischten in einer Wüste. Am 39. Tag ging ich in eine selbstgewählte Klausur, nachdem ich gehört hatte, wie ein Besatzungsmitglied mich in alles andere als liebevollen Worten als

Moby Dicklos bezeichnet hatte (Anspielung: *dick* = »Schwanz«; Anm. d. Übersetzerin). Nur ich stand zwischen der Besatzung und ihrer Rückkehr, und mein Wunsch, genug Fische zu fangen, um die Ausgaben der Fahrt zu decken und somit eine Pleite zu vermeiden, war größer als ihr Wunsch, nach Gloucester zurückzukehren. Pleite ist die Bezeichnung für eine Fahrt, in der die Ausgaben nicht gedeckt sind und keine Löhne gezahlt werden. Ich wollte unbedingt die Schande vermeiden, ohne einen Pfennig in den Hafen zurückzukehren, und klammerte mich an die Hoffnung, daß der Fisch um die nächste Ecke sein mußte, obwohl es keine Ecken mehr gab, um die man noch gehen konnte.

Ich blieb im Schutz des Ruderhauses, bis ich vom Kapitän eines deutschen Fabriktrawlers, der im gleichen Gebiet arbeitete, erfolgreich einen Karton ausländischer Zigaretten schnorren konnte. Die Zigaretten rochen wie verbrannter Kuhmist, als man sie rauchte, aber ihr Erwerb gab mir ein wenig Zeit. Die Besatzung war vorübergehend besänftigt. Ich wollte einen letzten Versuch unternehmen, der Fahrt Leben einzuhauchen. Aus meinem persönlichen Schrank grub ich ein kleines rotes Buch aus: *Die Fischfanggründe des Nordatlantiks und des St.-Lorenz-Golfes.* Der Chef hatte es mir für diese Fahrt geliehen. Das Buch, das ich als Artefakt betrachtet hatte, das ins Museum gehörte, enthielt Fischfangstatistiken vom Jahr 1870 bis zum Jahr 1935. Ich blätterte die Seiten durch und suchte die Kopie einer Karte des Nordatlantiks, auf der mir Bob einen Fischfanggrund gezeigt hatte, der auf neueren Karten nicht eingetragen war. Ethel Laurel Banks, weit östlich der Gebiete, die wir bei dieser Fahrt angesteuert hatten, war mein letzter, verzweifelter Versuch. Als Bob mich das erste Mal auf die Karte aufmerksam machte, dachte ich sarkastisch: »Ja, natürlich, es gibt Ethel Banks. Irgendwie ist es in den letzten Jahrhunderten von modernen Kartenherstellern übersehen worden.« Jetzt machte Ethel Banks einen guten Eindruck, vielleicht, weil mich das *Seefieber* betäubte. Mit dem Karton Zigaretten als Handelsobjekt war es mir möglich, die Besatzung dazu zu bringen, nach der Bank zu suchen. Im Austausch dafür ließ ich mich auf ein Zeitlimit von 48 Stunden ein. Wenn der mysteriöse Meeresgrund in den nächsten zwei Tagen nicht gefunden wurde, würde ich aufgeben und nach Westen fahren.

Als die letzten Sandkörner durch das Zweitageglas liefen, bemühte ich mich darum, eine Möglichkeit zu finden, damit die Besatzung noch einen Tag nach Ethel Banks suchte. Während ich im Geiste verschiedene Szenarios ablaufen ließ, rief mich Bob Browns Stimme zum Funk. Bob hatte mir während der letzten fünf Tage jeden Abend vorgeschlagen, aufzugeben, nach Hause zu kommen und etwas Neues zu beginnen. Heute abend war sein Vorschlag kein Vorschlag, sondern ein direkter Befehl, sein Schiff sofort nach Gloucester zurückzubringen. Er erwähnte, daß man ein totes Pferd nicht schlage. Die Besatzung war erleichtert, daß sich Dr. Kevorkian schließlich eingemischt hatte, um ihrem Leiden ein Ende zu bereiten. Die Odyssee dauerte 47 Tage. Zwei der Männer küßten tatsächlich die Erde, nachdem sie das Schiff verlassen hatten. Der Großteil meiner Besatzung hörte nach dieser Schreckensfahrt auf und schwor, nie wieder einen Fuß auf ein Schiff zu setzen, das vom Seefieber befallen ist, und dieses Leiden bin ich nie ganz losgeworden.

Die letzte Hupboje landete mit einem dumpfen Geräusch an Deck der *Hannah Boden* und brachte den Optimismus wieder, den ich irgendwie verloren hatte. Das Vertrauen trat schnell an die Stelle der Unzufriedenheit. Ich gab der Besatzung ein paar Instruktionen und eilte die Stufen zum Ruderhaus empor, wo ich mein Ölzeug ablegte und das Schiff in Richtung unserer voraussichtlichen Startposition steuerte. Da ich die genaue Zahl der gefangenen Fische nicht kannte, gab ich mehreren interessierten Kapitänen wahrheitsgemäß an, daß es etwas mehr als hundert seien. Als ich die Worte aussprach, wuchs die Aufregung in mir. Vielleicht hatte die Besatzung recht; noch ein paar Tage wie dieser, und wir befänden uns auf unserem Heimweg. Es wäre nicht nur unsere beste Fahrt der Saison, sondern auch die kürzeste.

David von der *Northern Venture* gratulierte mir zu dem Tagesfang und sagte, daß er nun zurückfahre. Da er einen guten Fang an Bord hatte, wollte er seinen Fisch nach Gloucester bringen, bevor andere große Fänge in den Tagen nach dem letzten Mondquartal hereinkamen. Ich dachte, daß es ein vorsichtiges Manöver sei, da diejenigen mit den guten Fängen in den letzten Tagen am Funk nicht sehr gesprächig gewesen waren. Einige der ertragreichsten Schiffe der Flotte hatten etwa den gleichen Zeitplan wie ich. Bald mußte ich darüber nachdenken, wann ich selbst zurückkehren sollte, um zu vermeiden, am gleichen Tag wie die *Seahawk*, *Allison*, *Eyelander* und *Miss Millie* anzulegen, da jede davon den Markt überfluten und die Preise nach unten drücken konnte.

Mein unmittelbares Ziel war, meine neuen Fischfangkollegen, George und Tommy, im Auge zu behalten und sie in sicherer Distanz zu meinem Gebiet zu halten. Ich rief George, um mich über seinen Rückzug nach Westen zu informieren, erhielt aber keine Antwort. Nach mehreren Versuchen gab ich es auf und rief Tommy. Nachdem ich auch von ihm keine Antwort erhielt, lehnte ich mich zurück und beobachtete die beiden Ziele zwölf Meilen westlich von mir. Wie zwei siamesische Zwillinge wanderten die beiden auf meinem Radarschirm nach Westen. Ich konnte nicht umhin, mich zu fragen, was George gedacht hatte, als er dreißig Meilen weiter fuhr, als er mußte, um dann umzudrehen und gegen drei Knoten Tide zurückzutuckern. Eine kurze Berechnung im Kopf sagte mir, daß George heute nacht nicht vor zehn Uhr in der Lage wäre auszubringen. Nach dem Ausbringen und der Rückfahrt zu seinem östlichen Ende konnte er nicht vor sechs Uhr mit dem Einholen anfangen.

Als ich Johns Stimme über VHF hörte, war klar, daß nicht nur ich über Georges Zeitplan nachdachte. »Klingt, als werde George eine lange Nacht haben. Ende.«

»Hallo, John. Ich dachte gerade das gleiche. Wie ist es heute gelaufen? Ende.«

»Nicht toll. Ich wollte mich östlich von dir plazieren, um die Fahrt zu beenden, aber Tommy sagte, daß er dort sein werde. Ich schätze, du wirst heute nacht genug Hilfe haben, deshalb versuche ich es noch einmal mit diesem Streifen. Ende.« Ich hörte ein wenig Frustration in Johns Stimme. Er hatte eine Nacht zu lange gewartet.

»Nun, George und Tommy sind nicht für ihre Ausdauer bekannt.

Du mußt vielleicht nicht zu lange auf einen Fleck hier unten warten. Ende.«

John, der das Paar genauso gut kannte wie ich, wußte wahrscheinlich, daß die Chancen gering waren, daß einer der beiden das Set wiederholte. Meine Bemerkung über die fehlende Beständigkeit des Duos war eine Untertreibung. John mußte in der Tat überhaupt nicht lange warten, bis beide Schiffe aus dem Bild verschwunden waren. Das *Linda-Sandwich*, das wir drei bildeten, existierte bald nicht mehr, da die beiden Brotscheiben wegfielen und das Fleisch allein bliebe. Innerhalb von 24 Stunden hätte der Kapitän der *Eagle Eye* soviel Platz, wie er brauchte.

Das Set dieses Abends verlief reibungsloser, als ich dachte. Tommy und ich stellten uns am Bruch auf und brachten wie geplant in entgegengesetzte Richtungen aus. George fuhr vor mir her. Zwei Abschnitte innerhalb meines Sets zeigte das Meßgerät für die Unterwassertemperatur eine Schicht eiskalten Wassers in der Tiefe an, in der meine Haken baumelten. Obwohl die Oberflächentemperatur gut aussah, 16,5 bis 20 Grad, war das Klima 23 Meter unter der Oberfläche mit 12 Grad frostig. Schnell drehte ich die *Hannah Boden* backbord und hoffte, daß eine südlichere Route eine wärmere thermische Schicht produzierte. Zwanzig Minuten vergingen, aber die Unterwassertemperatur änderte sich nicht, und jede Sekunde konnte einen weiteren blauen Hai bedeuten. Vielleicht befand ich mich in der Mitte eines kalten Wasserstreifens, der in die Wärme aus dem Norden hinunterdrückte. Wenn ja, wäre es am einfachsten und schnellsten, ihn direkt in westlicher Richtung zu überqueren. Vielleicht war ich aber auch schon am südlichen Ende des kalten Teils und sollte weiter südlich fahren. Als Kompromiß steuerte ich nach Südwesten und wartete. Weitere zwanzig Minuten vergingen, bevor der Anzeiger aus dem Kühlschrank kletterte, und nun war ich zuversichtlich, daß die Haken, die über das Heck gingen, in einem Gebiet landeten, in dem sich vielleicht Schwertfische aufhielten. Zehn Meilen südlich der Fischroute der letzten Nacht, die uns hundert Fische eingebracht hatte, verdoppelten sich die Anzeichen gegen eine Wiederholung am Morgen. Dieses Wasser, das ich in der letzten Woche so gut kennengelernt hatte, hatte sich in den letzten 24 Stunden drastisch geändert. Ich fürchtete, daß die Änderung unmöglich etwas Besseres verheißen konnte.

Ich machte das Beste aus dem, was mir das Meer zu bieten hatte, und fuhr im Zickzack nach Westen, wobei ich während des restlichen Sets außerhalb des kalten Wassers blieb. Ich rief Tommy, um zu hören, ob er auf das gleiche Problem gestoßen war. Er antwortete, daß sein Meßgerät für die Unterwassertemperatur vor drei Jahren kaputtgegangen sei. Da es ihm zu anstrengend war, es jeden Tag hinunterzulassen und wieder heraufzuholen, hatte er sich nie die Mühe gemacht, es reparieren zu lassen. Tommy hatte keine Ahnung, wie die Wassertemperatur unterhalb der Oberfläche war, und es war ihm völlig egal. Ich war so diplomatisch wie möglich und schlug Tommy vor, einen Teil des Fanggeräts im warmen Oberflächenwasser auszubringen, um die Wahrscheinlichkeit einer Haiattacke bei seinem ersten Set zu verringern. Ich warnte ihn, daß unserer Erfahrung nach die Haie zahlreich und gefräßig waren. Ich konnte dem Empfang meines Vorschlags entnehmen, daß er mir nicht traute und nicht vorhatte, südlich des Oberflächenbruchs, der wirklich einladend aussah, auszubringen. Tommy sagte mir höflich, mich um meine eigenen Angelegenheiten zu kümmern, was ich tat.

»He, Ma, ist er paranoid, oder was?« lachte Ringo von der Gangway aus. Anscheinend hatte er dort schon lange genug gestanden, um mein Gespräch mit Tommy zu verfolgen.

»Du weißt, daß ich über unseren Fang während der ersten Sets log, aber ich würde nie die Fahrt von irgendwem absichtlich sabotieren, um ihn von den Fischen wegzulotsen. Morgen werden wir Tommy weinen hören, wenn er von den blauen Hunden aufgefressen wird.«

»Ich bezweifle, daß wir ihn weinen hören. Er wird einfach eine Dose Bud aufmachen und sich ausruhen, während seine Besatzung mit den Haien kämpft.« Ringo seufzte, bevor er fortfuhr: »Nun, das ist deren Problem. Unser Problem ist, daß wir nicht genug Köder für zehn volle Abschnitte aufgetaut haben. Sieht so aus, als könnten wir nur neuneinhalb machen. Ist es okay, wenn wir heute nacht ein wenig abkürzen?«

Ich wußte, daß die restliche Besatzung hoffte, daß Ringo mit der Erlaubnis an Deck zurückkehrte, das Set etwas früher zu beenden. Mir war auch klar, daß Ringo meine Antwort genau kannte, bevor er fragte. Meine Antwort bedurfte keines Gedankens und keiner Überlegung. Sie kam automatisch: »Wir bringen jede Nacht, solange das Wetter es erlaubt, die volle Leine aus. Wir sind hier, um Fische zu fangen. Es wird nicht lange dauern, um einen Karton Tintenfische in zwanzig Grad warmem Wasser aufzutauen.«

Ringo lächelte und zuckte mit den Schultern, als wolle er sagen: »He, man kann doch mal fragen«, und verschwand. Ich hörte, wie die Tür des Gefrierschranks für den Köder zugeworfen wurde, und sah, wie Ringo einen 20-Kilo-Karton Tintenfische auf einem Plastiktablett mitten auf das Deck stellte. Als er den Schlauch über den gefrorenen Block laufen ließ, spitzte Charlie um die Ecke der Schlupfkajüte, um zu sehen, welche Antwort Ringo bekommen hatte. Der Karton mit Tintenfischen war Charlies Antwort, und ich konnte an seinen Lippen ablesen, daß er sagte: »Verdammte Scheiße« und wieder hinter das Schott abtauchte.

Das Salzwasser traf auf dem Block gefrorener Köder auf und wurde in Form eines Schirmes auf das Deck zurückgeworfen. Die äußere Eisschicht schmolz und legte die Rückseite der Tintenfische frei. Ihre durchsichtige Haut enthüllte breite Streifen der schwärzlichpurpurnen Tinte, die in jedem röhrenförmigen Körper enthalten ist. Ringo arbeitete mit Handschuhen und löste aus dem festen, gefrorenen Rechteck die einzelnen Köder heraus.

Die Tintenfische plumpsten einer nach dem anderen in das Kielwasser der *Hannah Boden*, bis der letzte Abschnitt beendet war. Es war nun Zeit, ans östliche Ende unseres Fanggeräts zurückzufahren. Ich tat dies in einer dunklen Nacht, da der Mond seit drei Nächten abnahm. Als wir die Endboje aufnahmen, um mit dem täglichen Einholen zu beginnen, fing langsam, aber stetig die Schlechtwetterphase an, die von der neuesten Oberflächenanalyse angekündigt und durch das Barometer bestätigt worden war. Die Wetterkarte zeigte ein ziemlich großes Tiefdruckgebiet, das sich langsam auf uns zubewegte und dabei immer stärker wurde. Obwohl der Tagesanbruch durch die schwarzen Wolken, die den Sonnenaufgang verhüllten, alles andere als sensationell war, hatte die *Hannah Boden* einen Sitzplatz in der ersten Reihe für eine Show, die heute abend begann, falls die Wetterkarte stimmte. Das Programm, das gerade aus dem Faxgerät kam, versprach eine reife Leistung von Mutter Natur zu werden.

Während wir die ersten drei Abschnitte einholten, gab es bezüglich des Wetters oder des Fangs nichts Besonderes: Beide waren zufriedenstellend. Um sieben Uhr war klar, daß wir weder einen weiteren Tag mit 100 Fischen noch einen katastrophalen haben würden. Alles war in Ordnung, bis die *Maryanne P.* ins Blickfeld kam. Sie fuhr von Westen auf uns zu. Ich fand es seltsam, daß George mindestens 20 Meilen östlich seines Fischfanggeräts war, und dachte gleich an das Schlimmste. Vielleicht hatte Tommy irgendwelche Probleme und brauchte Hilfe. Als wir weiterhin unser Gerät einbrachten, rumpelte George mit seinem Rostkahn vorbei und zog die gewohnte schwarze Abgaswolke hinter sich her. Schließlich konnte ich meine Neugier nicht mehr zügeln. Ich bat Ringo, das Steuer zu übernehmen, und funkte Kapitän George an.

Aus meiner Neugier wurde Sorge, als es mir nicht gelang, irgend jemand auf der *Maryanne P.* zu kontaktieren. Ich versuchte mit beiden Funkgeräten mehrere Kanäle und Frequenzen, erhielt aber keine Antwort. Wenn ein Schiff so nahe an einem vorbeifährt und man niemand an Bord kontaktieren kann, ist dies immer ein Grund zur Sorge. Diese Situation, die selten vorkommt, wirft die Frage auf: »Wer fährt das Schiff?« Ich nahm zugunsten von George an, daß wer immer Wache hatte, gerade die Maschine prüfte oder sich in der Kombüse schnell ein Sandwich machte. Ich rief Kapitän Tommy, der sofort antwortete.

»He, Tommy. Was gibt es im Osten? Ende.« Ich war froh, daß er antwortete.

»Nicht viel. Verdammte Haie.« Auf ein lautes Ausatmen und Husten folgten menschliche Töne, die tatsächlich der englischen

Sprache ähnelten. »Ich bin gerade ins Ruderhaus gekommen, um mich eine Minute auszuruhen. Was ist los? Ende.«

»Nun, George ist gerade in deiner Richtung an uns vorbeigekommen, deshalb wollte ich wissen, was los ist. Er ist ein ganzes Stück von seinem Set in der letzten Nacht entfernt. Hast du heute morgen mit ihm gesprochen? Ende.«

»Nein, er ist vor zehn Uhr nicht am Funk. Ende.«

»Verstanden. Ich melde mich bei euch beiden um zehn Uhr. Ich hoffe, daß du bald aus den Haien raus bist. Tschüs.« Ich biß mir auf die Zunge, um nicht zu sagen: »Hab' ich dir doch gesagt!«, und ging an Deck zurück, um mit dem Einholen des Geräts fortzufahren. Der Morgen war reine Routine außer dem ungelösten Rätsel, was George machte. Das Gerät kam ohne Anstrengungen an Bord. Gefrorene Pizzen kamen und verschwanden. Ich bemerkte, daß Peter und Carl einander erfolgreich aus dem Weg gingen. Außer einer gelegentlichen spöttischen Bemerkung oder einem Seitenhieb schien es keine Probleme zu geben. Wir fingen eine angemessene Anzahl Fische und gelegentlich einen Hai. Dann erschien George wieder am Horizont. Diesmal war die *Maryanne P.* hinter uns und fuhr in Richtung Westen. In kürzester Zeit passierte sie uns in nur 100 Meter Entfernung steuerbord und verschwand westlich aus unserer Sicht.

Um Punkt zehn Uhr war ich auf der obersten Stufe der Treppe zum Ruderhaus. George und Tommy waren über VHF mitten im Gespräch. Am Ende von Georges erstem vollständigen Bericht war die Situation klar. Anscheinend schliefen zu irgendeinem Zeitpunkt, als die *Maryanne P.* zum östlichen Ende ihres Geräts fuhr, der Wachhabende, der übergeben sollte, und derjenige, der die frühe Morgenwache übernehmen sollte, da der Wachhabende sich offensichtlich schlafen legte, bevor der Übernehmende tatsächlich übernahm. Das Schiff fuhr in östlicher Richtung, während Besatzung und Kapitän fest schliefen, über das östliche Ende hinaus und an uns vorbei, bis um neun Uhr George aufwachte und entdeckte, daß niemand das Schiff steuerte. Georges Verärgerung über seine Besatzung war an seiner Stimme zu hören sowie an seiner Bemerkung: »Diese verdammten Trottel.« Bei diesem Tempo würde George nicht vor Mittag damit anfangen, sein 40-Meilen-Gerät einzuholen, und wahrscheinlich keinerlei Möglichkeit haben, heute nacht wieder ein Set zu machen. Die beiden Kapitäne lamentierten immer und immer wieder über ihren jämmerlichen Start: Tommy war bekümmert wegen der Haie und George wegen seiner nachlässigen Besatzung. Ich fühlte mit ihnen und ihren Sorgen. Georges letzte Meldung negierte jedes Mitleid, das ich empfand: »Gut, daß ich während des Ausbringens einen 6er-Pack getrunken habe. Wenn ich nicht aufgestanden wäre, um zu pissen, wären wir womöglich in Irland gelandet.«

Ich ging an Deck zurück, um meiner Besatzung Georges und Tommys Geschichte zu erzählen. Sie hatten sich gewundert, warum die *Maryanne P.* an diesem Morgen an uns vorbeigefahren war. Die Besatzung, die die Situation lustiger fand als ich, gab George einen Spitznamen. Von dem Moment an nannten wir ihn alle *Rip van Tinkle* (Anspielung auf *Rip van Winkle*, einen Taugenichts, der sich wundert, nach 20 Jahren Tiefschlaf aufzuwachen und die Welt ganz verändert vorzufinden; abgeändert in *Tinkle* = Plätschern beim Pinkeln; Anm. d. Übersetzerin).

Nachdem wir das Einholen beendet hatten, war ich nicht überrascht zu erfahren, daß Tommy schon westlich fuhr, um sich neu zu plazieren, und sich diese Nacht frei nahm, was das Fischen betraf. Die blauen Hunde hatten Tommys Fanggerät dezimiert. Seine Besatzung würde damit beschäftigt sein, 700 Leitwehren wiederherzustellen, während Tommy so viele Meilen wie möglich zwischen die *Leslie Lisa* und das Haigebiet östlich von mir brachte. Die *Eagle Eye* füllte schnell die von Tommy hinterlassene Lücke. John, der ein funktionierendes Meßgerät für die Unterwassertemperatur hatte, war zuversichtlich, daß er für die wenigen ihm verbleibenden Sets dieser Fahrt die Haie umgehen konnte.

Die Zahl 7, die von vielen als Glückszahl angesehen wird, brachte uns auf der *Hannah Boden* kein Glück, als wir unser siebtes Set machten. Wir waren gezwungen, um George herum zu arbeiten, der erst zur Hälfte eingeholt hatte und mit seinem Gerät weit in mein Gebiet abgetrieben war. Wir erfuhren mit Set Nummer 7 einen Wendepunkt. Vielleicht waren wir zu nahe an die *Maryanne P.* herangekommen und etwas von ihrer schlechten Aura hatte sich an Bord der *Hannah Boden* geschmuggelt. Sobald wir Nummer 7 ausbrachten, wurde das Wetter schlecht und blieb tagelang so, und unsere täglichen Fischzahlen fielen blitzartig. Ich bin nicht einfach eines Morgens aufgewacht und hatte das goldene Hufeisen verloren. Nein, meines wurde mir langsam und auf schmerzhafte Weise entzogen. Die Punkte der täglichen Aufzeichnungen nahmen ab wie die Zahl der Seiten eines Romans, den man von hinten nach vorne durchblättert: von 103 auf 51 auf 34 auf 23 und schließlich auf meinen persönlichen Tiefstand von sieben.

Während der zwanzigstündigen Knochenarbeit unseres siebten Sets durchlebten wir alle theatralischen Effekte, welche die Annäherung, die Ankunft und den Abzug eines Tiefdruckgebietes auf See begleiten. Am Anfang des Sets und am späten Abend schoben sich schwarze Wolken über den Himmel, welche das Licht so schwach werden ließen, daß es fast vollständig dunkel war und man den Atem anhielt in Erwartung des Beginns der Vorstellung. Eine kurze Stille trat ein wie ein vorübergehendes Schweigen.

Die ersten Windstöße aus Südosten sangen spielerisch. Weiße Schaumkronen schlugen im Takt an den Schiffskörper der *Hannah Boden.* Plötzlich zog die Brise an, so daß sich die amerikanische Flagge in einer seltsamen Synkope befand; sie klatschte in der Takelage einen halben Takt vor den Wellen, die rollend auf die Reling klatschten. Große Gischttropfen fielen aufs Deck und platschten gegen das Schott wie das sporadische Stakkato eines Trommelwirbels. Der kurze Wirbel wurde von einem langen, tiefen, anschwellenden Paukenschlag getragen. Der anschwellende Grundton hob und senkte die *Hannah Boden* auf sanfte Weise.

Die Spannung stieg mit steigendem Wind. Als er 40 Knoten betrug, war die Symphonie des Klangs und der Bewegung in vollem Gange. Der Bug stieß rhythmisch in die Wellenberge, begleitet vom Madrigal des Windes durch die Takelage und vom Quietschen der Ketten, die sich gegen die Schäkel bogen. Als der Wind weitere zehn Knoten zugelegt hatte, war der Ton der Toppstage eine Oktave höher. Die Wellen, die synchron mit 70 Knoten in und auf die *Hannah Boden* krachten, erzeugten ein dröhnendes Stahlvibrato.

Als der Wind 70 Knoten überschritt, brach die Hölle mit einem wilden Durcheinander von Ton und Bewegung los. Die kratzenden, harten, diskordanten Töne ermüdeten und entmutigten die Zuhörer, die geduldig darauf warteten, daß der Dirigent wieder die Kontrolle über die Elemente gewinnen möge. Der einzige Rest an Ordnung kam durch das beständige Dröhnen der Dieselmotoren. Ohne sie wäre die Szene das totale Chaos gewesen.

»Das haut rein« war das schlichte allumfassende Gefühl der Besatzung, während wir auf eine Beruhigung unserer aufgebrachten Welt warteten. Ich steuerte das Schiff in die wilde See und prüfte das Barometer alle paar Minuten, während ich betete, daß es einen Anstieg des Drucks anzeigen möge. Der Luftdruck ist etwas Eigenartiges. Wenn der Ozean losbricht und die Luft im Tumult ist, glaubt jeder vernünftige Mensch, dies zeige einen hohen Druck und nicht einen tiefen an. Die Situation scheint nach einem Entlastungsventil zu schreien, das sich automatisch öffnet und etwas Dampf abläßt, um die Elemente zu beruhigen. Aber in der Meteorologie ist das Gegenteil der Fall. Stundenlang wurden wir von den Wellen geschüttelt und warteten auf eine Unterbrechung, ein steigendes Barometer, das den Wind aus den Sturmsegeln nähme, damit wir Set Nummer 7 einholen konnten.

Schlechtes Wetter auf See ist unangenehm und stürmisches Wetter eine schiere Qual. Selbst die einfachste Handlung wird zur schwierigen Aufgabe. Die Zubereitung einer aufwendigeren Mahlzeit als eines Erdnußbutterbrotes ist unvorstellbar. Statt dessen verlassen wir uns auf abgepacktes, vorbereitetes Essen. Leider lagert unsere Kombüse nichts Vorverdautes, so daß wir schließlich die Toilette benutzen müssen. Man muß schon Arme und Beine wie fliegende Pfeiler benutzen, um sein Hinterteil auf dem Toilettensitz festzuhalten. Es ist, als reite man einen Bullen bei einem Rodeo. Mutter Naturs Sinn für Humor, gepaart mit meinem schlechten Timing, verwandelt gelegentlich die Toilette in ein eiskaltes Salzwasserbidet, und das ist wirklich der einzige Nachteil meines

Frauenlebens, der mir zu schaffen macht. Auf allen anderen Gebieten des Fischfangs betrachte ich mich auf einem Niveau mit meinen männlichen Mitarbeitern. Wir wurden alle gleich schlecht behandelt. Niemand wurde betrogen.

Als der Wind nach Nordwesten drehte und sich bei 40 Knoten stabilisierte, lokalisierten wir unsere Endboje und fingen mit dem Einholen an. Die Wellen hatten einen kräftigen Rhythmus gefunden. Zusammen mit den unnachgiebigen 40 Knoten Wind führten sie eine letzte Nummer auf, die alles andere als melodisch war. Sie ähnelte mehr einem Marsch oder Klagelied und spielte tagelang, wie eine Platte mit einem Sprung.

Als wir bei Set Nummer 10 angekommen waren, hatten die Männer genug. Ich vermute, daß nur ihr Stolz und ihre Achtung vor mir, dem Kapitän, sie davon abhielt, mich zu bitten, sie nach Hause zu bringen. Ihr Wunsch, in den Stall zurückzukehren, war eindeutig, obwohl er in gutgemeinte Ratschläge verpackt wurde. Ihre Andeutungen waren alles andere als subtil. Bemerkungen, wie zum Beispiel hilfreiche Vorschläge des Vorteils, vor dem Rest der Flotte im Hafen zu sein, um den besten Preis zu erzielen, bis zur tiefen Sorge um die Qualität und Frische des Fangs unseres ersten Tages kamen zuhauf. Obwohl wir einen guten Fang an Bord hatten, war es nicht genug. Wir mußten den Laderaum füllen. Die Besatzung möchte immer nach Hause, das gehört zum Fischfang. Ich wollte durch sie nicht von meinem Ziel abgebracht werden. Wäre der Fischfang weiterhin so gut gewesen wie bei den ersten fünf Sets, hätten wir zu diesem Zeitpunkt sicher schon unsere Heimreise nach Gloucester angetreten, aber er war es nicht, also traten wir sie nicht an.

Die vergangenen Tage wurden nicht durch die Anzahl der Fische bestimmt, die wir in unseren Laderaum hinunterschafften, sondern durch die Schiffe, die das Fanggebiet in Richtung Hafen verließen. Unser achtes Set sagte der *Sea Lion VIII* auf Wiedersehen. L.T. und seine Besatzung fuhren mit einem Laderaum voller Fische und dem Gerücht über einen hohen Preis glücklich nach Portland. Als nächstes Schiff war die *Stephanie Vaughn* dran, die ebenfalls nach Portland fuhr. Ihre Männer hatten neunzehn Sets hintereinander gemacht, ein erstaunliches Kunststück, und sie waren erleichtert, den Ausdauertest bestanden zu haben. Während wir unser zehntes Set machten, winkten wir der *Eagle Eye* zum Abschied zu. John war es gelungen, in dem Fanggebiet östlich von mir seinen Fischfang aufzustocken und erfolgreich die Haie zu umgehen, die Tommy verjagt hatten. Es schien, zumindest in den Augen meiner Besatzung, als fahre jeder außer uns nach Hause.

Obwohl ich es nie zugegeben habe, fühle ich oft etwas wie Neid, wenn ein Schiff nach Hause fährt, nachdem es den Fischfang beendet hat. Da der Fisch nun mit jedem Set weniger wurde und das Wetter jeden Tag schlechter, war die Versuchung groß, mich der Parade heimkehrender Schiffe anzuschließen. Ich hätte eine Heimreise leicht rechtfertigen können. Nach zehn Sets hatten wir über 18000 Kilogramm Schwertfisch an Bord, mehr als genug, um diese Fahrt als gut zu betrachten. Ich wußte jedoch, daß Bob Brown nicht erfreut wäre, wenn ich diese Fahrt nach so wenigen Sets beendete. Das war der Hauptgrund, warum ich blieb. Mein Wunsch, den Chef weiterhin glücklich zu machen und seine Meinung von mir hochzuhalten, war stark genug, der Flottille von Heimkehrern und den ziemlich eindeutigen Botschaften meiner Besatzung zu widerstehen.

Mitten in unserem zwölften Set wurde mir ein wirklicher und zwingender Grund klargemacht, unsere Fahrt zu beenden. Charlies Gesundheit war wieder schlechter geworden. Charlie war die physische Verkörperung der Fahrt und blühte mit dem Tag auf, an dem wir 103 Fische fingen, und obwohl er dem Tod ganz nah war, atmete er noch an dem Tag, als die Zählung auf bloße 23 abfiel. Irgendwann während des Einholens erwähnte Ringo, daß er um Charlie besorgt sei und wir vielleicht in Erwägung ziehen sollten, ihn an Land zu bringen. Wäre es ein anderer als Ringo gewesen, hätte ich die Sorge als Trick angesehen, um mich zu überzeugen, das Handtuch zu werfen. Ich hatte bemerkt, daß Charlie seit dem fünften Set jeden Tag dünner und blasser geworden war, aber ich hatte sein Aussehen dem miserablen Wetter und dem Schlafmangel zugeschrieben.

Ich wollte Ringo nicht einfach abschütteln und war einverstanden, nach Charlie zu sehen, der wie immer achtern in der Schlupfkajüte war. Ringo holte ein, während ich zum Heck ging. Charlies Anblick stimmte mich sofort traurig. Charlie schlief zusammengerollt wie ein Fötus auf einem abgedeckten Karton mit Haken, während Peter jede Leitwehr aufwickelte, die auf der Wäscheleine herunterkam. Wie Eltern ein schlafendes Kind umsorgen, bedeutete Peter mir, seinen Schiffskameraden nicht aufzuwecken. Als Ringo das Schiff für einen Fisch zurücksetzte, zog ich Peter von der Schlupfkajüte weg auf das Hauptdeck, wo wir sprechen konnten, ohne unseren kranken Freund zu stören.

»Seit wann kann er nicht arbeiten?« fragte ich.

»Heute ist der dritte Tag. Er versucht es, aber er ist zu schwach. Es ist in Ordnung, ich halte mit dem Fanggerät mit«, antwortete Peter stolz.

»Ja, das seh' ich. Aber ich habe vor, noch fünf oder sechs Nächte zu fischen, und wir sind sechs Tage vom Hafen entfernt. In welchem Zustand wird er in zwölf Tagen sein? Ich kann ihn auf dem nächsten Schiff, das in die Richtung fährt, nach Hause schicken, oder wir können fahren, sobald wir heute mit dem Einholen fertig sind.«

»Wir möchten alle nach Hause, wie du weißt. Aber Charlie wird nicht der Grund dafür sein wollen, daß du die Fahrt abbrichst.«

»Ich werde ihm die Entscheidung überlassen, es ist seine Gesundheit. Schick ihn zu mir, wenn er aufwacht.« Ich ging zur Einholstation zurück, um Ringo abzulösen. Als Peter wieder zur Schlupfkajüte zurückeilte, um weiter die Arbeit von zwei Männern zu machen, erkannte ich, wieviel Glück ich hatte, ihn an Bord zu haben. Ich fragte mich, was ich tun sollte. Obwohl die Entscheidung, wann wir heimkehren, letztlich meine ist, ist es meine gesetzliche Pflicht, ein Besatzungsmitglied an Land zu bringen, wenn es verlangt wird. Angesichts der Tatsache, daß Charlie mir das Ausmaß seiner Erkrankung verschwiegen hatte, war ich sicher, daß Peter recht hatte. Charlie würde darauf bestehen, daß es ihm gutgehe und ich jedes notwendige Set machen solle. Meine Verantwortung als Kapitän beinhaltet das Wohlergehen der Besatzung und den Erfolg der Fahrt. Ich mußte das eine gegen das andere abwägen und kam zu einer Entscheidung. Vor einigen Jahren war ich in einer ähnlichen Situation und hatte die falsche Entscheidung getroffen. Das Ergebnis meiner falschen Entscheidung ist mir auf gräßliche Weise im Gedächtnis geblieben.

Als junger und ziemlich unerfahrener Kapitän wollte ich mich unbedingt als Geldmacher unter Beweis stellen. Ich fuhr auf meinem ersten Schiff, der *Gloria Dawn*, von Maine aus zu den Grand Banks mit einer Besatzung an Bord, die den berüchtigten Onkel Patty einschloß. Nachdem ich Tage vorher seine Bekanntschaft gemacht hatte, als ich ihn aus einem eiskalten Hafen in Portland und trunkener Bewußtlosigkeit gezogen hatte, wie schon ziemlich am Anfang beschrieben, mußte ich nun entscheiden, was ich mit diesem Neuzugang meiner Besatzung machen sollte, der schrecklich an Alkoholentzug litt.

Trotz Onkel Pattys Halluzinationen und Gesprächen mit verstorbenen Familienmitgliedern in Gälisch, einer Sprache, die er nicht sprach, nahm ich den Rat der restlichen Besatzung an und blieb auf Kurs zu den Fanggründen. »Er wird in Ordnung sein«, versicherten mir seine Freunde. »Er wird bald darüber weg sein. Es war schon immer so.« Und sie hatten recht. Pattys physische Qualen kamen zu einem Ende, sein unverständliches Lallen hörte auf, und er mußte nicht mehr davon abgehalten werden, über Bord zu springen. Pattys *Schrecken des Rums* war schließlich zu Ende, als er an dem Morgen, als wir unser erstes Set der Fahrt machen sollten, in seiner Koje starb. Ich hätte eindeutig in dem Moment zurückfahren sollen, als Patty zu lallen begann.

Meine erste Erfahrung mit der Handhabung eines Toten war genauso unangenehm wie unvergeßlich. Die kanadische und die nordamerikanische Küstenwache weigerten sich, auf See zu kommen und uns den Toten abzunehmen; eine harte Lektion. Wenn man einen Toten hat, sollte man der Küstenwache gegenüber immer lügen und den Zustand als mögliches Koma bezeichnen, egal wie steif und gelb der Körper ist. Nachdem ich diese Lektion gelernt hatte, stand ich dem Problem gegenüber, was ich mit dem Körper tun sollte.

Ich erinnere mich, daß es nicht viele Möglichkeiten gab und keine mich begeisterte: eine Seebestattung (ihn über Bord werfen) oder Kaltlagerung, bis wir in den Hafen kamen (ihn in den Gefrierschrank für Köder legen). Als ich mir vorstellte, wie der Körper von Haien in Stücke gerissen und die abgetrennten Teile von Krabben und Seeflöhen aufgefressen würden, entschied ich mich für eine Lagerung im Gefrierschrank für Köder. Die Vorbereitung Pattys auf eine Reise im Gefrierschrank ist mir bis heute lebhaft in Erinnerung. Mehrere Versuche, Pattys Augen zu schließen, blieben vergeblich. Seine Lider wollten nicht geschlossen bleiben; sie sprangen auf wie Fensterläden mit Federscharnieren und enthüllten einen starren Blick blauer Augen, der mich verfolgte. Wir konnten nur einen Schlafsack über seinen Kopf ziehen und dann um seine Knöchel zubinden, als sei er ein Sack Kartoffeln, um uns vor der Trance des Toten zu schützen und die Situation etwas weniger unheimlich zu machen. Patty wurde in den Gefrierschrank hinuntergelassen, wo er auf Tausenden toter Fische lag und somit dem Ausdruck *tot wie eine Makrele* wahrhafte Bedeutung verlieh.

Es war die Fahrt, die nicht stattfand. Wir bekamen keine Gelegenheit, den ersten Haken ins Wasser zu bringen. Wir mußten nach Portland zurückfahren, um Patty aus dem Gefrierschrank zu laden. Während der Heimreise erlebten wir den schlimmsten und längsten Wintersturm meiner Fischfangkarriere. Tagelang fragte ich mich, ob Pattys Augen immer noch offen waren.

Während wir das Gerät an Bord der *Hannah Boden* holten, wartete ich darauf, daß Charlie zu mir kam, um mit mir zu sprechen. Für einen kurzen Moment dachte ich an die Möglichkeit, daß Charlie vor unserer Ankunft in Gloucester im Gefrierschrank für Köder enden könnte, entfernte diesen Gedanken aber schnell wieder aus meinem Kopf, indem ich mir zuflüsterte: »Er ist nur seekrank.«

Als die Zeit gekommen war, den Köder zum Auftauen für das Set dieser Nacht herauszunehmen, erheischte Ringo meine Aufmerksamkeit. Er zog eine Augenbraue hoch, während er eine Hand auf den Türgriff des Gefrierschranks für Köder legte. Bevor ich erklären konnte, daß ich vor irgendeiner Entscheidung darüber, ob wir ausbringen oder nicht, mit Charlie sprechen wollte, war Charlie hinter mir an der Reling und fragte mich, was ich von ihm wolle. Ich schaltete die Kupplung in den Leerlauf, hielt die Trommel an und setzte mich auf die Reling, um Charlie anzusehen. Sein Gesicht war hager, und seine Ölkleidung hing an seinem Körper wie an einem Kleiderbügel. Außer Peter, der am Heck weiter aufspulte, versammelte sich die Besatzung, um dem Gespräch zuzuhören. »Möchtest du nach Hause fahren, Charlie?« fragte ich geradeheraus.

»Ja, wollen das nicht alle? Machst du eine Umfrage oder so? Seit wann fragt der Kapitän die Besatzung, wann ...«

Ich unterbrach Charlie mitten im Satz. »Seit du nicht gut aussiehst. Seit ich über deine Gesundheit besorgt bin. Ich frage nicht die Besatzung, ich frage dich. Bist du physisch in der Lage, die Fahrt zu beenden, sagen wir fünf oder sechs weitere Sets?«

Charlie mußte den Druck seiner Schiffskameraden gespürt haben. Obwohl sie nichts sagten, war in ihren Augen ein Hoffnungsschimmer, daß dies das letzte Einholen sein könnte. Charlie hatte die Macht, die Fahrt zu beenden. Er mußte mich nur bitten, ihn an Land zu bringen. Es wäre keine Schande, mit 20000 Kilogramm Fisch nach nur zwölf Sets zum Hafen zurückzukehren. Charlie sah prüfend in die Gesichter seiner Kumpel, sah mich lange an und dann das Deck und antwortete einfach: »Ich bin wirklich krank. Ich weiß nicht, was mit mir los ist, aber bitte benutze mich nicht als Ausrede dafür heimzufahren. Ich möchte nicht für den Inhalt der Lohntüten verantwortlich sein. Zum Teufel, ich muß für zwei Töchter sorgen.« Charlie starrte nicht länger aufs Deck, sondern sah in die langen Gesichter von Kenny und Carl. »Tut mir leid, Jungs. Der Kapitän hat vor, den Laderaum zu füllen, und ich möchte da nicht im Weg sein.« Nun hatte er mir den Ball wieder zugeworfen.

Ringo hielt immer noch die Gefrierschranktür mit dem gleichen Fragezeichen auf dem Gesicht. Ich nickte ihm zu. Er schrie den anderen zu: »Geht mir mit den Ködern zur Hand! Laßt uns anfangen!« Kenny und Carl stapften hinüber, um mit den Ködern zu helfen, die sie bis zum nächsten Monat lieber im Gefrierschrank gesehen hätten. Ringo, der selten eine Gelegenheit ausließ, die Jüngeren zu ärgern, schob Carl einen 20-Kilogramm-Karton zu und neckte: »He, Naseweis, fünf oder sechs weitere Sets. Mein Gott, bis wir nach Gloucester zurückkommen, bist du alt genug, um legal trinken zu dürfen!«

Als der Karton auf Carls Brust auftraf, knurrte dieser zurück: »Fick dich, Opa!« Ich lachte von meinem Sitz an der Reling aus. Zurückblickend kann ich nicht sagen, ob ich erleichtert oder enttäuscht war, daß Charlie durchhalten wollte, um mir die Gelegenheit zu geben, das Schiff vollzumachen. Aber ich lachte nur, bis das Schiff nach steuerbord schlingerte. Eine Welle prallte voll auf die Seite des Schiffskörpers und sandte eine Wasserwand in die Luft, die direkt auf meinen Rücken traf und meinen Kragen hinunterlief. Das Wasser drang eimerweise in meinen Overall ein und blies meine Hose unförmig auf. Ströme flossen an meinen Beinen entlang in meine Stiefel hinein. Nachdem das Wasser an Deck getropft war, fiel meine Hose wieder zusammen.

Ich war von Kopf bis Fuß durchweicht und murmelte: »Mistkerl!«. Dann zog ich meine Stiefel aus, entleerte sie und zerrte sie wieder über meine tropfnassen Socken. Nun machte nur ich ein langes Gesicht; die Besatzung spielte verrückt. Ringo warf die Tür des Gefrierschranks zu, die Männer kehrten an ihre Arbeitsplätze zurück, und rollend und stampfend ging es weiter an der Fangleine entlang. Nur gelegentlich hielten wir wegen eines Fisches an. Ich fragte mich, was ich getan hatte, um diese schlechte Behandlung zu verdienen, was ich tun konnte, um die Situation zu verbessern, und wer das goldene Hufeisen erhalten hatte, das das Schicksal mir weggeschnappt hatte.

Am Ende des Tages war ich halb erfroren und müde und trug 900 Kilogramm ein. Ich fragte mich, ob es richtig war, das Set am gleichen Fleck vorzubereiten. Um 23 Uhr in dieser Nacht hatten wir die 40-Meilen-Leine mit Gerät hinter uns, und ich fragte mich immer noch: Wenn die Glückszahl 7 schlecht gewesen war, was würde uns die ominöse Zahl 13 bringen? Ich dieser Nacht verbrachte ich drei schlaflose Stunden in meiner Koje. Der Nordostwind hatte sich auf unangenehme 50 Knoten verstärkt. Der Bug der

Hannah Boden fuhr in ein Wellental, und die Koje fiel unter mir heraus. Ich hing in der Luft, bis der Bug auf die nächste Woge kletterte und mich mit der Kraft eines Linienspielers im American Football wieder auf die Matratze brachte. »Mein Gott!« schrie ich. »Ich hab' jetzt wirklich genug von dieser Scheiße! Wird dieser Wind jemals aufhören?«

Die Antwort kam aus dem Ruderhaus, wo Kenny das Schiff zu unserem östlichen Ende zurückfuhr. »Sieht nicht gut aus, Ma. Die letzte Karte zeigt ein neues Tief direkt südlich von uns. Wird ein lustiger Tag.«

»Großartig.«

Das erste Tageslicht, das ein bewegter Himmel heruntersandte, war strahlend hell. Weiße Kringel und Wellenkämme, weiße Schaumstreifen und -pfützen und weiße Gischtwolken trafen auf die weiß hervortretenden Knöchel unserer Hände, die krampfhaft alles festhielten, was sich nicht bewegte, um uns aufrecht zu halten. Nach einer Stunde hatte jeder von uns um Augen und Mund weiße Salzkrusten, die der Wind und die Gischt hinterlassen hatten.

Die Hauptleine hing zwischen den Wellenkämmen wie ein Seil, die Bewegung der Wellen verdrehte Leitwehren und Kugelhänger zu hoffnungslosen Spiralen, die von Stahlklingen getrennt wurden, bevor die Leine in den Block ging. Ich schnitt und schnitt und schnitt, Hunderte von verknäulten Leitwehren. Der Wind und das Meer schoben die *Hannah Boden* schneller am Fanggerät entlang, als die Leine auf die Trommel gewickelt werden konnte. Ich legte den Rückwärtsgang ein und setzte das Schiff zurück, um die lose Leine einzuholen, die wir hinter uns herzogen, als eine Wasserwand über das Heck stieg und sich über das ganze Deck ergoß. Ich stand hüfttief im Wasser und hielt mich an der Reling fest, um nicht von der Steuerung weggespült zu werden, und sah hilflos zu, wie Kenny über das Deck getragen wurde, ohne jedoch den Schwertfisch loszulassen, auf dem er wie auf einem aufblasbaren Spielzeug ritt. Schließlich floß das Wasser durch die Lenventile ab, und ich zählte die Besatzung. Peter spitzte tropfnaß um die Ecke der Schlupfkajüte, um mir ein Okay zu signalisieren. Die anderen Männer tauchten langsam aus verschiedenen Ecken des Decks auf und eilten an ihre Plätze zurück.

Ringo erhaschte meine Aufmerksamkeit. Er deutete auf den Gefrierschrank für Köder und wartete auf meine Antwort. Ich sah auf das Schott, um das Fischergebnis zu prüfen. Vier Abschnitte waren eingeholt, und das Ergebnis waren drei mickrige Schwertfische. Plötzlich brach eine verrückte Welle über das Steuerbord und über mich hinweg, so daß ich das Gefühl hatte, es sei eine Tonne Ziegelsteine, und meine Beine knickten weg. Als ich meine Position und meine Sicht wiedergewonnen hatte, wartete Ringo immer noch auf eine Antwort. Ich biß die Zähne zusammen und schüttelte den Kopf: »Nein.« Nein, heute nacht würden wir nicht ausbringen. Set Nummer 13 forderte sein Opfer an Gerät und Zeit. Ich erkannte, daß wir weder genug Leitwehren noch Zeit hatten, um es nach dem Einholen heute nacht nochmals zu versuchen.

Es war ein schrecklich langer Tag. In der Dämmerung konnte ich schließlich die letzte Hupboje vor dem Bug sehen. Das Ende war in Sicht, und ich war mehr als erleichtert. Der Tag war eine einzige Pleite, sieben lausige Schwertfische, die nicht einmal den Köder wert waren, um sie zu fangen, ohne die Leuchtstäbe, den Mono und das Benzin zu rechnen. Ringo faßte den Tag mit einem Lächeln zusammen: »Wir haben nicht viele gefangen, aber dafür waren sie klein.«

Die Männer waren enttäuscht vom Fang und frustriert von den Wetterbedingungen, und nachdem sie das Deck gesichert hatten, stiegen sie in ihre Kojen, um das erste Mal in zwei Wochen richtig zu schlafen. Ich wußte, was sie dachten, während sie eindösten, weil ich oft die gleichen Gedanken hatte, als ich als Deckhilfe an Bord der *Walter Leeman* arbeitete. Sie dachten, daß sie aufs Meer gekommen waren, um sich ihren Lebensunterhalt zu verdienen und nicht, um hier zu leben, und daß sie künftig vorsichtig wären, für einen Kapitän zu arbeiten, der für den Fischfang lebt. Sie dachten und hofften, daß der Idiot im Ruderhaus vielleicht doch noch die Vision einer Rückkehr gehabt hatte. Sie argumentierten mit Recht, daß der Nordostwind steuerbord eine Fahrt in Richtung Hafen anzeigte. Sie dachten, daß sie in sechs Tagen vielleicht auf trockenen Barhockern, die sich nicht bewegten, bei einem kalten Bier sitzen und Geschichten erzählen und ein Lob für eine weitere erfolgreiche Fahrt einstecken würden. Die Vorstellung, auch nur ein weiteres Set zu machen, unerträglich außer für den Kapitän, war einfach undenkbar.

Das Unerträgliche und Unvorstellbare wurde erträglich und wahrscheinlich, als ich Ringo, der die einzige Wache während der Nacht hatte, um mich für fünf wundervolle Stunden Schlaf abzulösen, bat, die Männer aufzuwecken und Köder für das Set heute nacht herauszuholen.

»Du machst Spaß. Die Jungs nahmen an, daß wir auf dem Heimweg sind. Mein Gott, du wirst heute nicht viele Freunde haben.«

»Ich habe nie gesagt, daß wir mit dem Fischen fertig sind. Und außerdem bin ich hier, um Geld zu machen und keine Freunde.« Die fünf Stunden hatten nicht viel geholfen, um meine übliche gute Laune zurückzubringen.

»Ja, ich auch. Ich bin hier, um Geld zu machen, um mich mit dem IRS anzufreunden, wenn wir heimkommen. Wann glaubst du, daß das sein wird? Wie viele Sets willst du noch machen?«

»Ich habe vor, den Laderaum zu füllen, ganz gleich, wie viele Sets wir dazu brauchen. Es bedarf mehr als eines schlechten Sets und üblen Wetters, um mich fortzutreiben. Wir brauchen nur noch etwa 3000 Kilogramm.«

Ringo nickte und ging hinunter, um seine Kameraden zu wecken und ihren schlimmsten Alptraum wahr werden zu lassen. Auf halbem Weg hinunter fügte Ringo noch hinzu: »Deshalb bist du am spitzen Ende.« Und er hatte recht. Zum Leben eines Kapitäns gehört es, unpopuläre Entscheidungen zu treffen.

Ich erinnerte mich an die vielen Lektionen, die Alden mich lehrte, als er mir meinen ersten Job als Kapitän anbot. Damals betrachtete ich Aldens Verhalten als übertrieben und hart. Unter anderem erklärte Alden, daß Fischfänger nicht von einer demokratischen Regierungsform geführt werden und daß ich *niemals* auf irgendeinen Vorschlag der Besatzung hören sollte. »Der wichtigste Unterschied zwischen dem Kapitän und der Besatzung ist«, erklärte Alden, »daß die Besatzung immer nach Hause will und der Kapitän das einzige Arschloch ist, das bleiben möchte.« Alden hatte mit vielem recht. Nun, da ich »das einzige Arschloch war, das bleiben wollte«, dachte ich daran zurück, als ich jemand war, der unbedingt nach Hause wollte, und wie sehr ich Alden verabscheute, wenn er sagte: »Hol die Köder raus.« Ich konnte sicher die Gefühle der Besatzung nachempfinden, als Ringo die Botschaft überbrachte, die eine Distanz zwischen uns schaffte und mich zu ihrem Feind machte.

Als der Tag fortschritt, wurde das Wetter besser. Es wurde sogar schön. Der Wind, der seit Tagen geheult hatte, holte am Nachmittag noch ein paarmal tief Luft, bevor ihm endgültig der Atem ausging. Die Sonne spitzte heraus und schimmerte auf den letzten müden Schaumkronen. Da das Wetter nun ruhig war, kam der einzige Lärm an Bord der *Hannah Boden* von Menschenhand. Vom Ruderhaus aus konnte ich die Geräusche der Unzufriedenheit hören: Gezänk, Schmollen, Jammern und das häufige Zuschlagen der Kühlschranktür und der Kabinentüren durch verstimmte Deckhilfen. Obwohl es mir nicht möglich war, das Spektakel von unten zu überhören, würde es dennoch keine Antwort provozieren. Bis dato erklang kein Ruf nach einer Axt, um in den Bildschirm des Fernsehers einzudringen. Vielleicht hatte ich endlich mein Temperament im Griff.

Alle Augen vermieden es, Kontakt mit mir aufzunehmen, als ich mich nach unten wagte, um die Männer an Deck zu jagen, damit sie unser 14. Set vorbereiteten. Als ich die Kombüse betrat, hörte die Unterhaltung auf. Plötzlich war die Besatzung damit beschäftigt, zum hundertsten Mal *Lonesome Dove* zu sehen. Ich war froh, Charlie am Tisch zu sehen, der ein paar Kekse knabberte. Die Beruhigung des Meeres hatte seinen Magen beruhigt. »Zeit für das Set, Jungs. Kommt.« Meine Begeisterung, die normalerweise ansteckend wirkt, konnte die gedrückte Stimmung nicht aufhellen.

Die Hupe, die das 14. Set begann, platschte bei 45° 45′ N und 46° 50′ W ins Meer. Das war 180 Meilen südwestlich der Stelle, wo wir unsere ersten dreizehn Sets gemacht hatten. Der gestrige Sturm hatte die Flotte durcheinandergewirbelt. Eine neue Aufstellung war organisiert worden. Tommy und George hatten es fertiggebracht, sich vollständig aus dem Bild zu katapultieren, nachdem sie in der Nacht vor dem Sturm ihr Set kreuz und quer ausgebracht hatten. Sie hatten die letzten 48 Stunden damit zugebracht, ihr insgesamt 80 Meilen langes Durcheinander zu entwirren. Die Tide hatte die beiden Schiffe und die entsprechenden Knäuel aus Fanggerät östlich vom Rest von uns wie ein riesiges Treibgut-Floß überspült.

Dieser Teil des Bruches, auf dem wir ausbrachten, verlief von Norden nach Süden. Ich fuhr das Schiff nach Süden, in vielsagende Köderschulen und Vogelschwärme hinein und wieder heraus, wobei ich dachte, es aber nicht zu sagen wagte: »Das sieht gut aus.« Als ich auf das Deck hinunterschaute, beobachtete ich Ringo, der in das Wasser starrte, das am Schiffskörper entlangfloß. Ringo schien ganz konzentriert zu sein. Ich fragte mich, worüber er so intensiv nachdachte. Ringo beklagte sich nie und jammerte nicht, nach Hause zu wollen, obwohl er es sicher wollte.

Ich stellte mir vor, daß Ringo vielleicht über den Internal Revenue Service (Finanzamt) nachdachte, mit dem er seit vier Monaten abzurechnen versuchte. Am Ende jeder Fahrt, wenn die Lohntüten der vorangegangenen Reise ausgehändigt wurden, hatte Ringo seine Lohntüte zum örtlichen IRS-Büro gebracht, wo der Löwenanteil für die Schulden bei der US-Regierung draufging. Ringo war mit seinen Schwierigkeiten mit dem IRS bei weitem nicht allein. Ein großer Prozentsatz der kommerziellen Fischer, einschließlich mir, sind zu irgendeinem Zeitpunkt mit den Einkommenssteuern ins Hintertreffen geraten. Der Grund ist eindeutig. Von den Lohntüten werden keine Steuern einbehalten. Die Deckhilfen sind dafür verantwortlich, Aufstellungen zu machen und einzureichen und am Ende des Steuerjahres die Schuld in einer Summe zu bezahlen. Warum die US-Regierung ein paar Salzwasser-Zigeunern diese Verantwortung überläßt, ist mir schleierhaft. Einige Fischer, die ich kenne, haben überhaupt nie etwas eingereicht. Viele haben kein Bankkonto, auf das der IRS zugreifen könnte, und können ihr Hab und Gut in einem 100-Liter-Müllsack verstauen.

Ringo sah auf und ertappte mich, wie ich ihn beobachtete. Er breitete seine Arme aus und schrie mir zu: »He, Ma! Warum fängst du nicht heute nacht alles, was du brauchst? Einige von uns möchten nach Hause.«

Ich steckte meinen Kopf aus dem Fenster und schrie zurück: »Keine Scheiße!« Ringo lächelte und verschwand mit einem Tablett voller Köder hinter der Schlupfkajüte. Ich konzentrierte mich wieder auf das Set. Als das Fanggerät im Wasser war, säuberten die Jungs das Deck und richteten es für das Einholen her, dann legten sie sich ohne ein »Gute Nacht« in die Falle. Während die Besatzung schlief, fuhr ich das Schiff. Als ich die Oberfläche mit dem Suchlicht nach Ködern und Vögeln absuchte und von beidem reichlich vorfand, war ich so aufgeregt wie vor vierzehn Nächten, nachdem ich das erste Set der Fahrt gemacht hatte. Das einzige Problem, das ich vorhersah, war die Stimmung der Besatzung. Ich mußte es mit diesen Männern aushalten, bis wir in den Hafen von Gloucester zurückkehrten, wann immer das sein mochte, und ich hoffte, daß sich die Dinge wieder positiv entwickelten.

Ich war erleichtert, als ich feststellte, daß die Unterlippen, die sich zum Schmollmund nach unten gezogen hatten, wieder aufwärts gerichtet waren und einige sogar ein leichtes Grinsen andeuteten, als sie um Viertel vor vier zu mir stießen, um mit dem Einholen zu beginnen. Die Männer hatten offensichtlich ihre Melancholie in den Kojen zurückgelassen und sich in ihr Schicksal gefügt, daß sie es bis zum Ende mit mir aushalten mußten. Sie würden das Beste daraus machen. Der Morgen hätte nicht schöner sein können. Nach zwei Abschnitten hatten die Männer vollständig ihre Gutmütigkeit wiedergefunden und neckten und ärgerten sich gegenseitig wie immer. Der Fisch kam beständig an Bord, und vielleicht hatte dies etwas mit der Rückkehr der guten Laune zu tun.

Es war ein netter Fischlauf, meistens waren es kurze und kräftige *Marker*, die unseren Laderaum schnell füllen würden. Auf halbem Weg, als ich 26 Fische zählte, sah ich in den Fischladeraum hinunter und bemerkte, daß der leere Platz ziemlich klein geworden war. »Mann, noch 2000 Kilogramm, und wir sind weg.«

»Warum ziehst du nicht einen letzten Trumpf aus deinem Ärmel, und wir fahren heute?« schlug Ringo vor.

»Wenn die Zählung heute 70 Fische ergibt, werden wir das tun«, antwortete ich. »Aber unterhalb der 70er-Marke müssen wir es nochmals versuchen. Ich denke, wir sollten jetzt die Köder herausholen.« Ich fühlte, wie die Herzen der Männer schwer wurden, als ich ein weiteres Set erwähnte, aber sie hielten die Ohren steif, während sie die Köder aus dem Gefrierschrank zogen, die sie für das Set brauchten, das sie haßten, und wir begannen gespannt mit der zweiten Hälfte des Fanggeräts.

Doppelköpfer und fette Fische wurden von der Besatzung mit Begeisterung aufgenommen, gefolgt von einem halben leeren Abschnitt, der mit Niedergeschlagenheit quittiert wurde. Die letzten drei Abschnitte des Geräts befanden sich die Besatzung und ich auf einer emotionalen Achterbahnfahrt. Jedesmal, wenn ich das Schiff zurücksetzte, landeten drei oder vier Fische an Deck, und dann war wieder nichts, dann wieder drei Fische auf einmal, gefolgt von vielen leeren Leitwehren.

Als Fisch Nummer 70 an Deck klatschte, landete er mit so viel Kraft, daß es wie eine Kanone knallte. Ich jammerte: »Aua, heiliger Strohsack!« Die Männer wußten nicht, was sie tun sollten. Hier an Deck war ihr Ticket nach Westen, ein Grund zum Jubeln, aber ich schien verletzt worden zu sein, ein Grund zur Besorgnis. Ich hielt meine Fäuste und Augen fest geschlossen, biß auf die Zähne und stöhnte laut auf vor Schmerzen, dann war Stille. Ich konnte meine Besatzung um mich herum spüren und ihre besorgten Gesichter durch meine fest geschlossenen Augenlider sehen.

Carls Stimme brach das Schweigen. Er fragte beklommen: »Was ist passiert, Ma? Bist du in Ordnung?«

Ich holte unter Schmerzen Luft, bevor ich sprach: »Es ist dieses verdammte Hufeisen«, ich öffnete meine Augen und lächelte, »das zu seinem rechtmäßigen Besitzer zurückgekehrt ist.«

12

Aufwärmpause

Drei der Besatzungsmitglieder und ich sahen interessiert zu, wie ein vierter Mann seinen eigenen Zahn mit einer Zange zog. Wir fingen Fische und konnten es uns nicht leisten, die 600 Meilen nach Neufundland und zum nächsten Zahnarzt zu fahren oder zu riskieren, diesen ertragreichen Fangplatz an das Nachbarschiff zu verlieren. Selbst der Mann, der tagelang Qualen ausgestanden hatte, bevor er schließlich die Wurzel vom Zahnfleisch trennte, zog niemals in Betracht, die Fahrt für etwas so Unwichtiges wie einen Abszeß am Zahn zu unterbrechen. Dentale Notversorgung ist unter Langleinern und anderen Fischern, die mehrere Monate auf See verbringen, an der Tagesordnung. Der legendäre Charlie Johnson schliff sich einmal den Rest seiner beiden Schneidezähne ab, nachdem er von einem Bleidrehgelenk am Mund getroffen worden war, und er fischte weiter, als sei nichts passiert. Und Alden Leeman verwendete Klebstoff, um eine Krone, die sich selbständig gemacht hatte, drei Monate lang zu fixieren, bis er Zeit hatte, zum Zahnarzt zu gehen. Die Zahnpflege an Bord ist nur ein Beispiel für die Ausdauer von Hochseefischern und die *Tunnelsicht*, die sich entwickelt, wenn man dem Fisch und der Lohntüte nachjagt.

Die Tunnelsicht ist ein Symptom der blinden Entschlossenheit, die wir alle auf See haben. Am Ende des Tunnels ist ein mit Fisch beladenes Schiff, und wir tun alles, was nötig ist, um das andere Ende zu erreichen. Jedes physische, emotionale oder mechanische

Problem wird überwunden. Mechanische Zusammenbrüche sind am weitesten verbreitet und stellen den Einfallsreichtum des geschicktesten Bastlers oft auf die Probe. Die preisverdächtigen Ausrüstungen und Apparate, die auf See geboren werden, stehen Pate für die komplexesten technischen Spielereien, die man sich vorstellen kann. Fischer sind angesichts mechanischer Probleme ziemlich einfallsreich und können mit Leitungsklebeband, Schlauchklemmen und seefester Dichtungsmasse fast immer irgend etwas zusammenbasteln, was uns durch die Fahrt bringt. Die meisten Fischfänger haben große Abstellräume, die mit Muttern, Schrauben und allen möglichen Ersatzteilen vollgestopft sind. Selbst kaputte Teile werden aufgehoben, wenn sie durch neue ersetzt worden sind, um später eventuell auf andere Weise verwendet zu werden. Fast nichts wird als unbrauchbar weggeworfen.

Auf einer Fahrt mit der *Gloria Dawn* fing ich in einem 20-Liter-Eimer das Kühlmittel auf, das aus der Kühlmittel-Umlaufpumpe des Hauptmotors leckte, und pumpte es mit einem Stück Gartenschlauch unter Verwendung einer Bilgenpumpe, die mit einem automatischen Schwimmschalter bestückt war, in das Expansionsgefäß zurück. Gleichzeitig gab mein 12-Volt-Drehstromgenerator seinen Geist auf, so daß ich 12-Volt-Strom vom 32-Volt-Batteriekasten klauen mußte. Einige selbstgebastelte Überbrückungskabel lösten das Problem. Etwas später auf dieser Fahrt war die Hydrolenkung am Ende. Wir stellten ein ziemlich grobes mechanisches Steuerungssystem mit mehreren Leitungen, Rollen und einem Flaschenzug her. Als wir nach Portland zurückkehrten, war das Erstaunen des Chefs, daß wir die Fahrt trotz so vieler Ausfälle zu Ende bringen konnten, größer als die Enttäuschung darüber, daß wir so wenig Fisch gefangen hatten.

Oft kommt der gute alte Einfallsreichtum der Nordstaatler in der Kombüse ins Spiel. Talentierte Köche schöpfen aus verborgenen Quellen, wenn sie das Essen ohne bestimmte wichtige Zutaten unter Bedingungen zubereiten, die alles andere als ideal sind. Vor Jahren brannte das elektrische Heizelement des Ofens an Bord der *Walter Leeman* am Beginn der Fahrt durch. Ohne Ofen konnte nicht in der Röhre gebraten, gebacken oder gegrillt werden, sondern nur noch gekocht oder in der Pfanne gebraten. Aus offensichtlichen Gründen – heißes Fett auf schwankendem Schiff – wird an Bord normalerweise nicht in der Pfanne gebraten. Ich kochte praktisch alles, jedes Essen, sogar den Truthahn. Bei der nächsten Fahrt mit einem brandneuen Heizelement segelten wir ohne Eier. Ich hatte vergessen, sie auf die Einkaufsliste zu setzen. Die Zubereitung des Frühstücks ohne Eier für sechs hungrige Fischer an dreißig aufeinanderfolgenden Tagen forderte mir einiges an Kreativität ab. Soweit ich mich erinnere, mußte ich seit dieser Fahrt nicht mehr kochen.

Die wertvollsten Männer an Bord eines Fischfängers sind jene, die erfolgreich Scheuklappen tragen und das Licht am Ende des Tunnels sehen können, auch wenn es noch so schwach ist, und die sehr einfallsreich sind, wenn Hürden auftauchen, die drohen, das Licht auszuknipsen. Die gefragtesten Besatzungsmitglieder sind jene, die nicht fragen, ob etwas repariert werden kann, sondern Lösungen anbieten, seien sie auch noch so ausgefallen, um das in Ordnung zu bringen, was kaputtgegangen ist. Die erstaunlichste Demonstration wilder Entschlossenheit, die ich je gesehen habe, war, als Bob Brown versuchte, die *Hannah Boden*, deren Motor auf See ausgefallen war, mit zwei kleinen Zeltplanen, die als Segel fungierten, anzutreiben. Er wollte ein teures Abschleppen vermeiden.

Es ist schwierig für einen Kapitän, Qualitäten wie Entschlossenheit, Durchhaltevermögen und Einfallsreichtum bei potentiellen Besatzungsmitgliedern abzuschätzen, die im Hafen anheuern. Diese Fähigkeiten kommen erst ans Licht, wenn sie gebraucht werden. Deshalb ist es riskant, einen grünen Jungen anzuheuern. Meiner Erfahrung nach sind nur sehr wenige Männer bereit, sich selbst einen Zahn zu ziehen.

12 + 1

Westwärts

Zuhause klingt für mich immer seltsam, wenn ich es in bezug auf Gloucester sage. Gloucester ist da, wo wir den Fang ausladen, unseren Lohn erhalten und uns für einen weiteren Monat auf See ausstatten. Für mich war es nie ein Zuhause. Mein Zuhause ist in Isle Au Haut. Ich habe meine Familie auf der Insel, meine Großmutter und schon deren Eltern sind dort begraben, oben auf dem Hügel, wo einst die Scheune stand. Ich vermute, daß ich später einmal dort ruhen werde, unter einer Moosdecke, umgeben von Salzluft und dem Rest eines weißen Palisadenzauns.

In diesem Monat würde keine Zeit für einen Besuch in Isle Au Haut sein. Ich blieb an Bord der *Hannah Boden* und lag im Hafen fest, um Bob Brown dabei zu helfen, das Schiff für den Oktobermond, die letzte Fahrt der diesjährigen Grand-Banks-Saison, startklar zu machen. In den letzten zehn Jahren habe ich sehr viel mehr Zeit auf See als auf der Insel verbracht. Ich hatte nun das Gefühl, den Ort zu verlassen, an dem ich mich wohl fühlte, statt zu ihm zurückzukehren. Ich war nicht sehr traurig, die Bänke von Neufundland zu verlassen, sondern erlebte die Aufregung und die Spannung, das erste Mal von zu Hause wegzugehen. In den nächsten fünf Tagen würden wir sechs uns Gedanken über den Fischpreis machen, das Zünglein an der Waage, das endgültig über den finanziellen Erfolg der Fahrt entschied.

Am ersten Tag der Reise nach Westen herrschte auf der *Hannah*

Boden emsige Betriebsamkeit. Das Wetter war ruhig und ermöglichte es den Männern, mit der intensiven Reinigung jedes Zentimeters des dreißig Meter langen Stahlschiffes zu beginnen. Sogar Charlie wurde wieder etwas munter und tat, was er konnte, um die Hinterlassenschaft endloser Tage und Nächte des Fischfangs zu bereinigen. Ich sah von der Brücke aus zu, wie die Besatzung Hupbojen auseinandernahm, sie mit frischem Wasser spülte und vorne verstaute. Fünfhundert Kugelschwimmer verschwanden in einem Abstellraum, zusammen mit Gaffs, Fleischerhaken, Messern und Fischfanggerät. Die Besatzung mußte gespürt haben, daß ich zusah. Vier der Männer zogen an der Steuerbordreling auf Kommando die Gaffstangen, die sie in der Hand hielten, in einer rudernden Bewegung durchs Wasser, als wollten sie die *Hannah Boden* so nach Hause bringen. Ich öffnete das Fenster, um die Anstrengung zu honorieren, und schrie hinaus: »Schneller!« Die Besatzung betrachtete Gloucester als Zuhause, einfach deshalb, weil es festes Land war. Sie waren glücklich, in diese Richtung zu fahren. Den Hafen mit einem vollen Fischladeraum zu erreichen war das bestmögliche Ergebnis. Die Besatzung und ich teilten die Verantwortung für die Fahrt. Sie waren stolz auf die Leistung und verdienten die gute Laune, die sie auf dem Weg zum Hafen genossen.

In den ersten beiden Nächten der Fahrt hatte ich keinen Kontakt zu Bob Brown. Er war nicht zu Hause und nicht am Funk. Ich war begierig, ihn zu sprechen, um unsere Aufregung zu teilen und ihm genug Zeit vor unserer Ankunft in Gloucester zu geben, um die notwendigen Vorbereitungen zu treffen. Ich stellte mir vor, daß er begeistert wäre zu hören, daß wir wieder mit einer Schiffsladung Fisch auf dem Weg waren. Eine Fahrt wie diese war nicht nur ein finanzieller Sieg, sondern reflektierte auch die harte Arbeit des Schiffseigners sowie seine Fähigkeit, eine erfolgreiche Fangaktion zu leiten und zu überwachen. Ich dachte, daß Bob stolz auf uns sein konnte.

Während des Tages sah ich kaum einen Mann ohne Schrubber, Besen oder Bleiche in der Hand. Die Liste der Arbeiten war lang und genau, und die Besatzung strich begeistert die einzelnen Punkte aus. Nach jeder erledigten Arbeit lagen entsprechend mehr Meilen des Ozeans hinter uns. Während sich die getrockneten Blutstropfen, Köderflüssigkeit und Fischschleim unter den harten Bürsten auflösten, füllten sich die Seiten meines Notizbuches mit fiktiven Abrechnungsblättern. Drei Tage nach Beginn der Rückreise hatte ich unter Annahme verschiedener Preise und Gesamtgewichte jeden Aspekt betrachtet, um die wichtigste Frage in unser aller Köpfe zu beantworten: »Wieviel Geld werden wir auf dieser Fahrt machen?«

Am Anfang unserer dritten Nacht markierte ich unsere Position auf der Karte, 43° 58′ N und 55° 15′ W, während der Funk auf volle Lautstärke eingestellt war, damit ich Bobs Anruf nicht verpaßte. Alle Fischberichte von den Bänken waren grimmig. Die Schiffe, die östlich von uns geblieben waren, erlebten nun die gefürchtete dunkle Seite des Mondes. Seit unserer Abfahrt hatte niemand die Fischgründe verlassen, und ich hoffte, daß die Berichte über den schlechten Fischfang unseren Fischpreis erhöhten. *Labor Day* war vorbei und damit auch die acht Dollar pro Kilogramm, die wir im Juli und August bekommen hatten. Viele der Ferienorte und Restaurants Neuenglands sind genauso saisonabhängig wie Grillfeste im Freien. Im September fällt die Nachfrage nach Schwertfisch, und entsprechend fällt auch der Preis. Ich hoffte, daß wir mehr als sechs Dollar bekommen würden, und schnappte mir wieder mein Notizbuch und den Taschenrechner, um die Zahlen nochmals zu analysieren und den Knoten in meinem Magen aufzulösen, der sich durch das Grübeln gebildet hatte. Schließlich dröhnte Bobs Stimme durch den Lautsprecher: »W Q X sechs vier sieben an *Hannah Boden*. Bist du da, Linda?«

Ich sprang überrascht vom Stuhl auf. Ich warf Notizbuch, Stift und Rechner auf den Kartentisch und stürzte mich auf das Mikrofon: »Whisky Romeo Charlie fünf zwei vier fünf. Hallo, Bob. Ende.« Ich konnte meiner eigenen Stimme die Aufregung anhören und atmete tief durch, um meinen kindischen Impuls zu unterdrücken, die gute Nachricht hinauszuplärren. Ich wollte nicht den Eindruck erwecken, als prahle ich. Ich glaubte, Bobs anschließender Bericht würde nie enden. Er erzählte mir alles, was in den letzten zwei Tagen passiert war und wie glücklich er sei, wieder daheim zu sein. Er sprach von unangenehmer Hitze, Hotelzimmern und Verkehrsstaus, bis ich glaubte zu platzen. Ich rutschte nervös herum und verlagerte mein Gewicht von einem Fuß auf den anderen, bis seine Gedanken schließlich auf das Schiff, den Fang und mich kamen.

»Mein Gott, letztes Mal, als wir sprachen, hattest du gerade einen Tag mit sieben Fischen und hast dich neu positioniert. Du bist sicher gerade mitten in einem Set. Wie läuft es? Sind die Fische wieder da? Ende.«

Ich liebte es, gute Nachrichten zu überbringen. Ich versuchte, unbeteiligt zu klingen, aber es gelang mir nicht. »Wir sind auf 55 West und kommen zurück in den Stall. Wir werden Samstag nacht im Hafen sein. Bei unserem letzten Set hatten wir 75 Fische. Wir sind voll! Ende.« Ich wartete auf Bobs Reaktion, Glückwünsche, ein verbales Schulterklopfen, ein herzliches »Braves Mädchen«. Aber statt dessen kam eine lange Pause, angefüllt mit atmosphärischen Störungen. Ich fummelte an der Squelchkontrolle und drehte am Knopf, um Bobs Stimme näher und deutlicher zu hören. Seine nächste Übermittlung traf mich wie ein Hammer.

Bobs Stimme war mehr als enttäuscht, sie war verärgert. »Du bist von einem 75er-Set weggefahren? Du machst Witze, Linda. Wir haben darüber an dem Morgen, als du aus Gloucester wegfuhrst, gesprochen. Du hast ein gutes Set und fährst nach Hause. Das ist unglaublich.«

Ich antwortete schwach: »Aber der Laderaum ist voll. Ende.« Ich war nicht in der Lage, ein gutes Argument einschließlich Preis und dem Zeitplan für unsere nächste Fahrt anzubringen. Meine überbeanspruchte Ausdauer war aus den Angeln gehoben worden. Das war bestimmt nicht die Art Konversation, die ich mir vorgestellt hatte.

»Nun ist es zu spät, darüber zu diskutieren. Du bist sicher schon 400 Meilen vom Fisch entfernt.« Bobs Ton war etwas freundlicher geworden, vielleicht weil er spürte, daß er mich auf dem Boden zerstört hatte. »Ich werde alles vorbereiten, damit ihr am Sonntag morgen um vier Uhr ausladen könnt. Kommt nicht am Samstag herein. Wartet, bis es Zeit ist auszuladen. Wir wollen nicht, daß die Leute verschwinden oder sich betrinken, bevor die Arbeit getan ist. Ende.«

»Verstanden. Ende.« Meine Stimme war unter dem Gewicht der Kritik meines Chefs ganz flach geworden.

»Ich spreche morgen nacht mit dir, dann kannst du mir die Liste mit den notwendigen Reparaturen geben sowie deine Bestellung des Geräts für die nächste Fahrt. Ende.«

»Verstanden. Ende.«

»Ich wünsche euch eine ruhige Nacht. Grüße die Besatzung von mir. Bis später. W Q X sechs vier sieben. Aus, *Hannah Boden.*«

»Tschüs.« Ich wußte, daß Bob mit seiner Mißbilligung meiner Entscheidung, zurückzufahren, noch nicht am Ende war. Ich lehnte mich in den Kapitänsstuhl zurück und starrte auf den Radarschirm, dessen Abtasten mich hypnotisierte und in eine Art Trance versetzte, in der ich meine von Liebe und Haß geprägte Beziehung zu meinem Chef analysierte. In diesem Moment war es leicht zu hassen und schwerer zu lieben. Ich sinnierte, daß das Fischen so einfach und Beziehungen so schwer waren. Ich hatte vor langer Zeit gelernt, daß jede Entscheidung, die die Besatzung freute, den Eigner ärgerte und umgekehrt. Bob wäre erfreut gewesen, wenn ich berichtet hätte, daß der Fischladeraum und der Gefrierschrank für Köder voll seien und wir nun versuchten, unsere Kojen zu füllen. Bob hätte wahrscheinlich sogar vorgeschlagen, ein paar Stück unter den Kombüsentisch zu packen. Die Besatzung würde natürlich eine Meuterei versuchen. Ja, ich bewunderte und respektierte den zähesten Mann und klügsten Fischer, dem ich je begegnet bin, aber ich haßte seine Fähigkeit, mich fünf Zentimeter klein fühlen zu lassen. Ich hätte überglücklich sein sollen, westwärts zu fahren, aber nach dem Gespräch mit Bob wünschte ich, ich wäre auf See geblieben.

Ich sinnierte, daß ich Bob Brown nicht wirklich liebte. Was ich liebte, war das Wissen darum, daß es so einen Mann gab. Wäre Bob an meiner Stelle gewesen, wäre er natürlich geblieben und hätte weitergefischt, trotz aller guten Gründe, nach Hause zu fahren. Bob hätte auf Preis, Qualität, Besatzung, vollen Laderaum gepfiffen; er wäre geblieben, einfach deshalb, weil er den Fisch fing, der vollkommene Fischer, ein Purist. Ich dachte, daß ich Bob am meisten in schlechten Zeiten mochte. Ein schlechter Fang und niedrige Löhne ließen die Besatzung von der *Hannah Boden* eilen, und ich blieb mit Bob im Kielraum zurück. Bob hatte mir den Wert der Loyalität eingepflanzt, indem er während der harten Winter und niedrigen Löhne zu mir stand und sagte: »Wir arbeiten auf einer Anteilsbasis. Wir teilen das Gute und das Schlechte. Jetzt im Moment teilen wir das Schlechte.«

In dieser Nacht lag ich in meiner Koje stundenlang wach und haßte Bob Brown. Ich dachte darüber nach, wie ich ihn begrüßen wollte, wenn er uns am Hafen erwartete, um die Leinen aufzufangen. Ich stellte mir vor, daß ich ihm sagte, er solle sich sein geliebtes Schiff in den Arsch stecken, »mit dem Heck voran«, wie Ringo es ausdrückte. Ich hatte den gleichen Gedanken schon in der Vergangenheit gehabt und hatte ihn glücklicherweise nie ausgesprochen. Hätte ich damals gewußt, was ich heute weiß, hätte ich weniger Energie darauf verschwendet, Bob dafür zu hassen, daß er mich so antrieb, und mehr Zeit dafür, zu lernen, was er mir über Ausdauer und Entschlossenheit beizubringen hatte. Ich hätte mir sein ausgedehntes maritimes Wissen besser zunutze gemacht.

An unserem vierten Tag der Reise von den Grand Banks Richtung Westen verschwendete ich sicher keine Zeit an den Gedanken, daß ich Bob Brown vielleicht eines Tages vermißte. Meine unmittelbare Sorge war der Fischpreis. Meine Gedanken drehten sich hauptsächlich um die Höhe unseres voraussichtlichen Lohnes und wurden nur kurz durch Betrachtungen über den Begriff *Zuhause* unterbrochen.

Während unserer vierten Nacht fragte ich mich, während wir südlich an Sable Island vorbeifuhren, ob Geister die emotionale Fähigkeit des Neides besitzen. Viele Seelen der Seeleute, die im Friedhof des Nordatlantiks herumgeistern, nehmen der Besatzung und dem Kapitän, die in Hochstimmung sind, die Heimreise vielleicht übel. Wie viele Geister von Männern, die hier leben, befanden sich einst in der gleichen Situation wie wir und kehrten glücklich zum Hafen zurück, triumphierend, mit Fisch beladen, ungeduldig, die ersten Lichter in den Küchen und Zimmern der Häuser entlang der Küste von Cape Ann zu sehen?! Die Männer, die sich nach den Frauen und Geliebten verzehrten, fühlten in ihren Herzen und Lenden sicher die Aufregung nach dem auflodern, was sie während der Tage und Nächte auf See vermißten. Dann schlug ohne jede Vorwarnung irgendein Unglück zu und durchkreuzte alle erwarteten Vereinigungen, Pläne der Wiedervereinigung und beendete sogar das Leben selbst.

»Unheimlich, nicht wahr?« fragte Carl, und seine Stimme war nur ein Wispern, als er mit Augen, die so schwarz waren wie die Nacht, aus dem Steuerbordfenster auf Sable Island blickte.

»Du kannst Gedanken lesen. Ich dachte gerade an all die Fischer, die nie zu Hause angekommen sind. Dieses Gebiet ist eine verdammte Todesfalle. Der Verlust der Jungs von der *Andrea Gail* hat uns die Augen geöffnet. Es kann jedem passieren. Es könnte uns passieren.«

»Ja. Das wäre ein Hammer.«

Ich beneidete Carls jugendliche Fähigkeit, der Konversation nicht zuviel Schwere zu verleihen, und erkannte, daß ich Alden auf die gleiche Weise geantwortet hätte, als ich 19 Jahre alt war und nach dreißig Tagen auf See die Heimreise antrat. Bis zum Oktober 1991, als der Herbststurm das Leben von Kameraden nahm, waren Schiffswracks nur ein Teil der Seegeschichte. Die Möglichkeit, selbst darin verwickelt zu werden, schien weit entfernt. Mir konnte das nicht passieren. Man könnte es als Vogel-Strauß-Politik bezeichnen, aber ich selbst betrachte mein Verhalten als einen Weg, der Realität ins Auge zu sehen, daß ich ein gefährliches Leben gewählt habe.

Viele Leser des Buches *Der Sturm* möchten wissen, wie ich den Jahrhundertsturm überlebte, und sind oft enttäuscht, wenn ich ihnen sage, daß das Wetter für uns nicht lebensbedrohlich war. Damit will ich die Heftigkeit des Sturms nicht herunterspielen. Ich weiß, wie schlimm er war. Ich verlor in diesem Sturm sechs Freunde. Aber ich befand mich 600 Meilen östlich der Stelle, an der die *Andrea Gail* vermutlich untergegangen ist, und 400 Meilen östlich des Gebiets, in dem 300 Meter hohe Wellen verzeichnet wurden.

Es wäre eine Lüge zu sagen, daß meine Besatzung und ich während des Sturms zu keinem Zeitpunkt besorgt um unsere eigene

Sicherheit waren. Wir standen in Funkkontakt mit den Männern westlich von uns, deren Leben bedroht war, und etwas in deren Stimme erschreckte uns zutiefst. Wir hatten das Glück, daß der Sturm nachgelassen hatte, als er uns erreichte. Der Wind blies zwei Tage lang mit 70 Knoten. Das war wirklich ekelhaft, aber bei weitem nicht der schlimmste Wind, den wir je erlebten.

Obwohl in dieser Saison niemand an Bord der *Hannah Boden* ernsthaft verletzt worden war, kannten wir alle die Gefahren des kommerziellen Fischfangs nur zu gut, der von vielen als gefährlichster Beruf angesehen wird. Ich dachte, daß es am einfachsten sei, über Bord gespült und vom Meer verschluckt zu werden, wenn mir ein salziger Tod bestimmt sein sollte. Ich ziehe dieses Ende manch anderem vor, das ich kenne. Wir hatten alle das Grauen aus erster Hand erlebt und zumindest schon von grotesken Schiffsunglücken gehört, die nicht ganz aus dem Blauen kamen.

Vielleicht ist die tödlichste Waffe an Bord eines Langleiners der Haken. Größe und Schärfe machen Haken gnadenlos, wenn sie beschließen, sich in irgendein Fleisch zu graben und es zu zerreißen. Nicht ganz so häufig, aber sicher nicht ungewöhnlich, sind Verletzungen durch Haie. Das Gebiß eines Makohais ist wie die sprichwörtliche Stahlfalle: In einer Sekunde kann es sich in der Wade von jemandem, der den Rücken dreht, festbeißen. Reihen messerscharfer Zähne perforieren Ölzeug, Stiefel, Haut und Fleisch und graben sich in harte Knochen wie Nägel in Balsaholz. Und dann gibt es noch die Unfälle auf den schlüpfrigen Decks der Hecktrawler bei schlechtem Wetter. Die rollende Bewegung kann einen unachtsamen und erschöpften Mann gegen die massiven Teile der Deckausrüstung werfen und Gliedmaßen wie trockene Äste abtrennen. Die inneren Verletzungen, die man davonträgt, wenn man unter dem Gewicht einer trügerischen Welle zerdrückt wird, sind nicht so gräßlich, aber genauso fatal. Wir hatten während dieser Saison in vielerlei Hinsicht Glück gehabt. Niemand an Bord der *Hannah Boden* hatte mehr als einen unangenehmen Schnitt durch ein rostiges Messer davongetragen.

Ringo gesellte sich zu mir und Carl auf die Brücke, und zu dritt starrten wir schweigend in die Nacht hinaus, jeder in seine Gedanken verloren. Die Dunkelheit war noch eine Spur schwärzer als in der Nacht zuvor. Weitere 24 Stunden hatten den abnehmenden Mond angenagt und nicht mehr als eine dünne, mandelfarbene Sichel zurückgelassen, die zu schwach war, um auch nur ein einziges Glitzern auf das Tintenfaß des Meeres zu werfen. Der Stahlrumpf glitt ruhig durch die ebenholzfarbene Pfütze und brachte sie dabei kaum in Bewegung. Das Schiff ließ hinter sich eine Kielwasserfurche, die sich schnell wieder schloß, wie ein Zeigefinger, der durch einen schwarzen Tintenklecks gezogen wird, so daß unsere Passage keine Spuren hinterließ. Als seien unsere Gedanken zu tiefsinnig, brach Carl das Schweigen, indem er Ringo unbekümmert fragte: »Und was wirst du machen, wenn du an Land gehst?«

»Mich betrinken und bumsen. In dieser Reihenfolge.«

»Und du, Ma? Wirst du bumsen, während wir drinnen sind?« fragte Carl.

»Ist das eine Frage, die man jemand stellt, zu dem man *Ma* sagt?« lachte ich.

»Nun, ich bin einfach neugierig. Also?«

»Das geht dich verdammt noch mal nichts an.« Die Wahrheit war, daß ich nicht lange genug vom Schiff herunterkam, um mich auf irgend etwas in dieser Richtung einzulassen, und die Tatsache, daß es mir egal war, störte mich mehr als die Abstinenz selbst.

Ringo nahm mich aus Carls Schußlinie, indem er das aussprach, was wir sicher alle befürchteten, aber niemand gesagt hatte: »Es wird nett sein zu bumsen, aber wenn wir den Fischpreis hören, werden wir uns wahrscheinlich alle abgezockt fühlen.« Und eine weitere Diskussion über Preise und Löhne begann, und darüber diskutierte ich bei weitem lieber als über mein Sexleben. Wir bearbeiteten noch einmal meinen Rechner mit den bekannten Zahlen und legten der Gleichung verschiedene Größen zugrunde, um beste und schlechteste Szenarien zu erhalten.

Es scheint seltsam, daß ich mich immer als Herr über mein Schicksal betrachtet habe, obwohl ein so großer Teil meines Lebens von Kräften bestimmt wurde, die sich meiner Kontrolle entzogen.

Der Mensch hat genug damit zu tun, das Wetter vorherzusagen, geschweige denn, die Fäden ziehen zu wollen, die es machen. Ich hatte noch nicht gelernt, Fisch gegen seinen Willen auf meinen Haken zu zwingen oder den Mond in seiner Hochphase anzuhalten, bis das Schiff randvoll geladen war. Alden spürte auch diese Unzulänglichkeit, wenn er sich an der Natur maß, und sagte oft: »Die Tide und die Zeit warten auf keinen Mann und verdammt wenige Frauen!« Für mich war beim Fischen nicht die Natur, sondern der Preis das frustrierendste Element, über das ich keine Kontrolle hatte. Wir hatten das Wetter überlebt und eine Menge Fisch getötet, nun mußten wir abwarten und hoffen.

Meine Berechnungen ergaben, daß ein Preisunterschied von zwei Dollar pro Kilogramm einen Unterschied von bis zu 5000 Dollar bei den Löhnen der Besatzung und einen möglichen Unterschied von 10000 Dollar für mich ausmachte. Sollte der Preis in einen Bereich von vier Dollar fallen, was gegen Ende der Saison häufig vorkommt, erhielten die Besatzung und ich wenig für unsere Anstrengungen. Alles unter einem Durchschnitt von vier Dollar wäre eine Pleite. Wir beteten, weil beten alles war, was wir derzeit tun konnten, für einen Durchschnitt von mehr als sechs Dollar pro Kilogramm Schwertfisch. Die Zahlen, die die Sorge rechtfertigten, verstärkten den Knoten in meinem Magen noch etwas.

Alden hat mir einmal gesagt, daß sein Vater, ebenfalls Fischer, ihm sagte, daß jeder, der sich entschließt, den Fischfang nur wegen des Geldes zu betreiben, im falschen Geschäft sei. Wenn beim Fangen des Fisches das Adrenalin nicht steigt, wenn man keine Befriedigung darin findet, aufs Meer zu fahren und wieder an Land zurückzukehren, und keinen Stolz, zu sagen: »Ich bin Fischer«, dann bringt ein Leben auf dem Wasser keine Erfüllung und ist vielleicht sogar unerträglich. Unter den Unglücklichen, die ich kenne, sind vielleicht jene Menschen am unglücklichsten, die aus der Notwendigkeit heraus fischen und nicht aus der Liebe für das Meer und das Leben auf dem Meer. Ich habe immer gesagt, daß ich eine neue Karriere beginnen werde, wenn mir der Fischfang keinen Adrenalinschub, keine Zufriedenheit und keinen Stolz mehr bringt.

Ich zählte zu den besonders Begünstigten, die mit einer Besatzung von fünf Fischern arbeiten statt mit einer Gruppe von fünf Jungs auf der Jagd nach einer vollen Lohntüte. Es war selten, eine Besatzung dieses Kalibers zu haben. Ich hatte genug Fahrten mit nicht so guten Männern erlebt und durchlebt und kannte und schätzte den Unterschied. Natürlich wünschten sich alle fünf genauso wie ich eine volle Lohntüte. Peter und Charlie mußten ihre Familien ernähren. Ringo mußte seine Steuern nachzahlen, Carl sparte, um sich einen Krebsfänger für die Küstenfischerei zu kaufen, und Kenny brauchte einen Notgroschen, der ihn durch einen langen Winter in Neufundland brachte, wo die Regierung den Dorschfang gestoppt hatte – Brot und Butter vieler kanadischer Fischer. Aber unabhängig vom Lohn würden diese Männer im nächsten Monat wieder auf dem Meer sein, entweder mit mir an Bord der *Hannah Boden* oder mit einem anderen an Bord eines anderen Schwertfischfängers, weil sie Fischer sind.

Die Männer schrubbten, kehrten und räumten weiterhin auf, während wir südlich an Cape Sable, dem südwestlichen Ende von Neuschottland, vorbeifuhren. Es war ein klarer Tag, und wir sahen einen großen Teil der Schwertfischflotte Neuschottlands. Einige Schiffe holten mit der Langleine ein, während andere mit der Harpune Jagd auf Schwertfische machten. Diese kanadischen Fischer, ein zäher Haufen, mußten weniger als 100 Meilen in kleinen, kompakten Holzbooten zu den Fischgründen der Middle, Emerald, Lahave und Browns Banks fahren, die wir jetzt durchquerten.

Mit dem Fernglas holte ich die Silhouette eines Mannes heran, der am Ende eines Schiffsstands mit der Harpune in der Hand verharrte. Als der Schütze die Harpune in das Wasser zu seinen Füßen abschoß, spürte ich den bekannten Adrenalinstoß. Ich erinnerte mich lebhaft an das Harpunieren an Bord der *Walter Leeman*. In Gedanken war ich der Steuermann im Mastkorb an der Spitze des Mastes und steuerte das Schiff vorsichtig auf den Fisch zu, der vor uns gesichtet worden war. Es war totenstill, und Spannung lag in der Luft, als wir uns der Rückenflosse eines Riesenfisches näherten.

Alden war der Schütze. Er wartete, während er die Harpune wie einen Speer über seiner Schulter angelegt hatte. Die schwarzen Flossen schnitten durchs Wasser, näher und näher. Schließlich schleuderte Alden die Stange mit der Spitze voran ins Wasser. Meine Herz hörte vor Anspannung auf zu schlagen. Ich steuerte hart steuerbord und schaltete den Motor in den Leerlauf. Erst wenn ich die Klammern zuschnappen hörte, wußte ich, daß Alden den Fisch getroffen hatte. Die Wurfleine wurde von den hölzernen Klammern gezogen, vom Schiff weg, in das Wasser hinter dem Fisch, der nun tauchte und einen blaßroten Blutstrom hinter sich herzog. Ich sah zu, wie die 100 Faden Leine ins Meer abgerollt wurden und dahinter eine Boje hineinplatschte, um den Fisch zu markieren, der gerade gefangen worden war.

Durch das Fernglas beobachtete ich neidisch den kanadischen Schützen, der die Stange für einen neuen Wurf bestückte. Harpunieren ist die aufregendste und schönste Methode des Fischfangs. Leider liegen die meisten der guten Gebiete zum Harpunieren innerhalb der kanadischen Grenzen, und die höhere Produktivität des Langleinenfischfangs ist erforderlich, um die größeren Schiffe und ihre sechsköpfige Besatzung zu unterhalten. Ich dachte, wenn ich Kanadier wäre, würde ich meine Tage damit verbringen, mit der Harpune statt mit dem Haken zu fischen. Die Harpune ist primitiv, und der Harpunierer gehört zu den letzten echten Jägern. Man kann praktisch jedem beibringen, einen Haken mit Köder zu bestücken, aber nur wenige besitzen die Fähigkeit, die Konzentration und die Koordinierung, einen frei schwimmenden Fisch zu erlegen.

»Treffen sie irgendwas?« fragte Ringo.

»Ja«, nickte ich, während ich das Fernglas immer noch an die Augen gepreßt hielt. »Der Typ dort drüben hat gerade einen geschnappt.« Ringo suchte unsere Position auf der Karte und meinte, daß wir sicher zu einer wilden Samstagnacht in Gloucester ankämen, da wir nur noch etwas mehr als 200 Meilen hatten. Ich legte das Fernglas auf den Kartentisch, langte hinauf und nahm die Geschwindigkeit um einige hundert Umdrehungen zurück. »Danke, daß du mich daran erinnerst«, sagte ich. »Bob möchte uns am Sonntag nicht vor Tagesanbruch am Hafen sehen, also können wir auch langsamer fahren.«

»Nein, nicht schon wieder, Ma. Du machst Spaß, oder?«

»Nein, ich fürchte, Bob hat Puerto Rico noch nicht vergessen. Er hat mir verboten, in den Hafen zu kommen, bevor es Zeit ist, den Fisch auszuladen.«

»Bastard«, murmelte Ringo und ging zur Kombüse zurück, wo er den Gefrierschrank und den Kühlschrank saubermachen wollte, während er einen wohlbegründeten Protest formulierte. Seine emotionale und ziemlich überzeugende Bitte, Samstag nacht in Gloucester einzutreffen, wurde von mir strikt zurückgewiesen. Auch ich erinnerte mich an die Szene in San Juan.

Es war stickig heiß. Wir machten drei Stunden vor unserer geplanten Ankunftszeit am panamerikanischen Dock im Hafen von San Juan fest. Ich verbot der Mannschaft, sich vom Kai zu entfernen, bis der Fisch abgeladen und der Laderaum desinfiziert war. Der Fisch, der in der Karibik gefangen wird, kommt vom Schiff aus direkt in die Flugzeugcontainer am Kai und wird in die Staaten geflogen. Der Fang wird nach einem genauen Zeitplan ausgeladen, um sicherzustellen, daß die Container nicht für längere Zeit auf dem heißen Asphalt stehen, bevor sie in den Bauch des Flugzeuges gehievt werden. Sobald mit dem Ausladen begonnen wird, muß die Besatzung effektiv arbeiten, um den ganzen Fisch in das nächste Flugzeug nach Boston zu bekommen.

Von dem klimatisierten Büro des Schiffsagenten aus konnte ich die *Hannah Boden* sehen und auch die Telefone am Kai, um die sich meine Besatzung versammelt hatte. Einer der Männer steckte Münzen in das Telefon. Die Männer wanderten zum Schiff zurück, und innerhalb weniger Minuten kam ein Taxi. Der Fahrer reichte der Besatzung einige braune Papiertüten durchs Fenster und erhielt dafür eine Handvoll grüner Scheine.

Einige Fischer trinken, um sich nach einem langen Aufenthalt auf See zu entspannen. Manchmal trinken sie in Gesellschaft, um in der Bar am Ort ein kaltes Bier mit Kumpeln zu trinken und Fischgeschichten zu erzählen. Zu diesem bestimmten Zeitpunkt in Puerto

Rico tranken sie, um sich zu betrinken. Bevor die erste Tonne Fisch aus dem Laderaum gehievt worden war, trug die Besatzung untereinander Kämpfe aus. Bittere verbale Attacken und schließlich physische Angriffe unterbrachen den Fluß des Fisches vom Schiff. Zwei meiner Männer kletterten auf die Leiter, um es an Deck auszutragen, wo sie sich gegenseitig an die Gurgel gingen. Mit fremder Hilfe gelang es mir, sie auseinanderzubringen, bevor sie hinüber waren. Der Kapitän eines anderen Schiffes kam vorbei, um hallo zu sagen, und man bot ihm einen Bacardi mit Cola an, was er annahm. Bevor er mit dem Drink fertig war, wollte der gleiche Mann, der den Drink angeboten und eingeschenkt hatte, diesem Kapitän den Schädel einschlagen. Es war ein Alptraum. Der Fisch verpaßte das geplante Flugzeug, was mich weder bei den Käufern, die am Flughafen in Logan warteten, noch bei Bob Brown, der inmitten des Trubels am Kai ankam, beliebt machte. Nein, wir würden auf dieser Fahrt nicht vorzeitig an Land gehen.

Das erste Morgenlicht an diesem lang ersehnten Sonntagmorgen ließ uns das erste Land seit dreißig Tagen sehen, Cape Ann, Massachusetts, die Heimat Gloucester. Als wir in den Hafen einfuhren, hoben wir die stabilisierenden Vögel und Ausleger zur Begrüßung hoch. Die Deckleinen wurden vorbereitet, um sie vom Bug, mittschiffs und vom Heck Bob Brown zuzuwerfen, der am Kai stand und darauf wartete, sie aufzufangen und die Enden zu vertäuen. Bevor die Springleine achtern auf dem Kai zu seinen Füßen auftraf, schrie Bob durch seine zum Trichter geformten Hände: »Guten Morgen, Linda! Wann möchtest du wieder auf Fahrt gehen?«

»Ich dachte, ich fahre ein paar Tage nach Hause«, log ich. »Wie ist der Fischpreis?« Nur zwölf Stunden vor unserer Ankunft im Hafen hatte die letzte Station der Fahrt die *Hannah Boden* durch den Golf von Maine geführt. Wir waren an Isle Au Haut vorbeigekommen, aber wir waren so weit entfernt, daß wir den Umriß der Landmarke *Duck Harbor Mountain* nicht einmal erahnen konnten.

Zu viele Seemeilen lagen zwischen der Insel und mir. Die gleichen Meilen, die ich manchmal als Pufferzone betrachtet habe, empfand ich heute als Hürde. Ich denke, daß ich aus dem Meer

Leben und Lebensunterhalt geschöpft und dies auch wieder zurückgegeben habe. Das komplexe und alles vereinnahmende Meer ernährt den Menschen, aber es nimmt auch von ihm. Die flache ruhige See, die meine Sorgen sachte vertreibt, ist zu gewaltigen Turbulenzen von solcher Gefräßigkeit fähig, daß sie Schiffe aus stärkstem Stahl verspeisen und wieder ausspucken kann und oft Männer und Schiffe im ganzen verschluckt. Das Meer, das so viel gibt, nimmt sich wieder, was es braucht, und erheischt Respekt, den sie von jenen erhält, die den Hunger gesehen haben und verstehen.

Nachwort

Ich habe vor langer Zeit den Überblick darüber verloren, mit wie vielen Männern ich an Deck zusammengearbeitet habe. Ich erinnere mich nur an wenige Namen und Gesichter und betrachte noch weniger als Freunde. Obwohl ich nichts mehr von Charlie (dessen Gesundheit sehr schnell und vollständig wiederhergestellt wurde) und Peter gehört habe, gehören alle fünf Besatzungsmitglieder der *Hannah Boden*, die in den Kapiteln dieses Buches erwähnt sind, zu den Männern, denen ich mit Respekt und Bewunderung begegne. Ich schätze wirklich ihre harte Arbeit und ihren Einsatz als Fischer. Ich mochte die Art, wie sie mit mir als Kapitän umgingen. Ich betrachte sie als Freunde.

Im Januar 1998 habe ich schon seit zwei Jahren keinen Schwertfischfang mehr betrieben. Ich bin zufrieden, mit meinen eigenen Schiffen auf Krebsfang an der Küste zu gehen, da ich so die Möglichkeit habe, all das nachzuholen, was ich während der fünfzehn Jahre des Hochseefischfangs scheinbar vermißte. Als ich von Maine nach Gloucester fuhr, hatte ich vor, Bob Brown zu besuchen und meine persönlichen Logbücher aus dem Ruderhaus der *Hannah Boden* zu holen. Ich kam kurz vor acht am Kai in Gloucester an, und als ich aus meinem Auto ausstieg, begrüßte mich ein sonniger klarer Wintertag. Ich atmete in tiefen Zügen die kalte Salzluft ein und dachte: »Mein Gott, wie ich das vermisse«. Für einen Augenblick spielte ich mit dem Gedanken, die *Hannah Boden* wieder zu kommandieren.

Die Tide war auf ihrem Tiefststand und zeigte von Gloucester mehr, als ich zu sehen gewohnt war. Die Sprossen schienen nicht auszureichen, um weit genug hinunterzukommen und hinüber auf die Reling des Schiffes steigen zu können. Ich sprang von der Reling und landete mit einem dumpfen Geräusch an Deck, wo ich mich schnell auf den Weg in das warme Vorschiff machte. Bob saß am Kombüsentisch und trank einen Humpen Kaffee. Er schien sich über mein Kommen zu freuen und stand auf, um mir die Hand zu schütteln. Ich nahm seine Hand und gab ihm ein Küßchen auf die Wange, was ihn erröten ließ, und genau deshalb tat ich es. Bob war im Laufe der Jahre ein wirklicher Freund geworden und gestattete mir gelegentlich einen Blick durch die Haarrisse seiner hartgesottenen professionellen Schale auf einen wirklichen persönlichen Charme. Seit ich nicht mehr für ihn arbeitete, mochte ich Bob sehr gern und rief ihn oft an, um ihn um Rat zu fragen oder einfach nur hallo zu sagen.

Wir saßen uns am vertrauten Kombüsentisch gegenüber und sprachen über Schiffe und den Fischfang. Nach zwei Tassen Kaffee und einem halben Dutzend Geschichten über das Meer kletterten wir die Stufen zur Brücke hinauf, wo ich meine Bücher mit Notizen, Listen und Aufzeichnungen über den Fischfang während der fünf Jahre am Steuer der *Hannah Boden* vorfand. Fünf Jahre meines Lebens, so viele Erinnerungen, gute und schlechte, reduziert auf ein Päckchen, das ich leicht unter dem Arm tragen konnte. »Das Schiff ist morgen früh zum Auslaufen bereit. Wenn du bereit bist, es zu übernehmen, bin ich bereit, dir deinen Job wiederzugeben«, sagte Bob und wußte, daß ich wahrscheinlich ablehnen würde, wie schon mehrmals in letzter Zeit.

»Nein, danke. Im Augenblick bin ich glücklich, für mich selbst zu arbeiten.« Ich starrte auf die Notizbücher und fügte hinzu: »Mein Gott. Das ist alles, was ich nach all der Arbeit vorzuzeigen habe. Es muß im Leben doch noch etwas anderes geben.«

»Was möchtest du denn noch? Du verdienst gut mit einer Arbeit, die du liebst. Das ist mehr, als die meisten Leute haben.«

»Ja, ich schätze, das stimmt. Aber ich fische, seit ich aus der Schule gekommen bin. Ich denke, daß ich eine Menge versäumt habe, weil ich soviel auf See war. Ich frage mich einfach, ob ich das Richtige mache.«

Bob lachte und sagte: »Ich bin sechzig Jahre alt und frage mich das auch noch. Es ist menschlich, das, was man aus seinem Leben macht, in Frage zu stellen.«

Bob lud mich zum Frühstücken ein, bevor ich wieder nach Maine zurückfuhr. Ich schaute durch die rückwärtige Tür des Ruderhauses zum Kai. Die Tide war jetzt gerade auf dem richtigen Stand, um von der Rückseite des Ruderhauses aus auf den Kai zu springen, aber das Schiff, das durch ein *Kamel* auf Abstand gehalten wurde, war zu weit vom Kai entfernt. Der Zweck des Kamels, einem großen runden Klotz, der zwischen dem Schiff und dem Kai im Wasser liegt, besteht darin, das Schiff nicht gegen die Betonanlegestelle schlagen oder schleifen zu lassen. Dieses spezielle Kamel war dreimal so dick wie ein Telefonmast, und ich wollte mit meinen kurzen Beinen die Distanz, die zu überqueren war, nicht in Angriff nehmen. »Ich gehe nach unten und klettere die Leiter hinauf.«

»Ich auch«, sagte Bob und ging direkt hinter mir die Stufen zum unteren Deck hinunter.

Ich legte die Notizbücher auf die Reling, um beide Hände für die Leiter frei zu haben, und während ich kletterte, schrie ich Bob zu, mir die Bücher heraufzuwerfen. Ich kam oben auf dem Kai an, drehte mich um und sah Bob, der sich mit einer Hand die Leiter hinaufstemmte, während er mit der anderen meine Notizbücher an seine Brust gepreßt hielt. Der Sechzigjährige kam die Leiter mit der Geschwindigkeit und Beweglichkeit eines jungen Mannes herauf. Als seine rechte Hand die oberste Sprosse der Leiter faßte, hielt er an. Er zögerte für eine Sekunde, als erinnere er sich plötzlich an etwas und denke nach. Ich dachte, daß er mir vielleicht die Bücher reichen wolle, und kniete mich hin, um meine Hand danach auszustrecken. Bob sah nicht herauf. Er drehte sich nach rechts, beugte sich leicht in der Taille, ließ die Leiter los und fiel. Er fiel mit dem Kopf nach unten, scheinbar eine Ewigkeit lang. Es war kein Fall à la Hollywood: kein Schrei, kein Rudern mit Armen oder Beinen. Es war ein stiller Sturz wie ein Stein durch eiskalte Salzluft. Er fiel wie ein Toter. Die Stille und der Fall wurden unterbrochen, als Bob mit dem Kopf auf dem Kamel aufschlug. Er hatte die Arme nicht ausgebreitet, um seinen Fall zu bremsen, und landete direkt auf seiner Stirn. Ich erinnere mich vor allem an das Geräusch, und mir wird heute noch übel davon. Es hörte sich an, als schlage man mit einem Baseballschläger auf eine Melone. Dann war es still.

Der Rest ist verschwommen. 112, der Krankenwagen, die Notaufnahme, Tests, Hirnblutungen, Schwellungen, Schädeltrauma und der Hubschrauber nach Boston. Zwei Wochen später beendeten ein Blutgerinnsel und ein schwerer Herzinfarkt das, was oben auf der Leiter begonnen hatte. Bob starb. Ich vermisse ihn.

Wie ich schon sagte, habe ich von zwei Männern, die auf dieser Fahrt mit mir fischten, nichts mehr gehört, aber die anderen bleiben in Kontakt. Kenny ist in Toronto und arbeitet in einem Fiberglasladen. Ringo fischt auf einem Kiemennetzfänger vor Gloucester, und Carl hat einen Hecktrawler, mit dem er vor Portland, Maine, fischt. Ich selbst fische Krebse in den Gewässern um Isle Au Haut. Ich genieße es, zu Hause zu sein, aber ich vermisse den Fischfang und denke darüber nach, ein größeres Schiff zu kaufen. Ich ertappe mich, wie ich gen Osten schaue, über die Inseln hinaus. Mein Hunger nach der Heimat, scheinbar gestillt, ist durch ein leichtes Knurren des Magens ersetzt worden, dem ersten Symptom des Seefiebers: einer Passion für dunklere Gewässer und größere Fische.

Anhang

Zahlungspapier 27.10.

Hannah Boden
Kapitän: Linda Greenlaw
Abreise: 30.8.
Rückkehr: 28.9.
Schwertfisch Durchschnitt = 5,25 Dollar/kg*

Einnahmen

Gesamteinnahmen:		$ 133001,40
Kosten:	8 % der Gesamteinnahmen	10640,11
Netto:	Gesamteinnahmen abzüglich 8 %	$ 122361,29

* Diese Fahrt war ein Hammer, was den Fang betraf, aber ein durchschnittlicher Preis von 5,25 Dollar ist furchtbar niedrig. Die Löhne waren also enttäuschend, wenn man das Gesamtgewicht des gefangenen Fischs berücksichtigt.

Schiffsausgaben

Köder	$ 7920,00
Kraftstoff	10389,44
Hauptleine	1458,00
Schmieröl	796,40
Ausrüstung	11279,40
Bürsten, Flammen-Ionisations-Detektor	21,40
Filter	104,95
Filter	182,28
Eis	380,00
Batterien für Hupbojen	912,00
Filter	240,00
sonstige Vorräte	108,95
destilliertes Wasser	10,13
Öler, Fett	21,98
Bürsten usw.	23,64
Reinigungsmittel	144,54
Hauptleine	993,68
retournierte Teile	(8,05)
Teile Wasserbereiter	36,75
sonstige Vorräte	14,82
sonstige Vorräte	37,15
Telefon	157,12
Liegegeld	2605,35
Taucher	100,00
Lkw	100,00
Benzin und Straßengebühren	58,82
Eismaschine	2000,00
Gesamtschiffskosten	$ 40088,75
Netto, abzüglich Ausgaben	$ 82272,54
Anteil Schiff	41136,27
Anteil gesamte Besatzung	41136,27
Anteil Kapitän: 10 % des Nettobetrages abzüglich Ausgaben	8227,25

Anteil Besatzung: 50 % des Nettobetrages, abzüglich Ausgaben, abzüglich 10 % für den Kapitän	32909,02

Ausgaben Besatzung

Essen	$ 3113,28
Telefon	116,30
Telefon	57,02
Gesamtausgaben Besatzung	$ 3286,60
Zahl der Besatzungsanteile 6	
Ausgaben pro Mann Besatzung	$ 547,77

Besatzungsliste

Linda	Brutto	$ 13712,09
Carl	Brutto	5484,84
Charlie	Brutto	5484,84
Kenny	Brutto	5484,84
Peter	Brutto	5484,84
Ringo	Brutto	5484,84

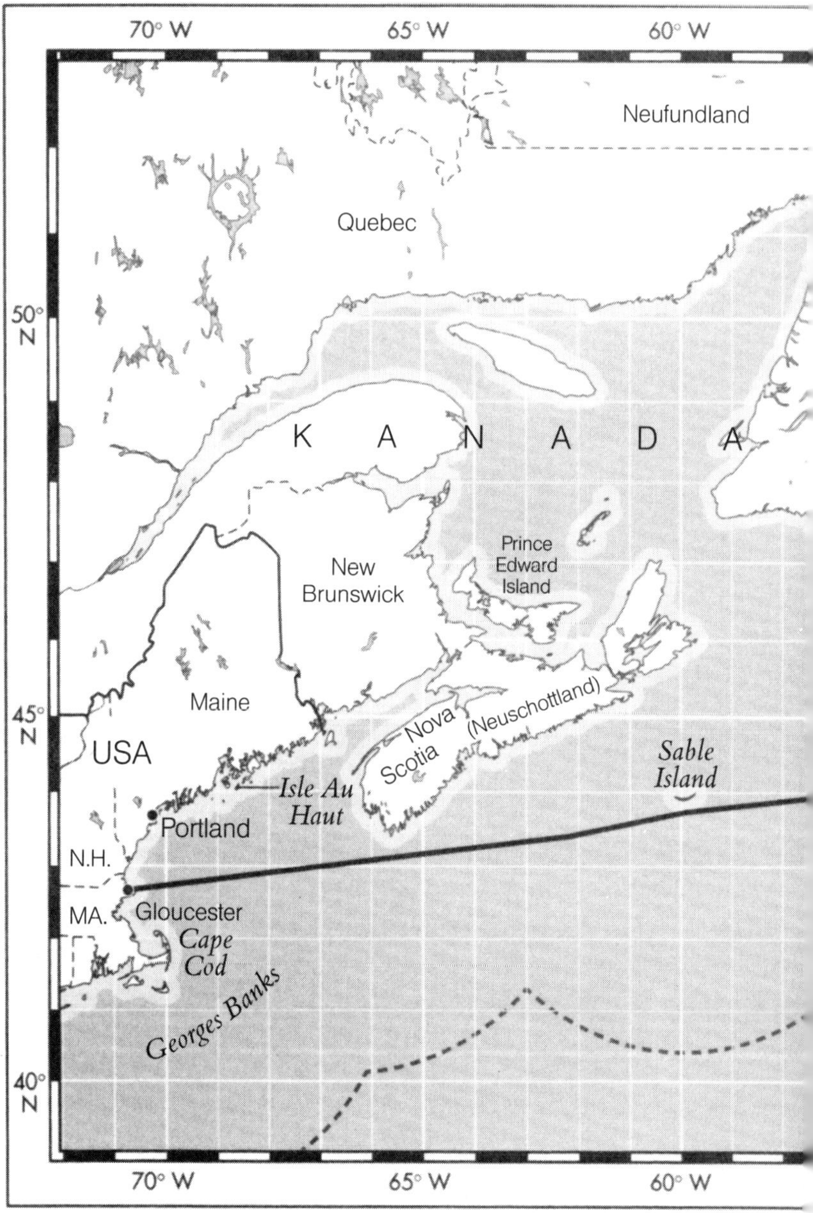
70° W
65° W
60° W
Neufundland
Quebec
50° N
K A N A D A
Prince Edward Island
New Brunswick
Maine
45° N
USA
Nova Scotia
(Neuschottland)
Sable Island
Isle Au Haut
Portland
N.H.
MA.
Gloucester
Cape Cod
Georges Banks
40° N

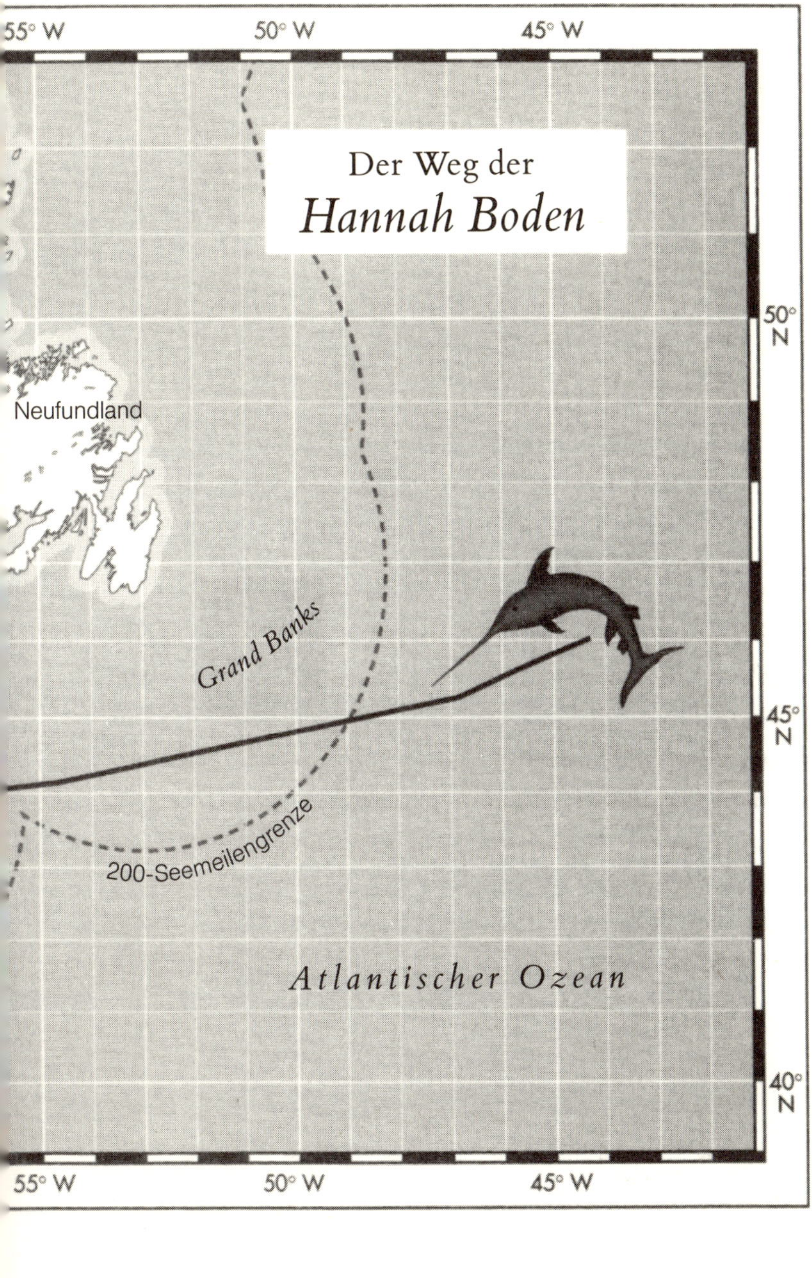
Der Weg der
Hannah Boden
55° W
50° W
45° W
50° N
45° N
40° N
Neufundland
Grand Banks
200-Seemeilengrenze
Atlantischer Ozean

Danksagung

Ich danke Sebastian Junger, der dazu beitrug, so vielen Lesern die Augen zu öffnen. Herzlichen Dank an meine Lektorin und selbsternannten »größten Fan«, meine Mutter Martha Greenlaw. Ich danke meinem Verleger Will Schwalbe und meinem Agenten Stuart Krichevsky, die beide erstaunliche Geduld während der Arbeit mit dieser Erstlingsautorin zeigten. Ich danke dir, Tom Ring, für die Fotos, die du mir zur Verfügung gestellt hast und die ich zurückzugeben versprach, was ich wahrscheinlich nie tun werde. Ich danke allen Freunden und meiner Familie für ihr Interesse und die moralische Unterstützung.

Lene Gammelgaard

Die letzte Herausforderung

Wie ich die Tragödie am Mount Everest überlebte

TB 26694-2

256 Seiten

Mit zahlreichen Abbildungen

Deutsche Erstausgabe

Scott Fischers tragische Mount-Everest-Expedition im Frühjahr 1996 sorgte weltweit für riesiges Aufsehen: Sie geriet beim Abstieg in einen wütenden Sturm, in dem insgesamt acht Bergsteiger starben. Die Dänin Lene Gammelgaard erlebte die schreckliche Tragödie am eigenen Leibe. Voller Abenteuergeist war sie aufgebrochen, um ihre Kräfte am höchsten Gipfel der Welt zu testen. Doch hatte sie kaum geahnt, daß sie ganz oben, in der sogenannten Todeszone, tatsächlich alleine stehen würde: Hilflos mußte sie zusehen, wie einige Gefährten starben - darunter auch der Bergführer, ihr Freund Scott Fischer.

Der packende Bericht einer außergewöhnlichen Frau, die durch schiere Willenskraft den Gipfel der Welt bezwang.

Ken Greenhall

Lenoir

Roman

320 Seiten

TB 27475-9

Deutsche Erstausgabe

Amsterdam im 17. Jahrhundert: Die Stadt ist nicht nur das merkantile und künstlerische Herz Europas, sondern auch einer der größten Sklavenmärkte. So gerät Lenoir aus seiner afrikanischen Heimat in diese Stadt, eine Welt, die für ihn höchst irritierend, von bleichen Geistern heimgesucht und ein wenig widerwärtig ist. Dank seiner exotischen Schönheit wird Lenoir zu einem begehrten Modell für Rembrandt und andere Künstler der Stadt. Seine überragende Intelligenz und sein Witz aber machen den Sklaven zu einem ebenso scharfsichtigen wie pfiffigen Beobachter der Antriebskräfte dieser lebensfrohen und brodelnden Metropole: Kunst, Sex, jedoch vor allem Geld. Als man Lenoir des Mordes beschuldigt, muß er nach Antwerpen fliehen, wo er bei Peter Paul Rubens, dem gefeiertsten Maler seiner Zeit, als Assistent Aufnahme findet. Aber nicht nur die Künstler, auch die Frauen erliegen der Faszination des dunkelhäutigen Fremdlings …

Ein Meisterwerk! Ken Greenhalls pikaresker Bericht aus der überaus weitsichtigen Perspektive des schwarzen Sklaven Lenoir zeichnet ein faszinierendes Gesellschaftsbild Europas im 17. Jahrhundert.

Venero Armanno
Feuerkopf
Roman
496 Seiten
TB 27474-0
Deutsche Erstausgabe

»Sie verkaufte ihre Küsse für Karamelbonbons« – so beginnt dieser wunderbare Roman über eine große Liebe. Salvatore ist vierzehn, als er Gabriella zum ersten Mal begegnet. Ihre Familie ist gerade erst aus Sizilien nach Australien eingewandert, in eine kleine italienische Siedlung von Brisbane. Gabriella hat feuerrote Haare – und Salvatore steht in Flammen. Mit Gabriella erlebt er das unergründliche Geheimnis der ersten Liebe mit all ihren Sehnsüchten und Widersprüchen. Aber dann geschieht etwas Schreckliches: Gabriella verschwindet spurlos. Man hält sie für tot und gibt Salvatore die Schuld …
Atmosphärisch wunderbar dicht und mit großer erzählerischer Leichtigkeit beschreibt Armanno eine Leidenschaft, die die Jahrzehnte überdauert. Ein Roman der großen Gefühle, aber dennoch ein typischer Armanno: lakonisch und kraftvoll, voller Witz und herrlich direkter Schilderungen des Lebens der sizilianischen Einwanderer, aber auch der besonderen australischen Lebensgefühle.

Econ & List

Ardal O'Hanlon
Talk of the Town
Roman
304 Seiten
TB 27473-2
Deutsche Erstausgabe

Hilfe. Wieso läuft hier eigentlich nichts nach Plan? Scully war doch früher immer der King! Klar, daß er wie sein Vater zu den Guards gehen würde. Aber jetzt ist er neunzehn und hat nur einen öden Wächterjob in Dublin. Alle anderen studieren. Sein bester Kumpel Balls ist viel angesagter als er. Selbst Scullys Freundin Francesca himmelt Balls geradezu an … Die Sache mit Francesca. Daran will Scully überhaupt nicht denken. Er flieht vor all dem nach Hause, nach Castlecock. Doch der Saufabend mit den alten Kumpels dort entgleist und endet mit Scullys Entjungferung, einer gigantischen Prügelei und schließlich im Krankenhaus. Da fällt Scully dann auch Francesca wieder ein. Und als die Polizei bei ihm zu Hause anruft, hat er einen verdammt guten Grund, nervös zu werden …
»Talk of the Town« ist der irische »Fänger im Roggen«. Wie zuvor nur Salinger schildert Ardal O'Hanlon, garniert mit wunderbaren Beobachtungen über das Leben in einer Kleinstadt, die Enttäuschungen und Träume eines Teenagers, daß man nicht weiß, ob man weinen oder lachen soll.

Lydia Minatoya
Die betörende Last des Schönen
Roman
416 Seiten
TB 27471-6
Deutsche Erstausgabe

Seattle im Jahre 1921: Seit ihre Schwester Naomi im Kindbett starb, kümmert sich Etsuko Sone liebevoll um die kleine Hanae und ihren Schwager Akira. Doch als dieser eines Tages beschließt, Hanae daheim in Japan erziehen zu lassen, findet sich auch Etsuko unversehens in Kobe wieder, im asketischen Fuji-Haushalt ihrer eigenen Mutter Chie – einer scheinbar gefühlskalten, abweisenden Frau, die Etsuko gleich nach der Geburt weggegeben hat. Nur zum Wohle der kleinen Hanae ringen sich die beiden Frauen zu einer oberflächlichen Versöhnung durch, während das Mädchen sich nach dem Vater in Amerika sehnt und sich mit dem Erlernen der Zen-Lektion von Anmut, Demut, Mäßigung und Würde schwertut. Doch während die beiden Frauen sich – jede auf ihre Weise – der Erziehung Hanaes widmen, verändert sich Japan in rasanter und bedrohlicher Weise. Erst jetzt erkennen Etsuko und Chie, daß ihr so unterschiedlich ausgeprägter Wille zur Unabhängigkeit das Band ist, das sie eint. Vor dem gewaltigen Panorama einer ebenso fremden wie faszinierenden Kultur erzählt Lydia Minatoya von der Fähigkeit zur Transzendenz aller Schmerzen, die in jedem von uns steckt.

Econ & List

Freya North
Polly
Roman
450 Seiten
TB 27472-4
Deutsche Erstausgabe

Eigentlich liebt Polly ihren Job als Englischlehrerin in London, und sie liebt ihren Freund Max. Ein wenig bange ist ihr daher schon, als sie ihre Koffer packt, um für ein Jahr in Vermont, USA, an einer Privatschule zu unterrichten. Doch als Polly erst einmal amerikanischen Boden betreten hat, läßt sie sich nur allzu gerne von der schönen neuen Welt verführen – ihre Briefe an Max werden immer kürzer und seltener. Und dann begegnet sie Chip Johnson, dem umwerfend gutaussehenden Sportlehrer der Schule …
Währenddessen haben in England ihre beste Freundin Megan, Max, dessen Bruder Dominic und ihre amerikanische Austauschpartnerin Jen ein etwas zu inniges Quartett formiert. Ein gewisser Bettenwechsel am Ende des Halbjahres scheint unvermeidlich. Fragt sich nur, wer da mit wem tauscht?
Ein quirliger Roman, der vor Temperament Funken sprüht, zwischen neuer und alter Welt, zwischen Techtelmechtel und Treue hin und her pendelt … und schließlich zu einem überraschenden Happy-End findet.